Le mystère de la rose angevine

Tome 1

Retour aux origines

www.gesteditions.com

Delphine Bilien-Chalansonnet

Le mystère de la rose angevine

Tome 1

Retour aux origines

Geste éditions

Prologue

De fines gouttelettes recouvrent le pare-brise de la voiture. La neige a cessé de tomber, remplacée par une pluie incessante. Il fait nuit noire. Crispé sur son volant, le père ne desserre pas les dents comme si sa vie en dépendait. La passagère jette un regard furtif vers lui. Elle n'a jamais vu son mari comme ça. Peut-être lui arrivait-il d'être nerveux quand la petite était malade, ou quand il s'apprêtait à partir sur une mission. Mais là, son attitude dépassait l'entendement !

— Fais attention mon chéri, la route est verglacée.

À l'arrière, la petite fille serre contre son cœur un doudou usé multicolore et se blottit contre la portière. À la manière d'un essuie-glace, ses yeux balayent frénétiquement le cockpit de la voiture. Elle se demande ce qu'elle peut bien faire là, perdue au milieu de la nuit. Pourquoi fallait-il quitter la maison aussi brutalement ? Pourquoi ses parents s'étaient-ils disputés, la veille, avant de lui expliquer que la famille irait vivre dans une maison plus jolie ? En pleurant toutes les larmes de son corps, elle était montée dans la voiture en sachant qu'elle ne reverrait plus sa chambre, son jardin, les voisins.

Bon sang mais qu'est-ce que tout cela pouvait bien vouloir dire ? La petite aimait tellement ses grands-parents que l'idée de s'éloigner d'eux lui était insupportable à imaginer. Alors qu'il préparait les valises en y jetant des vêtements mal pliés, elle avait essayé de le dire à son père mais il s'était fâché. Il ne fallait pas poser de questions. C'était comme ça. On devait partir. On lui expliquerait plus tard. Bien plus tard... Il avait fallu se rendre chez ses grands-parents, “une dernière fois”, avait laissé entendre son père. Pourquoi une “dernière fois” ? Sa maman avait menti à sa mamie, en promettant de revenir le week-end prochain. Pourtant, il ne faut pas mentir, c'est bien ce que son papa dit toujours.

Une larme coule sur la joue de la petite fille qui sort de ses songes. Elle tente de reconnaître des formes en regardant par la fenêtre. Les paysages défilent dans le noir, ressemblant à des fantômes éclairés furtivement par les lumières de la voiture. Soudain, elle est plaquée contre la banquette arrière. La voiture accélère brutalement.

— Qu'est-ce qui se passe ? demande la mère.

— On est suivis.

Elle se retourne. Elle voit les phares du véhicule se rapprocher à mesure que son mari appuie sur la pédale d'accélérateur. La voiture familiale semble moins puissante que celle de ses poursuivants. Dans un bruit assourdissant, les pneus crissent tandis que l'autre voiture déboîte brutalement. Elle parvient à se mettre à leur niveau. Le père donne un coup de volant, obligeant l'autre à se rabattre. La deuxième tentative est la bonne, et les deux voitures se retrouvent maintenant côte à côte. Une vitre est baissée. Un homme sort le bras du véhicule et tend un objet noir que l'enfant ne parvient pas à définir. Un bruit sourd, comme un coup de tonnerre, claque dans ses oreilles et la fait se recroqueviller. La maman veut crier mais aucun son ne sort. Sur ses mains, un liquide foncé vient d'apparaître. Elle regarde le père trop occupé à tenter d'écarter la voiture assaillante. Pan ! Un second bruit de pétard et la voiture de la famille fait une embardée. Le temps semble suspendu. La petite fille pense qu'une marraine magique va venir les chercher et les sauver de ces hommes qui se montrent méchants. Les méchants ne gagnent pas, non, jamais.

Un mouvement brutal sort l'enfant de ses pensées. La voiture percute un talus, fait un tonneau. À cet instant précis, les corps de ses parents ressemblent à des marionnettes sans consistance qui bougeraient dans tous les sens. Il se passe une éternité avant que la voiture vienne enfin se fracasser contre un petit muret en pierres, et s'immobiliser.

Un silence assourdissant. De la fumée s'échappe du moteur. La petite n'entend plus rien. Juste avant de se fermer, ses yeux ont le temps d'apercevoir le sourire de sa maman qui semble lui dire « Je t'aime ».

Puis tout devient noir.

Chapitre 1

Je déteste la voiture. Aussi loin que je m'en souvienne, j'ai toujours été malade et le moindre trajet semblait pour moi interminable. C'est vrai, quoi ! On a tellement mieux à faire que d'attendre au volant d'une voiture et voir les paysages défiler à toute vitesse. Aussi, quand je peux éviter de prendre le volant, je n'hésite pas une seule seconde. Mais là, je n'ai pas vraiment le choix. Je vais déménager, quitter mon pays natal, mes parents adoptifs et revoir Zora pour aller vivre dans cette ville si douce du Maine-et-Loire.

J'ai été confiée à Georges et Lisette à l'âge de trois ans. Ils m'ont dit que j'avais des difficultés à me souvenir de certaines choses, à cause du traumatisme que la perte de mes parents avait provoqué chez moi. J'ai grandi avec l'amour de ces nouveaux parents qui ne m'ont jamais rien dit sur mes géniteurs. Le fait de ne pas savoir quelles étaient vraiment mes origines avait fait de moi une petite fille mal dans ma peau. Je n'arrivais pas à lier des amitiés avec d'autres filles jusqu'au collège où j'ai rencontré Zora.

Ah, Zora ! Je n'aime pas la décevoir. Au lycée, elle avait réussi à me faire passer une période sentimentale difficile. Incapable d'avoir une relation régulière avec un garçon, je restais seule. Mes tenues de vieille fille coincée n'aidaient pas, c'est en tout cas ce que n'arrêtait pas de me dire Zora. Mais c'est comme ça : la mode n'a jamais été mon truc. Passer des heures, enfermée dans mon bureau à étudier des documents datant du XVII ou XVIIIe siècle, m'intéresse bien plus que de faire la fête en boîte. Ce n'est pas ma place et je n'ai aucune attirance pour ce genre de fréquentation. Faut-il en avoir honte ?

Tout le contraire de Zora ! Elle est audacieuse, d'un naturel gai, et entreprenante avec les garçons ! Encore une fois, nos différences n'ont rendu que plus belle notre amitié. Je dois avouer, qu'à part quelques connaissances par le travail, c'est la seule amie qui me reste. Même en amitié, la confiance est un bien difficile à donner. Et puis, mes vrais parents m'ont laissé certains souvenirs... marquants que je ne souhaite montrer à personne. À cette idée, je frissonne. Qui pouvaient-ils bien être pour m'avoir fait cela ? Si je les avais en face, je... je... je pleurerais.

J'envoie un SMS à Zora pour lui dire que j'aurai du retard. Elle est patiente mais lorsque j'abuse, elle sait me le faire comprendre. Elle a été aussi le motif de ma décision si rapide. Avoir la possibilité de prendre ce poste de maître de conférences à l'Université d'Angers et me retrouver à nouveau près de mon amie d'enfance, de ma "sœur", ne tolérait pas d'hésitation. Malgré nos différences, nous étions inséparables. Elle, brune, la peau mate et les yeux bleus. Elle attirait tous les regards sur elle, avec son caractère de feu et sa grande gueule. Moi, les cheveux clairs, les yeux marron, une vue déplorable qui me faisait porter des lunettes... ou plus exactement des hublots monumentaux ! Cela n'arrangeait rien à ma timidité maladive. Étonnant pour une enseignante, mais heureusement, un miracle de la technologie est né : les lentilles ! Bref, nous étions comme Laurel et Hardy. Un duo improbable et inséparable qui se valait bien. Nous nous retrouvions dans nos différences.

Au volant de ma Simca jaune poussin, j'aperçois la pancarte d'Angers. Ça y est, j'y suis. La quatre-voies qui me fait entrer dans la ville me donne une impression de déjà-vu. L'autoradio diffuse un air de Charlie Winston qui me donne le sourire et je me sens bien. Un coup d'œil sur le château du Roi René qui, du haut de sa colline en schiste ardoisier, domine la Maine. Je dépasse le carrefour et glisse sous le pont. Il me faut rejoindre la grande place de la Rochefoucauld. À cette heure, la circulation est fluide.

Arrêtée au feu, avant le pont de la Doutre, la vue sur ces remparts est imprenable.

L'écrivain angevin Julien Gracq ne mâchait pas ses mots quand il parlait du château d'Angers. Il disait ceci : "Le château, démoulé de frais comme d'un moule à sable d'enfant, est la plus belle masse de maçonnerie aveugle que je connaisse en France, avec la cathédrale d'Albi." Un jugement que je trouve sévère sur cette magnifique forteresse comme on en trouve nulle part ailleurs ! La vérité est que Julien Gracq n'aimait pas le côté bourgeois et cossu de ses habitants. Tant pis pour lui !

Tout près de ce château aux dix-sept tours qui abritent la tapisserie de l'Apocalypse, je sens comme une boule se former dans mon estomac. Une sorte de courant d'air traverse la voiture. Je me retourne immédiatement : aucune de mes fenêtres n'est ouverte. Qu'est-ce que cela pouvait bien être ?

Le feu passe au vert. J'aperçois au loin Zora qui semble regarder sa montre. Une heure de retard, c'est vrai que j'abuse ! Je gare ma voiture sur le parking et bondis à l'extérieur comme un chat qui aurait pris peur. Le regard contrarié de mon amie ne me laisse aucun espoir quant au savon qui m'attend. Je prends les devants.

— Ouh là là, je suis partie à une heure de pointe. Quel monde sur la route, ça ne circulait pas du tout ! Navrée pour le retard. Tu as bien reçu mon texto ?

Zora fronce les sourcils à la manière de quelqu'un qu'on aurait offensé.

— Le énième qui me disait « je risque d'avoir un peu de retard ? » Oh oui, je l'ai eu ! Mais comme d'habitude, tu bats tous les records ! Je suis même sûre que tu n'étais même pas partie quand tu me l'as envoyé ! Alors, n'essaie pas de me faire avaler tes couleuvres !

— Je suis désolée, j'avais des papiers à gérer à la fac avant de partir et…

— Oui, et tu as fait un petit détour auprès de tous tes collègues, de tes remplaçants, voire de tes étudiants ? Allez c'est bon ? Il n'y a pas de hic ? Tu n'as rien oublié au moins ?

Elle sourit. J'ai l'impression d'être une toute petite fille se faisant gronder par sa maman. Zora a l'habitude de la confrontation. Elle bosse dans une entreprise de télé conseil. Je la plains car se faire raccrocher au nez par des clients mal embouchés toute la journée ne doit pas vraiment être drôle ! Pourtant, elle prend cela avec philosophie. Pour elle, au contact si facile, ce n'est pas un problème. Elle sait que son job reste alimentaire. Son rêve serait de créer son commerce, vendre des objets de décoration provenant de différentes cultures. Elle économise petit à petit. Elle est beaucoup soutenue par son petit ami : Brice. Un garçon très sympa.

— Non, c'est bon ! Et je te signale que cela a un nom : la conscience professionnelle.

— Il y a une autre qualité qu'il faudrait que tu saches appliquer en toute circonstance : la ponctualité ! Je reprends dans moins d'une heure.

— Eh bien alors ne traînons pas ! Qu'est-ce qu'on fait à papoter ? Montre-moi l'appartement que tu m'as déniché. On bavarde, on bavarde, alors que nous allons avoir tout le temps pour cela dorénavant !

Zora pousse un profond soupir, puis me sourit.

— Ah ! Je ne te changerai pas, toi ! C'est peine perdue. Allez viens !

Nous remontons dans ma Simca et prenons la direction de la Doutre. J'aime bien ce quartier, ces vieilles maisons, l'église de la Trinité, construite au XIIe siècle, l'abbaye du Ronceray… me font me sentir proche de ces périodes que j'affectionne. En levant les yeux sur ces façades, on fait un bond de plusieurs centaines d'années en arrière. Nous tournons dans une petite rue et Zora m'indique une place de parking. Me voici face à mon appartement.

— C'est ici. Je suis sûre que cela va te plaire.

— Je te fais confiance. Et puis, je ne ferai pas la difficile, avoir pu trouver un logement aussi rapidement relève du miracle.

— Il suffit de connaître les bonnes personnes. Cela dit, je n'en reviens pas que la faculté ait eu besoin de toi aussi rapidement.

— A priori, ils n'ont trouvé personne d'autre. Je me voyais mal refuser cette opportunité !

Nous sortons quelques sacs entassés dans mon coffre et montons les deux étages. L'escalier est étroit et nous sommes prises d'un fou-rire en manquant tomber. Zora glisse la clé et ouvre la porte en grand, donnant un effet spectaculaire à la découverte de mon deux-pièces. L'espace est restreint mais j'apprécie d'être sous les toits. Les larges poutres en bois lui confèrent un aspect rustique qui me plaît bien. Le mobilier est correct et sobre. C'est Zora qui s'est occupée de tout meubler.

Je dépose mes sacs et découvre le salon avec la kitchenette, puis la chambre et la petite salle d'eau accolée. La pièce possède un large lit, un bureau et une armoire. Il me faudra trouver une étagère pour y déposer mes livres et classeurs de cours. Cependant, je devrais pouvoir laisser pas mal de documents dans mon bureau à la fac. Je n'en reviens toujours pas : je vais enfin avoir mon bureau !

— Ça te convient ?

— Tu veux rire ? C'est génial ! Un seul mot : Merci !

— Bon par contre, je dois bientôt y aller. Alors dépêchons-nous si tu veux que je t'aide à monter ton bazar.

— Bonne idée !

Nous finissons de décharger mes quelques cartons. Mes parents adoptifs ont promis de venir dans quelques jours pour finir d'apporter mes affaires. J'ai emporté le plus urgent avec moi. Nous déposons le dernier sac et nous nous écroulons sur le canapé.

— Je ne sais pas si un appart au 2e étage était une bonne idée, lance Zora.

Je la regarde, dubitative. Nous éclatons de rire ensemble. Éreintées, mais heureuses de nous retrouver.

— Je dois filer. Je ne sais pas toi, mais pour ma part, mon patron n'aime pas trop quand on lui décale ses horaires. Je repasse te voir demain soir, ça te va ?

— Je dois me rendre à la fac demain matin, mais après je suis dispo.

— Je te donnerai un coup de main pour arranger tout ça.

Elle balaye du regard la pièce principale.

— C'est gentil, je me débrouillerai, tu en as fait assez. Bon courage pour ce soir.

— Du courage ? Pourquoi ? J'adore me faire insulter !

Elle me fait un clin d'œil et disparaît dans l'escalier. Je reste engoncée dans mon large fauteuil, ne sachant par quel bout commencer, avec une terrible envie de ne rien faire. Je finis par me lever, allume le chauffage et prends le premier sac que je croise. Chouette, mes vêtements. Cela devrait aller assez vite, je n'ai pas grand-chose ! Ma main heurte un objet : un cadre photo. Je le sors et m'assois, me replongeant dans mes souvenirs. Il s'agit de Zora et moi au collège. Je me souviens très bien de cette photo. Nous étions dans la cour à la fin de l'année et nous nous amusions à poser sous l'objectif d'une de nos camarades qui souhaitait devenir photographe. Elle n'était pas mauvaise du tout. La photo est assez sympa et notre sourire ne laissait planer aucun doute sur le bonheur que nous avions à être toutes les deux. À cette époque encore, on était les "sœurs jumelles". Nos parents s'amusaient de nos jeux et de notre irrésistible envie de nous trouver un lien de parenté. Drôle quand on sait que nous avons toutes les deux été adoptées et que nous avons seulement... deux mois d'écart !

Quelle pagaille ! En fouillant dans mes cartons, je retrouve aussi une photo de mes parents adoptifs. Ils ont été adorables avec moi. Ils n'ont jamais pu avoir d'enfant et mon arrivée a été un véritable bonheur pour eux, j'en ai bien conscience. J'ai plaisir à retourner les voir souvent, même si j'ai quitté le domicile familial à 18 ans pour étudier. Ils n'ont jamais rien dit sur mes "vrais" parents. Ils m'ont expliqué qu'à mon arrivée, je ne cessais de faire des cauchemars et qu'ils s'étaient sentis désemparés. Ces images étaient devenues de plus en plus floues avec le temps. J'ai fini par oublier ma famille d'origine et j'ai appris à aimer Georges et Lisette. J'ai fait une croix sur ce début d'existence et tenté de créer mes propres souvenirs.

Mais je trimballe cette frustration depuis toujours. La fin tragique de mes parents reste un mystère. Il y a quelques années, j'ai bien pensé faire quelques recherches sur eux mais je ne savais pas par où commencer. Les informations que je possédais restaient sommaires. J'ai finalement laissé tomber ce projet. Après tout, cela ne m'intéressait pas de savoir qui ils étaient exactement...

Assez cogité ! Je claque la porte de mon appartement et grimpe dans ma voiture. Ce n'est pas tout ça mais mon frigo est vide. Je dois m'y reprendre à trois fois pour faire démarrer ma vieille Simca. Me voici à présent dans les rues d'Angers éventrées par les travaux du tramway. Cette ville est en train de vivre une mutation profonde. Comme moi, me dis-je en souriant. Plongée dans mes pensées, je sursaute en voyant un chat noir traverser la route. Je donne un coup de volant pour l'éviter et mords le bord du trottoir. Ouf. Pas de bobo. Le chat disparaît dans le vide sanitaire d'un immeuble.

Je déteste décidément la voiture.

Chapitre 2

La boulette de papier virevolte au-dessus des têtes avant de finir sa course sur celle de la belle au bois dormant. Un dernier grognement sourd, un mouvement du cou brusque, celui qui a la tête posée sur ses bras croisés sursaute et sort de son sommeil. L'air aussi perdu que les aventuriers de l'île de *Lost*, il scrute autour de lui sans comprendre ce qui peut bien provoquer l'hilarité de ses camarades.

Plutôt gonflé l'animal ! Les étudiants ont arrêté de lire leur texte et m'observent, se demandant comment je vais réagir. Je me campe droite devant lui. Un grognement sourd provoque l'hilarité générale. Saisissant rapidement la situation, il se met à rougir et balbutie quelques excuses gênées.

— Oui, la boulette, c'était moi. Puisque vous voulez bien revenir parmi nous, j'ai envie de vous poser une question. J'ai l'impression que vous trouvez mon cours soporifique ?

Ma phrase le déconfit davantage et je souris largement.

— Euh non, non M'dame...

Inutile d'en rajouter, le reste du groupe se chargera de le charrier. Je retourne au tableau et relance mon cours. La fatigue commence à se faire sentir à l'approche des partiels.

Comme le temps passe vite ! Je me suis tellement plongée dans le travail que je n'ai pas vu les mois passer.

Je me rappelle ce premier jour où je me suis rendue dans les bureaux de l'Institut. Le directeur m'y attendait de pied ferme. Il est venu vers moi, la main tendue et un large sourire aux lèvres. C'est un homme élancé, à la tenue soignée et la coiffure ordrée. Ses cheveux grisonnants et de petites lunettes tombant au bout de son nez lui confèrent un air de rat de bibliothèque.

— Mademoiselle Brigot ! Comme je suis content de vous rencontrer ! m'avait-il lancé.

— Et moi donc, Monsieur le Directeur ! Vous habitez une bien jolie ville que j'avais hâte de pouvoir découvrir davantage.

— Et vous en aurez l'occasion. Les travaux gênent actuellement les déplacements dans le centre mais d'ici juin, cela devrait aller mieux. Notre tramway sera enfin opérationnel et facilitera bien des choses.

— Je n'en doute pas.

— En tout cas, nous vous sommes très reconnaissants d'avoir pu vous libérer si vite.

— La personne que je remplace ne doit pas partir en retraite avant la fin de l'année, c'est ça ?

— Elle a changé finalement de projet pour des raisons familiales. Je ne vous cache pas que vous allez avoir beaucoup de travail car de nombreux points concernant les partiels de décembre n'ont pas été réglés. En cas de besoin, notre équipe saura vous aider rapidement.

— Je vous remercie, Monsieur le Directeur.

— Appelez-moi Claude. Votre prénom est bien Margot ?

— C'est exact.

— Suivez-moi, Margot, que je vous montre votre bureau.

Deux mois plus tard, j'étais dans le grand bain. J'ai très vite repris les cours et fait face aux amphithéâtres blindés des premières années et ceux, un peu moins remplis des Masters ! J'adore ce métier. Enseigner... On pose un masque sur son visage lorsque l'on pénètre dans la salle. À partir du moment où nous avons su prouver notre légitimité aux étudiants, c'est gagné. Il y en a bien certains pour râler, ou trouver que nos méthodes ne sont pas adaptées, trop ceci, trop cela... Mais dans l'ensemble, nous pouvons souffler. Ce que je trouve très amusant au fur et à mesure de mes expériences, c'est de retrouver toujours les mêmes profils dans les promotions : les sérieux, les sages, les bavards, les sceptiques, les bougons... Année après année, les visages changent mais pas les styles.

Le plaisir de nous retrouver avec Zora m'a permis de relativiser les difficultés du départ. Elle m'a fait visiter la ville de long en large et est même parvenue à me faire investir dans des tenues plus tendance ! J'ai aussi repéré quelques musées, comme le musée des Beaux-Arts, et autres endroits que je souhaitais visiter mais je n'en ai pas encore eu l'occasion. Cela viendra. Après tout, je vis ici maintenant.

*

*   *

La journée a été éreintante. Les congés d'avril approchent et avec eux le soleil. Il devient de plus en plus compliqué de tenir les groupes et de se concentrer quand un grand ciel bleu nous appelle dehors ! C'est donc vidée que je reprends le chemin de mon appartement, repoussant la proposition de Zora d'aller boire un verre. Je me vautre dans mon fauteuil, n'ayant plus aucune volonté. Je ferme les yeux et ne me rends même pas compte que je m'endors. Cela doit bien faire une heure que je suis dans la même position quand je trouve la force de me relever. Je n'ai qu'une envie, prendre une bonne douche et me détendre devant une émission abrutissante. Ne plus réfléchir. On peut compter sur la télévision et son indigeste programmation pour cela. Je mets en route l'eau de la douche et me tourne vers la glace pour voir l'étendue des dégâts. Je ne comprends pas tout de suite ce qui gêne ma vision, mes yeux troublés par le sommeil ne me permettent pas de distinguer clairement. Je touche le miroir. Ma main rencontre une feuille scotchée en plein milieu. Impossible de la louper ! Une page écrite à l'encre de Chine avec soin et finesse. Je me frotte les yeux et me lave le visage. Je sors de la salle d'eau à la recherche d'un endroit plus lumineux. Je me pose sur une chaise et déchiffre tant bien que mal cette lettre.

"Margot, la vie n'est pas faite de hasard.

Le destin appelle ceux qu'il désigne.

Ton retour dans cette ville était attendu.

Il te faut aujourd'hui rendre justice pour la mort de tes parents, il y a de cela 24 ans, ici même.

Les meurtriers courent encore.

Tu es en danger. Méfie-toi.

Les gardiens"

"Les meurtriers de mes parents ?" Il me faut relire cette lettre trois ou quatre fois avant que mon esprit ne parvienne à organiser tout cela. Est-ce une plaisanterie ? Mais de qui ? Ici, à part mes collègues et Zora, je ne connais personne. Et je ne vois ni Marie, ni mon amie d'enfance se permettre ce genre de choses. Et puis cette signature : "Les gardiens". Qu'est-ce que cela signifie ? Qui sont ces gardiens ? Et les gardiens de quoi ? Et mes parents ? Pourquoi faudrait-il les venger ? Et enfin, et surtout, comment cette personne est parvenue à coller ce message dans la salle de bain. La porte était fermée à clef aujourd'hui, j'en suis sûre. Mais en rentrant... Je bondis. Le verrou n'est pas enclenché. Quelqu'un s'est introduit chez moi alors que je dormais sur le canapé. Je frissonne à cette idée et verrouille immédiatement ma porte. Je reste pétrifiée quelques secondes. Je dormais et ne me suis rendu compte de rien. Quelqu'un est venu, est peut-être passé près de moi. Et si je m'étais réveillée ? Que se serait-il passé ? Est-il seulement parti ? Je tends l'oreille : quelques craquements, le souffle tiède de cette fin de journée pénètre dans l'appartement et soulève les feuilles posées nonchalamment sur la table basse. Prudemment, je sors de l'entrée et commence à inspecter les pièces. Je saisis un vieux livre volumineux, seule arme de fortune que je trouve. J'ouvre les placards, regarde sous le lit, derrière le canapé… Personne. Je repose mon assommoir et reste songeuse durant un long moment, sans trop savoir que penser, ni trop comment réagir. Je me laisse tomber sur le lit.

Si ce qui est noté est vrai, pourquoi mes parents auraient-ils été assassinés, puisque c'est bien de cela dont il s'agit ? Sachant que je ne trouverai pas le sommeil, je m'installe à mon ordinateur et me lance dans mes recherches. Il est 22 h passées et je ne veux pas affoler Zora inutilement. Je décide de parcourir les sites à la recherche d'informations sur la mort d'un couple en 1987. Je ne parviens pas à obtenir un moyen d'accéder aux archives. Je tourne comme un lion en cage. La seule solution pour moi est de me rendre à la bibliothèque d'Angers. Je pourrai retrouver les archives des journaux de l'époque. On verra demain. Je finis par m'assoupir sur mon canapé, restant à l'affût du moindre bruit mais finissant tout de même par sombrer dans le sommeil.

Au petit matin, je me retrouve devant la bâtisse vitrée de la bibliothèque. Je monte à l'étage et entre dans la pièce réservée à la consultation de documents anciens. Ces lieux sont assez incroyables : tant de monde et pourtant si silencieux, chacun concentré sur son ouvrage. Je m'avance lentement vers la responsable de ce secteur, craignant de troubler le calme environnant, et demande les journaux de l'année 1987.

— Quel mois ?

— Tous.

La bibliothécaire me regarde, effarée.

— Tous ? Mais vous allez y passer la journée !

Je m'abstiens de tout commentaire et patiente quelques minutes en m'installant à l'une des tables disponibles. Une personne entre avec de lourds documents. La dame fait signe à sa collègue que tout ceci m'est destiné. L'employée dépose le tout, me souhaitant bon courage.

— Vous cherchez quelque chose de précis ?

— Je ne sais pas encore...

— Ça risque de ne pas être simple !

Je me mets au travail et tente de procéder avec méthode. Je cherche sur la première page une information sur un crime commis autour d'Angers. Puis je parcours les journaux. Tous ces faits divers, ces projets pour la ville, ces fêtes et autres événements sportifs s'emmêlent dans ma tête. Je scrute les photos qui défilent, espérant y reconnaître quelqu'un. Mais qui ? Qui est-ce que je cherche ? Je commence à croire que cette démarche est totalement dépourvue de sens et vouée à l'échec. Je soupire devant la montagne de journaux qui me restent encore à étudier. La bibliothécaire me jette un regard en coin où je crois lire de la pitié... ou de l'inquiétude quant à mon équilibre mental. Je n'y prête pas plus attention et me replonge dans mon travail. Septembre, octobre... Rien, toujours rien. Suis-je allée trop vite ? J'ai sans doute loupé quelque chose. Mais quoi ? Pas facile de faire le tri quand on ne sait pas vraiment ce que l'on cherche. Si au moins le message avait été plus clair. Si j'avais eu un tantinet plus d'informations.

Le temps passe, lorsque mon attention est attirée par un article de novembre 1987. Il y est question d'un jeune couple et de leur petite fille de trois ans qui seraient décédés alors que le père perdait le contrôle de son véhicule en sortant de la ville. C'est... un accident. Pas un meurtre. Et pourtant, je ne peux m'empêcher de lire avec plus d'attention l'article correspondant. C'est en rentrant chez eux que l'homme serait sorti de la route, sans doute du fait des mauvaises conditions climatiques du moment. Il venait de pleuvoir et les températures étaient tombées en dessous de zéro. Aucun survivant. Le couple et leur fille étaient décédés. Mon Dieu ! Mais alors, la petite fille en question, ce serait moi-même ! Le nom de ces personnes me saute aux yeux : Sébastien et Augustine Nédra. Leur petite fille, morte sur le coup, aurait été incinérée comme ses parents, le 29 novembre 1987. Sébastien était policier et exerçait depuis huit ans dans la ville. Son épouse était professeur d'histoire au collège. Ils résidaient à Bouchemaine, près d'Angers. Tout cela semblait inexplicable. Une véritable tragédie.

Je ne peux décoller mes yeux de ce mot “incinérée”. Comment pouvait-on incinérer une enfant ? Pourquoi ? Qui avait décidé ? Une chose est sûre, il devenait difficile de vérifier quoi que ce soit. Pas de trace. Je reste encore les mains agrippées à la feuille, lisant et relisant l'article. Je termine tout de même le dernier mois mais ne trouve rien de plus. Obligée de me rendre à l'évidence : il n'y a que cela qui se rapproche le plus de mon histoire. Je demande une copie de cette page puis range rapidement mes affaires. Il est déjà midi et demi.

Chapitre 3

En montant dans ma voiture, une légère hésitation me tenaille. Je ne vois pas quoi faire d'autre à part me rendre à la police et pourtant... Je finis par démarrer et me dirige vers le commissariat le plus proche. Je n'aime pas ce lieu. Avoir affaire aux forces de l'ordre, quel que soit le côté où l'on se situe, n'est jamais agréable. Un agent se trouve à l'accueil, plongé dans des documents. Par chance, il y a peu de monde dans ce hall. Une jeune femme et un couple sont assis et patientent. Je me présente et explique ce qui m'amène. L'homme gribouille une note, me demande de m'installer et d'attendre. Attendre, il en a de bonnes, lui ! Le stress m'envahit. Une heure plus tard, une jeune femme vient me retrouver. Elle me fait entrer dans un bureau. Je m'installe face à elle.

— Alors, Mademoiselle... Brigot ?

— Oui, c'est bien ça.

— Qu'est-ce qui vous amène ?

— Ceci.

Je sors de ma pochette, la feuille trouvée la veille dans ma salle d'eau.

— Hier soir, j'ai découvert ce document épinglé sur mon miroir. Une personne s'est introduite chez moi.

La femme lit attentivement le message puis le repose sur le bureau.

— Votre porte a été forcée ?

— Non… Je suppose que cette personne est entrée alors que je m'étais assoupie en rentrant de mon travail.

— Vous avez un petit ami ?

— Non, je vis seule.

— Un ex jaloux ?

— Non plus.

Elle me regarde plus attentivement.

— Vos parents ont été tués ?

— Je ne sais pas. J'ai été adoptée. Ce matin, j'ai retrouvé ça en faisant des recherches aux archives.

Je lui montre la page. L'agent la lit et réagit immédiatement.

— Il y avait une petite fille, qui aurait votre âge si je comprends bien.

— Oui…

— Et elle est morte.

— Oui mais…

— Ne pensez-vous pas qu'il s'agisse plutôt d'une mauvaise blague d'amis peu scrupuleux ?

— Je ne vois personne …

— Cherchez bien, Mademoiselle. C'est toujours ce que l'on croit au départ. On pense bien connaître les personnes qui nous entourent et puis finalement… Rentrez chez vous, et n'y pensez plus. Il n'y a pas de menace donc pas de risque.

— Pas de menace ? Mais enfin, on me dit clairement que je suis en danger !

— Oui, mais on ne vous menace pas directement.

— Vous plaisantez ?

— Écoutez, je vois tous les jours ce genre de plaisanterie. Croyez-moi, cela n'a rien de sérieux. Si toutefois, de nouveaux faits se produisaient, revenez vers nous.

— Si je meurs par exemple ?

— Mademoiselle !

Je ne sais pas si je dois lui hurler dessus, sortir en claquant la porte, rire, ou tout à la fois... Je décide de partir sans même la regarder, après avoir pris soin de récupérer mes documents. J'appelle Zora et lui propose de prendre un café avant qu'elle ne reprenne son travail, ce qu'elle accepte immédiatement.

Nous nous retrouvons sur la place du Ralliement et, en me voyant, elle comprend que quelque chose cloche.

— Bon Margot, assez de parlotte. Qu'est-ce qui se passe ?

— Rien... rien de spécial.

— Tu ne sais pas me mentir, je te l'ai déjà dit. Raconte.

Je finis par cracher le morceau et lui raconte le message, mes recherches, et ma visite au commissariat.

— C'est fou cette histoire. Quelqu'un a réussi à s'introduire chez toi. Tu ne vois vraiment pas qui aurait pu ?

— Non, je n'en ai pas la moindre idée.

— Un étudiant mal intentionné ?

— Non, pas du tout.

— Mais cette petite fille, ce serait toi ?

— Oui, sauf qu'il n'y a aucun moyen de le savoir.

— Mais l'article dit...

— Il dit ce qu'on a bien voulu lui faire dire.

— Comment savoir ?

— En retrouvant la famille de ce couple.

Zora me jette un regard inquiet.

— Margot, la policière a peut-être raison, c'est sans doute une plaisanterie de mauvais goût.

— Je ne le crois pas. Il faut que j'en aie le cœur net.

— Il est 16 h 30, je dois filer, mais je t'appelle demain. Ne fais rien de stupide.

— Ce n'est pas mon genre.

— Justement, continue.

Je suis du regard la longue silhouette de Zora remonter vers la rue en travaux et disparaître derrière la haute façade. Je finis mon thé et descends vers la Maine. Je rejoins rapidement mon appartement et me réinstalle à l'ordinateur. Je tente vainement de retrouver la trace de la famille de ce couple. Vingt-quatre ans qu'ils sont décédés ! Qui vais-je pouvoir contacter ? Et pour leur dire quoi ? « Bonjour, je suis Margot et je crois bien être de votre famille ! J'ai trouvé un mot dans ma salle de bain qui me l'assure. Ridicule ? Et pourtant, je dois savoir ! Je tombe sur une Thérèse Nédra vivant à Saint Barthélémy d'Anjou. Je prends mon portable et ne parviens pas à taper le numéro, une once de remord me faisant hésiter. Je finis par composer les dix chiffres et enclenche l'appel. Les sonneries s'enchaînent. Personne. C'est peut-être mieux ainsi. Je m'apprêtais sans doute à faire la pire bêtise de ma vie, prenant au sérieux un charlot dépourvu de bon sens. Mon cœur s'arrête une seconde. À l'autre bout du fil, la voix d'une femme âgée vient de me répondre.

— Allô ? Allô...

— Madame Nédra ?

— Oui.

Je serre le mobile plus fort encore.

— Madame, je suis Isabelle Van Dotten. Vous êtes bien de la famille de Sébastien Nédra ?

Un long silence m'incite à réciter tout de suite mon texte :

— Je suis journaliste et je me permets de vous contacter au sujet de la tragédie qui vous a frappée il y a vingt-quatre ans de cela. C'est bien votre fils, Sébastien Nédra, qui a perdu la vie lors d'un accident de voiture ?

À nouveau, un long silence fait écho à ma phrase.

— Madame Nédra ?

— Oui, je suis toujours là.

— Je sais combien cela doit être dur, aujourd'hui encore, pour vous d'évoquer ce drame. Nous traitons du sujet délicat des morts sur la route et j'aurais souhaité m'entretenir quelques instants avec vous. Pourrais-je vous rencontrer ?

C'est audacieux, mais c'est quitte ou double. Ma stratégie peut être très mal prise et je peux me faire raccrocher au nez. Le temps de réponse de la vieille dame me fait me mordre les lèvres. Pourquoi n'ai-je pas mieux préparé mon discours ? Pourquoi n'avoir pas anticipé ?

— J'accepte, mais je ne peux pas vous recevoir très longtemps. Passez demain matin, à 10 h. J'attends la visite d'un vieil ami de la famille à midi.

— J'y serai, sans faute. Merci à vous, Madame Nédra. À demain.

Lorsque je coupe la communication, ma main droite est totalement crispée sur le combiné et c'est avec difficulté que je le relâche enfin. Je souffle. Quel culot ! Si je me trompe, j'aurai fait beaucoup de mal à cette pauvre femme. Pour rien.

Ce soir-là, je peine à trouver le sommeil, de peur de me présenter en retard. Je retourne tout cela dans ma tête. Retrouver ma famille d'origine n'a jamais été une question que je me suis posée, je ne l'avais jamais envisagé, pensant tout simplement ne plus avoir personne. Il doit être deux heures du matin, lorsque enfin, je parviens à m'endormir.

*

* *

La façade de la maison est vieillotte et me rappelle les maisons des vieux quartiers d'Orléans. La moyenne d'âge des habitants doit être de 70 ans au moins ! Le jardin donnant sur la rue est propre et bien tenu sans être trop chargé. Quelques rosiers fleurissent avec le magnifique soleil de cette nouvelle journée de printemps. J'ouvre le portillon et franchis rapidement les quelques mètres qui me séparent de la porte. Je m'apprête à frapper mais ma main reste suspendue. Ai-je bien mesuré ce que j'allais faire ? Je vais peut-être changer la vie de cette femme. Je ne peux de toute façon plus reculer. Alors que je termine mon geste, la porte s'ouvre. Une vieille dame se présente devant moi. Plutôt petite et menue, les cheveux blancs attachés soigneusement, Thérèse Nédra m'accueille, un triste sourire aux lèvres. Sur son visage, on peut lire toute la souffrance qu'a dû endurer cette femme.

— Vous êtes la jeune journaliste.

— Ou... Oui.

— Je vous attendais. Entrez.

Elle s'écarte pour me laisser le passage. Je longe un couloir étroit et entre dans le salon où un large canapé, ayant bien vécu, trône. La pièce est petite et coquette. Il s'agit plus de l'intérieur d'une femme vivant seule, aucune marque masculine n'apparaît.

— Installez-vous. Je suis à vous tout de suite. Juste quelques petites bricoles à ranger dans la cuisine. J'en profite pour vous servir un thé ?

— Volontiers.

Alors que la femme repart dans l'autre pièce, j'en profite pour regarder les photos déposées sur le vaisselier. Une photo de mariage datant des années 50, de jeunes enfants, puis des adolescents... L'une d'entre elles m'interpelle : un jeune couple portant un bébé dans ses bras. Je ne parviens plus à décoller mon regard de leurs visages. Seraient-ce mes parents ? Est-ce moi ce bébé aux joues roses et rebondies ? Les parents ont l'air aux anges, tout à leur nouveau bonheur.

— Ce sont eux.

Je me retourne vivement vers la voix qui vient de s'adresser à moi. Thérèse Nédra se tient dans l'encadrement de la porte, un plateau dans les mains. Elle dépose le tout sur la petite table et me rejoint. Elle saisit le grand cadre et reste un instant contemplative, le regard à la fois triste et nostalgique. Une larme roule sur sa joue ridée qu'elle essuie rapidement.

— C'est mon fils, Sébastien, ma belle-fille et ma petite-fille. Elle devait avoir six mois sur cette photo. Ils sont tous morts, tous les trois. La police a dit que mon fils allait trop vite, mais je ne peux pas le croire.

C'était un garçon prudent et avec sa fille dans la voiture…

— Je suis navrée.

— C'est la vie. Un mystère. Comment de telles choses peuvent-elles se produire ? Peut-on donner un sens à de pareilles tragédies ? Ce sont des questions auxquelles j'ai cherché à apporter des réponses mais il n'y en a pas. On ne sait pas pourquoi cela nous tombe dessus.

La vieille femme repose le cadre et vient s'asseoir sur le canapé, m'invitant à la rejoindre.

— Mais vous êtes venue pour votre article. J'imagine que vous avez des questions. Je vous écoute.

— Oui… Donc… Votre, votre fils était policier, c'est bien cela ?

— Oui, il est entré dans la police en 1980. Il était particulièrement fier. Il était en attente de ses résultats au concours de sous-officier quand…

À nouveau, une larme s'échappe de ses yeux. Je lui tends un mouchoir en papier.

— Il était reçu et ne l'a jamais su.

— Et votre belle-fille était enseignante.

— Augustine était prof dans un collège, elle enseignait l'histoire. Une vraie passion ! Ils se sont mariés en 1983. Un an après, ils connaissaient le bonheur d'avoir une petite fille. Elle était si jolie. Elle avait des grands yeux noirs et toujours le sourire. "Leur petit ange", c'est comme ça que ses parents l'appelaient.

— Le soir de l'accident, que s'est-il passé ?

— Mes enfants rentraient chez eux. Sur une petite route de campagne, la voiture a glissé sur une plaque de verglas avant de partir dans un mur. L'enquête a conclu à un excès de vitesse...

— Et, ils étaient tous les trois ?

— Oui, bien sûr !

— Je veux dire, il est certain que la petite fille était dans la voiture ?

— Mais oui. Ils sont partis de chez moi, je le sais bien. Mon cœur s'est arrêté quand j'ai reçu l'appel de la police.

Prise par l'émotion, la dame s'arrête un instant.

— Pardon.

— Non, je vous en prie. Nous pouvons arrêter si vous le souhaitez.

— Non, ça va aller. Et puis, raconter leur histoire, c'est les faire exister encore un peu.

— Vous vous êtes rendue à l'hôpital.

— Oui, mais il était trop tard. Ils étaient déjà décédés.

— Cela a dû être un choc de voir leurs corps.

— Je n'ai rien vu.

Je fixe les yeux de Thérèse intensément.

— Comment cela ?

— Les médecins ne nous ont pas permis de les voir, ils ont dit que l'accident avait fortement endommagé les corps.

— Une autre personne de votre famille a peut-être pu les identifier ?

— Non, c'était inutile, un collègue de mon fils l'avait fait.

Je reste interdite. Personne d'autre que la police n'a pu reconnaître les corps...

— C'était la même chose pour les parents d'Augustine ?

— Oh non, il n'y a pas eu de question à se poser, elle n'avait pas de famille. Elle a perdu ses parents lorsqu'elle était étudiante et n'avait pas d'autre famille, à ma connaissance.

— Mais j'ai lu que les corps avaient été incinérés. Qui l'a décidé ? Le couple avait laissé des consignes en cas de malheur ?

— Non, ce sont les policiers à l'époque qui nous l'ont conseillé.

Je me laisse tomber dans le fauteuil. Qu'est-ce que cela signifie ? Étrange cette volonté de ne pas laisser de trace. Une idée me vient à l'esprit. Je me redresse vivement.

— J'imagine qu'il y a eu une autopsie.

— Bien sûr. Aucune trace d'alcool ou de drogue. Je le savais déjà !

J'écoute Thérèse me parler des dangers de la route de manière générale puis évoquer son second fils et son mari décédé il y a cinq ans. Trop de douleurs. Je suis touchée par cette femme mais suis ailleurs. Je tente de donner du sens à ce que je viens d'entendre. Le seul document qui me permettrait d'y voir plus clair serait de retrouver le rapport d'autopsie. Comment est-ce qu'on se le procure ? Cela risque d'être beaucoup plus compliqué.

Je termine mon "interview" par trois questions sur son opinion vis-à-vis des campagnes de prévention, puis la remercie vivement pour son aide et me retire. Il se fait tard et son invité ne devrait plus tarder. Au moment de partir, une dernière idée me vient.

— La photo de vos enfants date de deux ans avant leur accident. Auriez-vous une photo plus récente de votre petite-fille ?... C'est pour l'article.

— Ici, non. Mon fils a fait des travaux dans la dernière chambre et a emporté tous les albums photos mais je peux vous en envoyer une, si vous le souhaitez.

— Ce serait très gentil.

Je note rapidement mon adresse, expliquant que je loge chez une amie, oubliant même que j'avais donné un faux nom en arrivant ! Nous longeons à nouveau le couloir lorsque mon regard est attiré par un portrait accroché au mur. Il s'agit du jeune couple lors de leur mariage. Je n'en crois pas mes yeux : Augustine porte mon collier. Mais que fait-elle avec ce collier autour du cou ? Pourquoi est-ce que je le porte encore aujourd'hui ? Je tente de cacher mon émotion et remercie la vieille dame. En montant dans ma voiture, j'aperçois un véhicule se garer devant la petite maison. Un homme élancé en sort rapidement. Il doit avoir la cinquantaine. Il franchit le portail d'un pas décidé tandis que je démarre.

Chapitre 4

Je patiente encore dans cette maudite salle d'attente du commissariat. Je dois tenter le tout pour le tout. Il me faut ces conclusions de l'autopsie. Zora n'en est pas revenue lorsque je lui ai raconté mon entrevue avec Thérèse. D'abord, parce qu'elle ne m'aurait pas cru capable d'oser, ensuite du fait des informations recueillies.

— Margot, tout cela ne semble pas net. Prends garde de ne pas te mettre dans un pétrin pas possible. Si ce sont des ripoux, ou des mecs louches qui tentent de cacher des choses, tu vas te frotter à de sacrés dangers !

— Tu regardes trop de films !

J'avais ri à ses remarques. Il n'empêche qu'elle n'avait pas tort et qu'il me fallait être prudente quant à mes techniques d'approche. Et puis, avoir vu ce collier chez madame Nédra m'a réellement retournée. Il est bien évidemment tout à fait probable que ce ne soit pas une pièce unique mais la coïncidence est troublante. Mes parents m'ont toujours dit que ce collier était déjà en ma possession lorsque je suis arrivée chez eux. Cette fois-ci, je suis reçue au bout d'une demi-heure ! C'est un jeune agent qui s'y colle. J'essaie de montrer toute l'assurance possible. Je mise sur la semi-vérité : dire des choses vraies pour ce qui est vérifiable et inventer ce qui ne l'est pas.

Après les questions d'usage, je peux enfin poser ma question :

— Voilà, je suis professeure d'Histoire à la fac de Belle-Beille, et je mène une étude sur les années 80. Je traite toutes les questions d'actualité de cette époque.

— Parce que les années 80, c'est l'Histoire ? Je croyais que c'était que le Moyen Âge et compagnie.

Super, je suis tombée sur un érudit !

— L'Histoire concerne tout ce qui nous précède, quel que soit le temps qui nous en sépare.

Il me regarde, interloqué. Je ne le laisse pas cogiter davantage, cela ne sert à rien.

— J'aborde la vision sociétale de l'utilisation des véhicules permettant l'autonomisation et les risques de ces technologies.

Un long titre qui embrouille, je l'achève.

— Je suis tombée sur un cas intéressant : un jeune couple tué sur les routes de notre ville. Pour parfaire mon étude, il serait bon que je puisse avoir accès à leur autopsie.

Il se cale dans le fond de son fauteuil. Je regrette de ne pas avoir Zora avec moi, un de ses battements de cils auraient pu mettre définitivement fin à toute hésitation.

— Je voudrais bien vous aider, mais c'est interdit. À moins que...

— Que quoi ?

Serait-ce un pervers ?

— Que vous soyez de la famille, mais là, il faut faire une demande auprès du juge et tout et tout...

— Il n'y a pas moyen, en faisant un courrier expliquant ma démarche ?

— J'y crois pas beaucoup. Si vous avez du temps à perdre... Mais c'est vrai que vous êtes prof. Les spécialistes pour plancher sur des sujets aussi inutiles.

Un sourire en coin me fait comprendre que j'ai perdu. Bien joué, je ne l'avais pas vu venir. Je me lève, tentant de conserver le peu de dignité qui me reste. En ouvrant la porte, je me permets quand même de lui rétorquer :

— Vous savez ce que disait Barjavel ? Que l'inutile et le superflu sont plus indispensables à l'homme que le nécessaire. Bonne journée.

Aura-t-il saisi la subtilité de mon message ? Je préfère ne pas savoir et ne m'attarde pas. Une heure de perdue. Sur la route, pour rejoindre la fac, je tente de contacter Thérèse. Je tombe sur son répondeur et lui explique le plus délicatement et le plus succinctement possible ma requête et la nécessité pour mon article de récupérer l'autopsie. Je rejoins mon bureau où m'attend Marion, la secrétaire. Nous parvenons à boucler tous les dossiers en attente et je peux enfin rentrer chez moi. Je passe un coup de fil à Zora et lui laisse un message pour l'informer de mon avancée. À cette heure-ci, elle bosse. Je rentre chez moi, exténuée. Je me prépare un bol de soupe et une belle tranche de fromage avec quelques carrés de chocolat. Je vais enfin pouvoir cogiter tranquillement. Je me rappelle que je n'ai pas eu de réponse de Thérèse et m'apprête à l'appeler quand je me rends compte que j'ai un message sur mon portable. C'est justement elle qui a cherché à me joindre.

— Bonjour Mademoiselle, j'ai bien eu votre message, mais je suis désolée, je ne vais pas pouvoir répondre favorablement à votre requête. J'en ai parlé à mon fils et il ne souhaite pas que des informations trop personnelles parviennent à la presse. Je suis encore désolée et j'espère que vous parviendrez à terminer votre travail.

Pourquoi ai-je choisi journaliste ? Quelle idiote ! Mon argumentaire n'était pas assez ficelé ! D'où l'intérêt de mieux se préparer ! Heureusement que je ne suis pas avocate. Je termine mon repas, finis de corriger quelques papiers et pars dans la douche pour me débarbouiller. Je retiens un cri alors que j'allume la lumière. Un message apparaît sur la glace. La même écriture fine et soignée. Je m'en approche et le lis avec attention.

"Margot, le chemin de la vérité est semé d'embûches.
Mais les dangers sont souvent là
où l'on ne s'y attend pas.
Il te faut te méfier de tous
y compris de ceux censés nous protéger.
Les Gardiens."

En tout cas, c'est un littéraire ! Cette fois, aucune chance qu'il se soit introduit après mon arrivée, j'ai tout verrouillé. Mais alors, cette personne doit avoir un double de ma clé. Je refais le tour de mon appartement, en pure perte bien sûr. Je regarde ma montre, il est 22 h passées. Je mets quelques affaires dans un sac, prends mes cours pour le lendemain et sors, prenant soin de bien fermer la porte à clé. J'appelle Zora dans la voiture.

— Bien sûr, viens chez moi ! J'arrive dans dix minutes. Attends-moi devant au cas où.

Je rejoins rapidement le quartier de Belle-Beille où vit Zora et patiente quelques minutes avant de voir arriver sa petite Clio.

— Margot ! C'est pas possible cette histoire ! Viens vite.

Nous montons les deux étages et elle me fait entrer. Nous nous posons sur le canapé après qu'elle s'est préparé un en-cas.

— Tu ne veux rien, tu es sûre ?

— J'ai déjà mangé. Merci.

— Bon, première chose : demain, tu fais changer ta serrure. On verra avec le proprio, il est sympa, il comprendra. Ensuite, il faut arrêter tes recherches. Tu vois, ça ne t'apporte que des ennuis.

Le regard de Zora me laisse entrevoir toute son inquiétude.

— Non Zora, je ne peux pas arrêter. Et puis, les messages ne sont pas des menaces. Celui ou celle qui s'introduit chez moi ne me veut pas de mal.

— C'est peut-être un tordu, complètement fêlé qui se croit au temps des chevaliers et s'invente des histoires. Retourne à la police demain. Je t'accompagne si tu veux !

— Non. Pour le moment, ces messages ne m'ont pas amenée à des impasses. Je dois poursuivre.

Je me tourne vers mon amie et lui souris.

— Ne t'en fais pas, je ne risque rien.

Je me lève et regarde la rue. Des passants se dépêchent de retourner chez eux, sans doute à cause des températures plus fraîches de la soirée.

— Je suis bloquée.

— Quoi ?

— Je n'ai pas pu obtenir le compte-rendu d'autopsie et madame Nédra refuse d'en faire la demande. Je suis dans une impasse.

Zora soupire.

— Tu es vraiment sûre de vouloir faire ça ?

— Oh, que oui !

— Bon, alors dans ce cas, je vais t'aider.

Je reviens vers elle, intriguée.

— Parce que tu pourrais ?

— Je ne sais pas. C'est possible. Disons que j'ai entendu parler de quelqu'un qui est en mesure de se procurer tout et n'importe quoi. Y compris des trucs pas très légaux. Un as de l'informatique et des systèmes D.

— T'en connais du monde !

— Pas personnellement !

— Et tu penses qu'il pourrait m'aider ?

— J'imagine qu'il doit y avoir moyen. En tout cas, on peut demander. Ce n'est pas lui qui te dénoncerait à la police. Par contre, ce sera contre paiement !

— Je me doute bien qu'il ne fait pas de bénévolat ! Il demande cher ?

— Aucune idée, je n'ai pas eu besoin de faire appel à ses services.

Je lui lance un sourire malicieux.

— Et tu pourrais me le présenter ? En ta présence ?

Zora éclate de rire.

— T'es timbrée ! Aucune chance que le charme ait un effet sur lui. Il est connu pour ne pas mélanger affaires et sentiments. Et je te rappelle que j'ai un homme, moi !

— Merci Zora !

— De quoi ?

— De me le présenter. Je le vois quand ?

— Il est tous les vendredis en boîte, le long des quais. C'est vrai que tu n'aimes pas ça, toi...

— Je ferai une exception.

Je m'affale avec elle dans le fauteuil et nous nous scotchons toutes les deux devant une émission où les invités s'attaquent mutuellement. J'ai dû m'assoupir avant la fin car je n'ai jamais su qui avait gagné.

*

* *

Le temps n'est jamais passé aussi lentement que ces quatre derniers jours. J'ai eu beau me plonger dans mon travail, rien n'y a fait. Je n'ai cessé de tourner et retourner dans ma tête ce que j'allais pouvoir dire, quels arguments, comment présenter ma demande... Rien ne me convenait. Je recommençais encore et encore. Le vendredi est enfin arrivé et les congés scolaires avec. Cela tombe bien, je vais pouvoir me concentrer davantage sur mon enquête. J'ai mis un dernier coup de collier pour finir de gérer l'administratif. Il m'a fallu justifier le fait de n'avoir encore rédigé aucun article depuis deux mois. J'ai promis un bon papier à mon directeur, mais j'ai laissé planer le mystère concernant le sujet... Puisque je n'ai moi-même aucune idée du sujet ! Je verrai bien où mes démarches me conduiront. Bref, ce vendredi, je clos mon dernier cours, aussi énervée que les étudiants. Je boucle mon sac et pars à l'heure cette fois-ci. Je revois une dernière fois mon scénario et me prépare rapidement. J'ai encore le temps, Zora ne doit passer me prendre que vers 22 h 15. Elle se posera pour dîner puis nous repartirons pour être là-bas à 23 h. L'attente est insupportable et je termine le dernier quart d'heure collée à la vitre, guettant chaque bruit de voiture. J'aperçois enfin le véhicule de mon amie. Je me précipite à la porte pour ouvrir. Ma nouvelle serrure a été installée hier mais je n'ai eu aucun nouveau message sur mon miroir entre temps. Zora grimpe les dernières marches, essoufflée.

— Je vois que tu m'attendais.

— Qu'est-ce tu bouines ? Dépêche-toi !

— C'est toi qui me dis ça !

Je n'insiste pas devant une telle mauvaise foi. Je sors du micro-onde l'assiette préparée et la dépose devant Zora.

— Tu me laisses le temps de dîner, on se change et on part.

— Comment ça “on se change” ? Je suis prête, moi.

Mon amie en laisse tomber sa fourchette.

— Tu ne crois pas que je vais te laisser aller là-bas, rencontrer ce type qui côtoie toutes les nénettes les plus branchées, fagotée comme ça !

Je jette un œil sur ma tenue : un jean bleu foncé, une chemisette blanche et mon vieux collier qui ne me quitte pas.

— Je vais mettre ma veste.

— Mais oui, bien sûr, ça change tout...

Zora soulève un sac déposé près d'elle.

— Heureusement, te connaissant, j'ai tout prévu.

Une boule se forme dans mon estomac à l'idée de ce que peut contenir ce sac. L'important n'est pas là. Nous nous y ferons bien. Le tout est de partir.

Toutefois, mes craintes se confirment lorsque j'aperçois le bout de tissu qui est censé me revenir.

— Je ne vais pas mettre ça !

— Mais si, tu auras ta veste avec. Ne perds pas de temps, il faut aussi se maquiller.

— On va juste rencontrer ce type, pas assister à un speed dating !

— Arrête de râler !

Zora disparaît dans la salle de bain tandis que j'essaie désespérément d'enfiler ce qui s'apparente à une robe. Piégée la robe : il y a une couche plus épaisse en dessous et une couche voilée au-dessus. Et sans manche, par-dessus le marché. Je réussis enfin à me glisser dedans et dans le bon sens. Je trouve ensuite une ceinture que je devine m'être destinée. Je finis par passer un léger collant et m'apprête à mettre mes ballerines, mais Zora me lance une paire de chaussures.

— Mets ça !

Huit centimètres de talons ! Ce ne sont pas des chaussures mais des perforeuses de trottoir. Un truc pour se tordre les chevilles à chaque pas. Je complète mon maquillage et laisse mes cheveux entre les mains expertes de mon amie. Coupés carré, ils ne laissent que peu d'originalité. En me regardant dans la glace, je ne suis pas trop effrayée par le résultat. Comme à son habitude, Zora excelle dans l'art de rendre moins moche.

— Ça te va bien. Tu devrais t'habiller plus souvent comme ça.

— Oh oui, ça ferait un carton en amphi.

— Tu vois ce que je veux dire. Tu as de jolies gambettes et tu les camoufles.

— Peut-être, en vieillissant...

— N'attends pas trop, il y a un âge pour tout.

Nous descendons prendre la voiture. L'anxiété monte au fur et à mesure que nous approchons de la boîte de nuit. Zora parvient à se garer rapidement et nous avançons vers la porte. Le vigile ne s'oppose aucunement à notre entrée. La salle n'est pas encore remplie mais déjà, la piste est occupée par des danseurs bien désireux de s'amuser. Plusieurs groupes sont éparpillés sur les fauteuils entourant la pièce. Au bar, trois ou quatre garçons observent avec attention les jeunes femmes qui se déhanchent, cherchant visiblement à attirer l'attention.

Je tente de rallonger ma robe qui me paraît brusquement très courte. Quoique, comparée à certaines, elle n'a rien d'extraordinaire ! Ce n'est vraiment pas un milieu que j'apprécie. Je me sens mal à l'aise tandis que Zora est comme un poisson dans l'eau. Elle cherche du regard le type en question. De mon côté, je scrute les visages. Je me doute bien qu'un mec calé en informatique doit porter des lunettes. Je l'imagine maigrelet, tout petit, vivant dans son monde, un ipod collé dans une main et son iphone dans l'autre. Zora me tape du coude.

— Il est là, celui qui est assis au fond avec son teeshirt gris et son boléro noir.

Alors là ! C'est ce qui s'appelle se planter complètement ! Ou alors, il sous-traite ! Il semble plutôt grand, sans être particulièrement musclé, mais pas rachitique du tout.

— Je vais voir si tu peux lui parler. J'ai reconnu un copain. Bouge pas de là.

Pour ça, non, je ne suis pas près de bouger. J'ai beau aimer danser, il y a des circonstances qui me coupent la chique. Je suis du regard Zora et guette la réaction de l'homme. Il paraît souriant et détendu. Plusieurs personnes sont assises avec lui, dont deux jeunes femmes qui se montrent très prévenantes à son égard. Et voilà, il faut que je sois dans l'obligation de traiter avec un Don Juan, moi qui suis si loin de tout cela avec mon physique d'anti top model. Zora me fait signe d'approcher. Je tente de lisser ma robe et de m'arranger un minimum. Je marche aussi droit que possible, ce qui relève de l'exploit sportif à mon niveau. Il m'a vue et m'observe alors que je viens vers lui. Je lui tends le bras, mais il ne réagit pas. J'ai l'air idiote.

— Bonsoir.

— Bonsoir.

J'ai beaucoup de mal à entendre sa réponse, couverte par huit décibels. Je perçois un sourire ironique sur ses lèvres alors qu'il murmure des propos que je suis incapable d'entendre et qui font rire bruyamment ses voisines. Je hausse la voix :

— Je ne suis pas venue pour amuser la galerie mais pour savoir si vos compétences pouvaient répondre à certains de mes besoins. Maintenant, si vous êtes trop occupé pour le moment, il suffit de me le dire, je verrai pour trouver quelqu'un d'autre.

Je jette un regard en direction de la jeune femme qui garde une main sur la jambe de mon interlocuteur. L'homme hésite un court instant, ses yeux guettant la moindre de mes réactions. Son regard noir me trouble mais j'essaie de ne rien laisser paraître. Il se lève brusquement et me saisit le bras. Il m'entraîne vers le fond de la salle. Je le suis bien malgré moi, mes chaussures me faisant un mal de chien. Nous entrons dans les toilettes et je m'interroge sur le sort qu'il me réserve. Je n'aurais peut-être pas dû lui parler ainsi. C'est plus fort que moi, gamine, je me laissais marcher sur les pieds, mais maintenant, je ne laisserai pas un inconnu se payer ma tête sans rien dire. Il me fait signe de me taire, posant son doigt sur ses lèvres. Il avance vers les portes des toilettes d'où nous parviennent des bruits que je n'ose identifier. Il tambourine fortement sur la porte coupable. Un cri féminin me fait sursauter. Un jeune couple, à peine majeur, sort. Le garçon fait son coq devant sa petite amie. Mais reconnaissant son aîné, il préfère ne pas insister et s'éclipse.

— Voilà, nous serons plus tranquilles.

Il s'appuie contre les vasques, les jambes croisées devant lui. Je parviens à sentir son parfum qui embaume la pièce et bizarrement me trouble. Je ne m'attendais vraiment pas à cela.

— Je t'écoute, c'est quoi ta question ?

Je décide de ne pas me laisser impressionner, malgré sa bonne tête de plus que moi. Son accent me fait penser aux quartiers et son teint hâlé fait ressortir ses yeux. Ses cheveux courts et bruns sont particulièrement soignés.

— J'aurais besoin de certains documents que je ne peux pas obtenir de façon... légale.

— C'est quoi tes documents ? Des papiers d'identité ? Tu veux fuir ton pays ?

Il laisse échapper un rire.

— Un compte-rendu d'autopsie.

Ma phrase l'arrête net.

— De quoi ? D'autopsie ? Mais pour quoi faire ?

— Je croyais que vous ne posiez pas ce type de questions.

Il réfléchit un instant.

— Qui s'est fait buter ?

— C'est écrit ici.

Je sors de mon sac l'enveloppe que j'avais préparée à son intention. Il l'ouvre et parcourt rapidement mon papier. Il me regarde à nouveau. Je ne sais pas ce qu'il cherche à deviner en me fixant ainsi.

— Je pense pouvoir te trouver ça. Ça sera deux mille.

— Francs ?

— T'es une comique toi !

— C'est trop cher.

— C'est moi qui fixe le prix.

— 1 000 euros.

Je veux m'accouder comme lui, afin de me donner une contenance, mais ma main glisse et rend la situation encore plus ridicule. Au moins, ça l'amuse !

— T'as pas compris, c'est pas négociable.

Perdant toute ma superbe, je laisse complètement échapper mon désespoir.

— Je n'ai pas cette somme.

— Alors tant pis. Ravi d'avoir fait ta connaissance.

Il se dirige vers la porte.

— Attendez. J'ai une voiture, une télé. Je peux vous les laisser.

— C'est du cash que je veux.

— Je peux les vendre, il faudrait me laisser un peu de temps.

— Eh, tu t'es trompée de porte, je suis pas l'abbé Pierre moi ! Un conseil, laisse tomber et retourne chez tes parents !

Je ne sais plus quoi faire quand ma main rencontre ma chaîne. Mon collier. Le seul souvenir de ma famille.

— Je peux vous laisser ceci en gage.

— C'est quoi ça ?

— La chaîne et le sertissage sont en or. Au centre, c'est une pierre de lune. Un bijou très précieux. Il vaut plus que deux mille euros. C'est ma parole de vous trouver cette somme.

Il prend le collier et le tourne dans tous les sens puis le fait disparaître dans sa poche. Il soupire et secoue la tête.

— OK, on se dit, mardi, 18 h devant l'Abbaye Café.

*

*   *

Je reste seule dans cette pièce. Il me laisse totalement perdue, incapable de réaction. Je viens de laisser la seule chose qui me relie à mes origines à un inconnu dont je ne connais que le surnom. Et tout ça pourquoi ? Parce qu'un fou, sans doute, a déposé un message dépourvu de sens et me mène sur une piste des plus vaseuses. J'ai une très forte envie de pleurer mais je serre mes paupières. C'est le genre de moment où l'on s'arrête et où l'on prend conscience de ce qui est en train de se passer. Comme si on pouvait sortir de son corps et faire un cliché de l'instant précis pour l'analyser. Je ressens le besoin de prendre l'air. J'ai la sensation d'étouffer. Je traverse la salle principale à toute vitesse, ne laissant pas l'occasion à Zora de savoir comment cela s'est passé. Je devine le regard de ce Ben qui doit se vanter d'avoir su récupérer mon bien. Je ne m'arrête pas, réclame mon sac et ma veste au vestiaire et sors. J'aspire une grande bouffée d'oxygène. Je veux m'éloigner de ce lieu, le plus vite possible. Mes chaussures me gênent dans mon avancée, je finis par les enlever, déchirant dès le premier pas, mes collants. Je me blesse les pieds. Cependant, la douleur se trouve bien plus haut dans la poitrine. Je cours le long des quais et rejoins le boulevard Ayrault. Les rues sont éclairées et quelques promeneurs nocturnes remontent tranquillement l'avenue. Je m'engage sur le pont et m'arrête pour observer la ville. Deux monstres dominent l'ensemble : la Cathédrale Saint Maurice et le Château. Deux bâtiments reconstruits à la même époque, au XIIIe siècle. Des Géants veillant sur la ville, l'un physiquement, l'autre spirituellement. Je m'imagine plusieurs siècles en arrière, cet espace totalement fortifié, la nuit si noire. Il n'y avait pas de lumière comme aujourd'hui et ce moment était souvent redouté. De nombreux forfaits étaient commis une fois le soleil couché. Alors très peu se risquaient à sortir de la cité ou de leur demeure une fois les vêpres sonnées.

La lumière. Une lumière commence à me gêner. Ce sont des phares de voiture. Elle stationne à une dizaine de mètres de moi depuis plusieurs minutes, les deux voies du pont permettant aux autres véhicules de la doubler sans difficulté. J'ai un mauvais pressentiment. Il faut partir. Je me mets à accélérer en direction de la place La Rochefoucauld. À ce moment, le moteur vrombit et l'engin me rejoint rapidement, me coupant la route du parking, sur le haut des quais. Un homme sort précipitamment de l'arrière et tente de me saisir pour m'entraîner dans la voiture. Je me débats comme je peux, frappant, criant, mordant. Je suis terrifiée mais mon sang afflue dans les membres, assurant ma fuite. Nous sommes au corps à corps. Je prie pour qu'il n'y en ait pas un second qui vienne à sa rescousse. Mes cris ont attiré l'attention de badauds. Je parviens à me dégager mais, avec la force déployée pour me sortir de son emprise, je vais trop loin.

Tout se passe très vite et à la fois, c'est comme si la bande tournait au ralenti.

En trébuchant, je ressens un choc violent derrière mon crâne.

Et la lumière disparaît.

Chapitre 5

Des voix s'agitent autour de moi. Je ne comprends pas ce qu'elles disent. Seule une phrase résonne. Je la répète. J'ai envie de la crier mais rien ne sort. Je ne reconnais plus ce qui m'entoure. Je ne suis plus à Angers, ou plus à cette époque. C'est comme si passé et présent se mêlaient. J'ai l'impression de m'envoler, de planer au-dessus du monde, la même phrase au bord des lèvres. Des bruits de sirènes approchent. Je n'y prête aucune attention. Je me sens bien. Je crois que je meurs, il fait si bon tout à coup.

La lumière est si douce et les visages qui se penchent sur moi sont souriants et bienveillants. Une violente douleur dans la poitrine me donne envie de hurler. Le ciel devient plus sombre, jusqu'à une noirceur complète. La lumière d'un gyrophare me brûle les yeux.

Un pompier est penché au-dessus de mon visage. Je cherche à me redresser, mais il m'en empêche.

— Ne bougez pas. Nous allons vous transporter, mes collègues récupèrent une civière.

Je ne me sens pas le courage immédiatement de le contredire. Mais lorsque je comprends que la police arrive, je me relève vivement. La tête me tourne. Je me fige une seconde, laissant le temps à chacun de mes sens de reprendre la barre du navire.

— Qu'est-ce que vous faites ? Je vous ai dit de ne pas bouger !

— C'est gentil, mais ça va mieux. Je vais rentrer chez moi.

— Oh là ! Attendez.

Je parviens à me mettre debout. Je sens dans le regard de cet homme ses doutes sur mon équilibre mental et sur mon taux d'alcoolémie.

— Je n'ai pas bu, je suis saine de corps et d'esprit et je voudrais vraiment rentrer chez moi.

— Nous devons vous emmener à l'hôpital.

— Rester quatre heures enfermée aux urgences avant que quelqu'un daigne venir me voir... Sans moi !

J'essaie d'avancer mais je vacille. Le pompier me retient et appelle ses collègues. C'est le moment que choisit la police pour arriver.

— C'est la jeune femme qui a été agressée ?

— Je n'ai pas été agressée.

Ma voix n'est plus qu'un murmure. J'ai le cœur au bord des lèvres et un sérieux mal de crâne.

— J'ai glissé, voilà. Je ne suis pas toujours très maligne, vous savez.

— Pieds nus ?

Je regarde mes pieds qui sont en très mauvais état et cherche du regard mes chaussures qui se sont envolées dans la bagarre. M'ont-elles aidée à me défendre ? Rien de tel que des talons aiguilles bien aiguisés !

— Des témoins ont vu l'agression. Un homme s'est enfui lorsque vous êtes tombée.

— Ils ont mal vu.

Quelqu'un vient vers nous. Sans doute l'officier de police car celui qui m'interroge lui explique ma version. Il se montre sceptique.

— Madame, vous n'avez rien à craindre. Vous pouvez nous dire ce qu'il s'est passé.

Rien à craindre, ce n'est pas ce que mon message me laissait entendre : "Se méfier de ceux qui nous protègent". Je maintiens ma version. Ma tête me fait de plus en plus mal, je peine à rester debout malgré le soutien de mon pompier. Ma vue se trouble.

— Je vous dis que je veux rentrer...

Ma voix s'éteint comme les lumières autour de moi.

*

* *

Lorsque je reprends connaissance, le soleil est déjà haut dans le ciel. Ma tête me fait souffrir. Je peine à reconnaître les lieux. Mais rapidement, je saisis que je suis à l'hôpital. J'ai mal partout, je veux me redresser, mais c'est comme si les cloches de Notre Dame étaient placées dans mon crâne, prêtes à résonner autant que possible. Je suis en chambre double mais sans aucun voisin. Heureusement. Une infirmière entre dans la pièce.

— Vous voilà réveillée. Comment vous sentez-vous ?

— Comme si j'étais passée sous un rouleau compresseur. Bien que je n'en sois pas certaine, n'ayant jamais vraiment vécu la situation.

L'infirmière me sourit. Elle vient prendre ma tension.

— Ça remonte, vous devez vous sentir mieux.

Je me redresse dans le lit.

— Vous avez eu beaucoup de chance, d'après ce que j'ai compris. Vous avez pris un sacré coup sur la tête ! Cela aurait pu être grave.

— J'ai un ange gardien.

— Il faut croire.

La jeune femme range quelques instruments puis repart. En sortant, elle laisse le passage à un curieux visiteur. D'abord persuadée d'une erreur d'aiguillage, je me montre souriante. Cependant, son visage ne m'est pas inconnu.

— Bonjour, je pense que vous avez dû vous tromper de chambre.

— Je ne le crois pas.

L'homme, âgé d'une cinquantaine d'années, vêtu plutôt chichement, une veste en tweed, comme on n'en voit plus, terminant le tableau. Ses cheveux grisonnant, légèrement dégarnis, soigneusement coiffés, des petits yeux bleus semblent chercher à lire dans son interlocuteur. L'homme arbore un air sérieux et je commence à prendre peur.

— Je suis le commissaire Véret. Je viens pour recueillir votre témoignage concernant l'incident d'hier et éventuellement prendre note de votre plainte. Il semblerait que vous ayez été ennuyée et que votre chute sur le quai n'ait pas été accidentelle.

Mon esprit encore embrumé peine à se rappeler tous les éléments de la veille. Les images me reviennent au fur et à mesure. Face à l'étrange attitude de mon inquisiteur, je préfère resservir la version fournie.

— Je n'ai pas les idées très claires ce matin. Mais, d'après ce que je me rappelle, j'ai été très maladroite.

J'avais un peu bu, j'ai voulu courir pieds nus et j'ai glissé. Accident bête comme on en voit tous les jours.

— C'est bien ce que mon collègue m'a dit. Mais cela ne tient pas debout, si vous me permettez l'expression.

J'avale ma salive. Il n'est pas bon d'attirer l'attention d'un homme tel que celui-ci.

— Plusieurs témoins disent avoir vu un homme sortir d'une grosse berline et tenter de vous kidnapper. Vous vous seriez débattue tant et si bien que vous avez chuté. De plus, les analyses n'ont révélé chez vous aucune trace d'alcool ou de drogue. Vous étiez tout à fait consciente hier soir. J'ai beaucoup de mal à croire qu'une simple glissade puisse causer un tel choc, alors que le temps ne s'y prête pas. Vous êtes une jeune femme intelligente, enseignante à l'Université, Docteur en Histoire. Expliquez-moi donc les raisons de ce témoignage incohérent et loufoque.

Il se tait et m'observe. Ses propos me mettent mal à l'aise et je détourne mon regard. Il est fichtrement bien renseigné, en si peu de temps. Je préfère garder le silence. Il s'approche de mon lit.

— Mademoiselle Brigot, si les personnes qui ont tenté de vous enlever hier sont bien celles auxquelles nous pensons, vous êtes en danger. Je ne comprends pas cette obstination à vous taire.

À nouveau, il me laisse quelques instants pour réfléchir. Je me remémore tout ce qui vient de se passer et le témoignage de Thérèse. Le danger vient de la police, je ne peux pas me permettre de rentrer dans le détail de tout ce qui m'amène là maintenant. Je n'ai pas le choix, je dois me débrouiller seule.

— Je maintiens, je suis tombée seule. Je n'ai aucune raison de porter plainte. L'affaire est close.

Le commissaire crispe sa mâchoire mais ne laisse rien transparaître de plus de son agacement. Il reste, les bras sur les côtés, à me regarder, puis sourit.

— Très bien, comme vous voudrez. Si vous changez d'avis…

Il dépose une carte sur la table de nuit et me salue. Je peux enfin respirer lorsque la porte se referme. J'ai quelques suées en pensant à ce qu'il vient de me dire. Comme cela, mes recherches dérangent. Mon enquête sur la mort des Nédra réveille certains curieux. Je dois être sur la bonne piste.

Je reste encore une journée en observation, puis j'ai l'accord des médecins pour sortir. Zora est venue me chercher, totalement chamboulée par ce qui s'est passé.

— Tu vois, tu vois, qu'est-ce que je te disais ? Tu as mis le doigt sur un truc que tu ne maîtrises pas ! Margot, on est des filles classiques, on n'est pas faites pour vivre des machins d'agent secret, de complot et j'en passe. Tu as eu beaucoup de chance de t'en être sortie vivante. Si t'étais morte, qu'est-ce que j'aurais fait moi ?

Ben et moi ? Égocentrisme logique et humain, l'un meurt mais c'est l'autre qui s'inquiète ! Bref, je passe la bizarrerie et tente de rassurer Zora. Je m'abstiens de lui confirmer qu'en effet, les types en question semblent assez dangereux. Cela ne sert à rien de l'affoler par les propos du commissaire. Elle me ramène chez elle.

— Tu vas rester ici le temps nécessaire pour te remettre.

— Mais je vais bien.

— Taratata. Pas de parlotte. J'ai eu tes parents hier à qui j'ai promis de veiller sur toi. Ils sont fous d'inquiétude.

— OK, je me rends. Je reste là deux ou trois jours. Le temps d'aller mieux.

*

* *

Deux journées passées à dormir requinquent n'importe qui. Les courbatures du fait de la chute me font encore souffrir mais je me sens déjà mieux. Mes nuits ont tout de même été fortement agitées. J'ai revu le type de l'autre soir. Je sursautais à chaque fois, totalement trempée par la sueur, ce qui me valut plusieurs douches, pour me rafraîchir d'abord, et puis pour oublier.

Je remercie Zora et prends le bus pour aller en ville. Un petit tour à la bibliothèque se révèle nécessaire pour aller chercher quelques ouvrages et une commande passée par Internet. Cela me fait du bien. Pourtant, je me sens observée. Je dois devenir parano. Bien que je ne sois pas la seule : Zora m'a dit en rentrant le mardi midi qu'elle avait l'impression qu'un type restait en faction en bas de l'immeuble. Un homme qu'elle n'avait jamais vu. Police ? Agresseur ? Je ne suis pas descendue pour lui poser la question. Ma balade s'est donc faite aussi incognito que possible : une grosse paire de lunettes de soleil, une veste portée il y a au moins cinq ans que Zora a retrouvé dans mon appart, et un chapeau pour parfaire le tout. Le soleil étant particulièrement généreux, j'ai finalement laissé la veste. Il fait extrêmement beau pour un mois d'avril. C'est incroyable, on se croirait en été. Les gens sortent les tenues plus légères, paressent sur les terrasses des cafés. Le *Ralliement* est plein à craquer. Je redescends vers la Maine aux alentours de 17 h. Mais en voulant franchir le pont de la Doutre, je reste bloquée. Le souvenir de mon agression me revient comme une gifle. Je me cramponne aux rebords, impossible d'avancer. Je manque d'air et peine à respirer. Les gens me dépassent, se demandant ce qui peut bien m'arrêter ainsi, mais surtout agacés par le bouchon que mon stationnement a failli créer.

— Bah alors, tu scotches ?

Je ne comprends pas tout de suite que c'est à moi que s'adresse cette voix que je ne reconnais pas et qui pourtant me parle comme si ce devrait être le cas. Il se penche, me permettant d'apercevoir ses grands yeux noirs. Ben.

— Je t'attendais hier soir ; c'est pas bien ça, de poser un lapin !

Mon collier, l'autopsie ! J'ai perdu toute notion du temps et des jours. Nous sommes mercredi et il m'avait dit mardi soir.

— Pardon, j'ai eu quelques soucis personnels.

— C'est toi qui vois. C'est toi qui me les as demandés, tes papiers.

— Et vous les avez ?

Il me jette un regard plein d'assurance.

— N'est pas Ben qui veut ! Mais oui, c'est dans la poche... Enfin, pas dans celle-ci, mais je les ai. Si tu veux bien me suivre, je te dépose au café et tu m'y attends pour que je te ramène ton doc.

— J'ai pas encore pu vendre tout ce que je souhaitais. Est-ce que je peux avoir un délai ? Je vous laisse le collier. Dans huit jours, j'aurai tout cela.

— OK. Mais si j'ai pas la tune dans huit jours, je le vends.

— D'accord.

Il me ramène vers le centre. Nous remontons le boulevard Ayrault et nous arrêtons dans un bar.

— Prends-moi un café, j'en ai pour dix minutes.

Je m'installe à une table et commande un café et un jus de fruit. Avec cette chaleur, pas du tout envie de boire une boisson chaude. Je regarde les gens passer. Des groupes de jeunes, des couples, des travailleurs ayant fini leur journée, pressés de rentrer chez eux. Ça rit, ça se bouscule, ça ne se voit pas, des écouteurs greffés aux oreilles. Il y a même deux amies qui marchent côté à côte mais parlent à leur téléphone portable. C'est comme cela que l'on communique aujourd'hui, il faut être loin pour se parler. Les humains de demain seront peut-être ceux décrits dans le film d'animation “Wally” ? Serons-nous un jour comme ces individus obèses, incapables de faire quoi que ce soit de nos dix doigts et obligés d'utiliser les nouvelles technologies pour communiquer ?

Une grosse moto se gare devant la porte du café. Je reconnais le boléro de Ben. Une moto ? Cela correspond bien à son style.

— Tiens, le voilà ton papier.

Je lui arrache presque des mains et commence à le feuilleter alors qu'il s'assoit en face de moi et commence à boire le café tout juste servi. Les premières pages sont un amalgame de charabias reprenant des termes médicaux, auxquels je ne comprends rien.

— Je voudrais pas t'interrompre mais je suis quand même curieux. C'est qui ces gens ?

— Je croyais que…

— Oui, que je ne posais pas ce genre de questions. Eh bien, je fais une exception, j'en ai bien fait une en prenant ta babiole.

— Mon collier.

— Oui, ton collier. Alors ?

— …

— Promis, je ne dirai rien.

— Il se pourrait que ce soit mes parents.

— Ah. Tu n'en es pas sûre ?

— Non, c'est ce que je cherche à découvrir.

— T'as été adoptée.

— Oui. Si vous me le permettez…

— Continue.

Je reprends mon investigation. Je ne trouve aucune photo, étrange.

— Vous avez tout récupéré ?

— Ah oui, quand je m'engage, je tiens ma parole.

— Il n'y a pas de clichés. En général, il y a toujours des photos des corps.

— Tu regardes trop les séries policières, toi !

Je continue, ne relevant pas l'ironie. Les données concernent Sébastien et Augustine… mais rien sur l'enfant. Alors que les pages défilent, un nom m'arrête. Sur la feuille présentant l'identité du couple, le prénom de leur fille est inscrit. Je ne l'avais pas vu avant et pourtant il est là, il me saute au visage : “Margot”. Leur petite fille s'appelait Margot. Je lâche les feuilles. Ce n'est pas possible. Je me ressaisis, sentant le regard de Ben, interrogateur. Je vais aux conclusions du décès : accidentel. Pas d'alcool ni de drogue. À nouveau des termes médicaux précisant ce qui a entraîné la mort du couple mais pas un mot sur l'enfant. Elle n'était pas dans la voiture. Ou si elle y était, elle n'est pas morte et a été transportée ailleurs. Qui ment ? Je n'ai pas le temps de proposer des hypothèses. Mon sang vient de figer : dehors, là devant moi, je reconnais... mon agresseur. Il semble chercher quelque chose ou quelqu'un. Il est là, à quelques mètres. S'il tourne ses yeux dans notre direction, il pourra me voir. Je glisse brusquement sous la table.

— Dis donc, on n'est pas si intimes quand même !

Quel idiot celui-là ! En même temps, je ne peux pas lui en vouloir, il ne sait rien de ce qui s'est passé après notre entrevue. Je récupère les documents sur ses genoux et lui murmure un remerciement. Je m'avance vers le bar, totalement courbée et me fais indiquer la sortie arrière du café. La serveuse se montre aimable et me permet de me faufiler à l'extérieur. Je me mets à courir aussi vite que possible. C'est complètement stupide mais, face au danger, on ne réfléchit pas trop. Je reprends mon souffle, me retournant afin de m'assurer que personne ne me suit. Je dépasse les travaux et rejoins la place Molière. Je ne traîne pas. Un bruit de moteur que je n'ai aucun mal à reconnaître, me fait sursauter. La même voiture que le vendredi soir sur le pont. Je me remets à courir, le véhicule se rapproche de moi. Je traverse le rond-point, frôlant l'accident. Une seconde pour réfléchir, que je prenne à droite ou à gauche de la quatre-voies, ils peuvent me rattraper facilement. Seule issue : la sortie de la voie rapide. Je cours sur l'étroit trottoir, prenant de court mes agresseurs. L'un d'entre eux descend du véhicule et se met à me poursuivre. J'essaie d'aller le plus vite possible le long de la voie. Avant le pont, me voyant prête à être rattrapée, je traverse, franchis le muret central et reprends ma course dans l'autre sens. Je vais mourir, ce n'est pas possible autrement, si je trébuche ou perds l'équilibre, je vais être réduite en bouillie. Je n'y pense pas et retraverse la dernière voie. Je suis épuisée et il devient difficile de courir. Je regarde l'homme qui ne parvient pas à me rejoindre. Je fais un dernier effort, il me faut sortir de là, je dois avancer encore. Une moto arrive à ma hauteur.

— T'es timbrée toi ! Monte !

Cette fois, mon ange gardien prend le visage de Ben. Curieux destin. Je ne me fais pas prier et grimpe à l'arrière de son engin qui démarre en trombe. Il crie pour recouvrir le bruit du moteur.

— Qu'est-ce que tu fous, t'as envie de mourir ? Si c'est à cause du papier, j'aurais mieux fait de pas te le remettre.

— Non, c'est pas ça.

— Oh merde !

— Quoi ?

— Les flics ! Ton petit tour sur la voie rapide n'est pas passé inaperçu. Quand je te le dirai, jette le document.

— Non !

— Écoute-moi, j'ai pu le trouver, je te le retrouverai. Jette ça. Si les flics nous trouvent avec, c'est le trou.

Nous prenons la sortie en direction du quartier de Belle-Beille. Dans le virage, Ben me donne le signal. J'ai bien du mal à faire ce qu'il me dit mais je me décide et le jette le plus loin possible. C'est mon histoire qui s'envole sous mes yeux. Je ne peux rien y faire. J'ai le cœur déchiré. En même temps, j'ai pu voir ce dont j'avais besoin. La police nous a rejoints. Elle ne s'adresse pas à Ben, mais à moi !

— Alors Mademoiselle, c'est vous qui vous amusez à faire la course avec les voitures ? Je vous l'annonce tout de suite, vous n'avez aucune chance.

— Je suis désolée, je n'aurais pas dû. J'ai fait tomber un document auquel je tenais beaucoup, vraiment beaucoup. Je voulais le récupérer. C'est une folie.

J'ai une sacrée imagination parfois ! L'agent me dévisage puis se tourne vers Ben.

— Et toi, on s'est déjà vu, non ?

— Ah non, pas moi, je suis un garçon sérieux.

— Ouais c'est ça ! Et qu'est-ce que tu fabriquais avec cette demoiselle ?

— Je l'ai vue perdue sur cette voie et je l'ai aidée.

— T'es un vrai chevalier !

— Qu'est-ce que vous imaginez encore ?

— Bon allez, vous irez raconter votre petite histoire au commissariat. On embarque.

— Eh non, j'ai rien fait moi ! Voilà, on veut rendre service et on se retrouve au banc !

— Tais-toi et monte !

Nous sommes poussés dans le véhicule de police.

— Et ma moto ?

— T'inquiète pas, la fourrière va en prendre soin.

La voiture démarre et je n'ose pas regarder Ben. Je me sens mal, prise par la peur, la culpabilité d'avoir mis cet homme dans cette situation alors, qu'au fond, il ne voulait que m'aider. Nous arrivons rapidement et nous sommes placés en cellule. C'est une expérience plus qu'horrible. C'est un bon moyen pour faire parler les personnes. On aimerait que tout cela ne soit qu'un cauchemar, qu'on se réveille, bien heureux dans notre lit. L'attente est longue. Seul Ben ne semble pas perturbé. Il s'est même assoupi. La porte s'ouvre enfin et un agent me fait signe de le suivre. Il m'emboîte le pas dans le couloir, puis me conduit dans un bureau. J'attends encore quelques minutes avant que quelqu'un entre enfin. Le commissaire Véret. Si je pouvais disparaître dans l'instant, je crois que je le ferais.

— Mademoiselle Brigot... Eh bien, si on m'avait dit que je vous reverrais si tôt !...

— Et moi donc !

— Alors cette fois-ci, racontez-moi. Vous vous êtes trompée de rue ? Vous avez cru que c'était une rocade piétonne ? Vous savez que l'aménagement des berges, voulu par le maire, est prévu pour dans vingt ans ?

Le sourire ironique qu'il affiche m'agace. Et cette impression de connaître cet homme me revient à nouveau. Assis face à moi, ses petits yeux ne me quittent pas. Il a déposé sa veste et a remonté les manches de sa chemise. Il n'a pas l'intention de me laisser sortir d'ici sans avoir ses réponses. Il est prêt à y passer le temps nécessaire. Cette préparation physique et vestimentaire en est le signe.

— J'ai fait tomber un document très important pour moi et j'ai voulu le récupérer c'est tout.

— Et c'était quoi ce document ?

— Un courrier. Personnel.

— Vous comprendrez que cela ne peut pas me suffire.

— Et pourtant, c'est la vérité.

Il se cale dans sa chaise et croise les bras.

— Un papier s'envole et vous prenez le risque de vous faire renverser pour le récupérer. Il doit avoir une sacrée valeur !

— Oui.

Il se lève brutalement et me fait sursauter. Haussant le ton, il m'interpelle :

— Vous me prenez sans doute pour un idiot. Je ne suis pas prof à la fac, mais j'en ai vu d'autres. Maintenant, il va falloir me parler tout de suite, ou sinon...

Je reste muette, plus par peur que par obstination. Il me saisit, me forçant à me lever et me pousse contre le mur. Un cri s'échappe de ma bouche.

— Vous comprenez ce que je...

Sa phrase reste en suspens. Son geste brusque a fait sauter le bouton de ma chemise et laisse apparaître le haut du tatouage gravé par mes parents biologiques sur ma poitrine, la honte de mon existence. Il ne doit pas faire plus de 3 cm sur 2,5 et représente une espèce de lion sur fond rose. Une horreur ! Un cadeau bien curieux. L'homme paraît stupéfait et se recule. La porte s'ouvre à ce moment-là, tandis que j'essaie de fermer mon vêtement.

— Commissaire, on a besoin de vous.

– Je… j'arrive. Ramenez mademoiselle Brigot en cellule, nous reparlerons demain.

Chapitre 6

Demain ?

Je n'ai pas voulu y croire quand j'ai entendu cela et pourtant, il faut bien me rendre à l'évidence : je vais passer la nuit "au trou". La pièce est petite, deux bancs en guise de lit. Je retourne notre échange avec le commissaire dans ma tête. De toute façon, il n'y a que cela à faire ici : réfléchir. C'est l'objectif d'ailleurs. Sa colère et sa violence m'ont terrifiée mais c'est surtout sa réaction à la vue de mon tatouage qui m'interroge. Ce n'est pas du dégoût ou de la gêne que j'ai lu sur son visage. C'était de la surprise. Personne ne l'a vu auparavant, à part mes parents adoptifs. Ils m'ont dit que je l'avais déjà à mon arrivée chez eux. J'avais supposé que mes vrais parents devaient être des junkies tordus pour faire cela à une petite fille. Des alcooliques ? Mon image parentale était loin d'être idyllique. C'est pour cela que je n'ai jamais cherché à en savoir plus jusqu'à... Le commissaire m'a donné l'impression de reconnaître le dessin. Connaissait-il mes parents ? Est-ce de lui dont je dois me méfier ? Je suis interrompue par l'arrivée de Ben. Il grogne contre l'agent qui le fait entrer puis s'assoit en face de moi.

— Oh les cons, ils te posent des questions mais ne veulent pas la réponse !

Puis, s'adressant au gardien :

— Nickel, la chambre, n'oubliez pas les croissants demain matin.

Je le regarde, gênée.

— Je suis navrée de vous avoir mis dans le pétrin.

— Ouais, faut pas s'en faire. J'ai pas besoin des autres pour ça. C'est le malheur de ma vie !

Je souris.

— Je suis sérieux.

— Je vous crois.

— Et toi, ça va ?

Je baisse la tête.

— Roh ! T'es chamboulée pour un petit interrogatoire. T'as pas dû en voir beaucoup dans ta petite existence bien rangée. Si tu fais un fromage pour ça...

Je ferme les yeux et remets ma chemise. Je parviens difficilement à retenir la larme qui cherche à s'échapper. Je la balaye rapidement.

— Allez, dors un peu. Demain est un autre jour, ça ira mieux.

Son ton radouci me réconforte un peu. Ben s'allonge sur l'espèce de couche et se retourne, me donnant la sensation qu'il est parvenu à s'endormir facilement. Je ressasse encore cette soirée mais je dois finalement sombrer dans le sommeil. Lorsque j'ouvre les yeux, je ne reconnais pas l'endroit. Je suis en plein champ, autour de moi s'étale un paysage magnifique, vert et gris. Au loin, j'aperçois une silhouette. Je m'avance vers elle. C'est une jeune femme. Sa tenue attire mon attention, elle porte une houppelande comme cela se faisait au Moyen Âge. Ses yeux restent fixes et elle s'appuie sur un long bâton. Elle sourit en me tendant la main. Je la rejoins et elle m'indique l'horizon. J'aperçois alors des chevaliers se diriger vers nous, emmenés par un noble personnage que je ne reconnais pas. La jeune femme lui tend un objet alors qu'il s'approche au galop. Je ferme les yeux, attendant le choc avec l'animal. Rien ne se passe. Ouvrant à nouveau les yeux, je me rends compte que nous avons bougé et que nous nous trouvons désormais sur les remparts d'un imposant château. J'ai beau scruter les alentours, je peine à reconnaître les lieux. La construction comporte une quinzaine de tours en poivrière. La vue donne sur la rivière en contrebas, une île posée au centre des deux rives. L'île des Carmes ! Nous sommes à Angers mais huit ou neuf siècles avant. J'observe les remparts de la ville, je vois les campagnes alentour. De nombreux paysans et soldats s'agitent dans la basse-cour. La chapelle et le logis Royal ne sont pas encore construits. Nous devons être au XIVe siècle, bien avant que Yolande d'Aragon ne fasse édifier les deux bâtiments centraux. J'ai le souffle court. La jeune femme s'approche de moi. Autour de son cou pend un collier. Mon collier ! Elle dépose sa main contre mon cœur. Je ressens une vive brûlure. Soulevant mon vêtement, je vois mon tatouage scintiller, à la manière d'une étoile. La femme ferme les yeux et une larme vient rouler sur sa joue. C'est comme si la terre se mettait à trembler. Le château semble s'enfoncer, se craqueler. Le sol se dérobe sous les pas de mon guide qui s'enfonce dans les profondeurs. Je tente de la rattraper et me sens partir à mon tour, hurlant de terreur. Ma chute est stoppée mais je ne saisis pas par quoi. Tout devient noir puis j'ouvre les yeux et je vois le visage de Ben. Je m'apprêtais à basculer de mon lit de fortune et il m'a retenue. Ma respiration est saccadée, encore sous le choc de ce rêve troublant. Je croise le regard de cet homme et m'aperçois que ses yeux se posent sur ma poitrine. À nouveau découverte du fait du bouton absent, le haut du tatouage apparaît. Je me redresse vivement, me cachant.

— Merci à vous de m'avoir évité la chute.

Se rasseyant face à moi, il se frotte les yeux.

— Tu peux. Je dormais bien jusqu'à ce que tu te mettes à crier ! J'ai cru qu'on t'égorgeait ! Pour changer de sujet, j'aurais pas cru ça de toi.

— Quoi ?

— Ton tatouage. À cet endroit-là...

— Ce n'est pas moi qui... C'est une longue histoire et ça ne vous regarde pas.

— C'est pas de ma faute, il était visible.

Je me détourne, faisant face à la porte.

— Eh bien, merci pour le réveil. Aimable en plus !

— Je ne vous ai rien demandé.

— Si justement, c'est toi qui m'as demandé.

— Je n'aurais pas dû. Je suis certaine que vous avez déjà vendu mon collier.

— Ouais, bien sûr, j'ai que ça à faire !

— Montrez-le-moi alors.

— Quoi ?

— Montrez-moi mon collier. Je veux le voir.

— T'es sûre que t'as pas touché le sol tout à l'heure ? T'as pas l'air claire !

— Montrez-le-moi !

Je ne sais pas vraiment ce qui me passe par la tête à cet instant précis. J'en ai marre. Il faut que quelqu'un trinque, et ce quelqu'un sera Ben. Je veux mon collier.

La femme de mon rêve le portait, il faut que je le retrouve. Je lui saute dessus et le secoue. Je ne fais guère le poids face à cet homme imposant mais ma rage décuple mes forces et je parviens à le faire chuter. Je tente de fouiller sa veste tout en me battant. Je reçois une gifle que je sens à peine, tant la colère me guide. Je lui crie que je veux ce collier. Plus rien n'existe. C'est à peine si j'entends les trois policiers entrer dans la cellule pour nous séparer.

*

* *

Je parviens à me calmer, me retrouvant seule dans la même pièce que la veille. J'attends. Je sais que le commissaire Véret va passer cette porte et que les questions vont reprendre. Lasse, je suis bien décidée à ne pas me laisser faire. Je rumine et me sens prête à l'affronter. Quelques instants après, il entre bel et bien dans la salle et me salue à peine. Toute ironie semble s'être envolée. Il paraît même troublé en ma présence. Toutefois, il cache à nouveau très bien ses émotions et reprend son discours.

— Mademoiselle Brigot, avez-vous l'intention de modifier vos propos d'hier ?

— Non.

— Cette nuit ne vous a pas permis de réfléchir.

— À quoi ?

— Aux risques que vous prenez en gardant des informations qui nous permettraient de mettre des personnes extrêmement dangereuses derrière les verrous. Il ne s'agit pas que de vous mais de la vie de nombreux autres individus.

Il tape là où ça fait mal. Me moquer de ce qu'il vient de me dire me ferait passer pour un monstre ignoble, mais lui avouer la vérité signifierait sans doute me mettre en péril.

— On m'a raconté la bagarre avec votre compagnon de cellule. Qu'est-ce qu'il s'est passé ?

— Un geste mal placé de sa part.

— Ah ? Et vous sautez sur les gens pour ça ?

Je bous, il va finir par gagner… Non, il ne peut pas gagner !

— J'en ai assez de votre ton ironique, vous me gardez ici sans réel motif. Oui, j'ai été imprudente. Je ne suis qu'une imbécile romantique qui ne veut pas perdre les mots doux de son amant. Cela vous trouble à ce point ? C'est si inconcevable pour vous ? Vous vous acharnez contre moi au lieu d'utiliser ce temps précieux à d'autres affaires bien plus graves. Mettez-moi une amende pour imprudence et laissez-moi partir.

Tout est sorti d'une traite. Je le fixe dans les yeux, moi, pleine de cette colère qui ne demande qu'à exploser. Je tente de me contrôler mais cette mauvaise nuit et les événements de la veille m'ont fait perdre toute notion du raisonnable. Le commissaire m'observe puis hésite. Il se dirige vers la porte qu'il ouvre et interpelle un agent à l'extérieur, puis revient vers moi.

— Vous avez raison, je n'ai rien à vous reprocher. Mise à part cette… imprudence. Vous pouvez rentrer chez vous.

Je crois tout d'abord à une ruse. Il me dit de partir pour finalement changer d'avis et jouer avec mes nerfs.

Mais alors que je rejoins le policier, le commissaire m'arrête.

— Un dernier conseil, Mademoiselle Brigot, soyez prudente, méfiez-vous, vous ne savez pas à qui vous avez affaire.

— En tout cas, je sais de qui je dois me méfier.

Il me semble l'entendre murmurer quelque chose. Je n'y prête plus attention et quitte cet endroit sinistre.

*

* *

Dans la rue, je prends une grande inspiration. Je me sens déjà mieux dehors. Je me dirige vers le bus quand j'entends que l'on m'appelle. Je me retourne et aperçois Ben qui court vers moi.

— Alors, tu files sans explication pour ta petite crise de ce matin ? Un truc dont je ne me doutais pas, t'as une sacrée force !

— Vous ne pouvez pas me laisser ?

— Oh, je vois que t'es toujours pas calmée !

Je soupire, prenant conscience de ma folie passagère. Il n'est pour rien dans tout cela.

— Je suis navrée Ben, je crois que j'ai perdu les pédales. Il y avait de quoi. Il me faut mon collier. Je peux vous faire un chèque ?

— Tu veux rire, et comment je le justifie ce chèque ? Tu crois que mon compte n'est pas surveillé ? Non, je veux bien te laisser un peu plus de temps pour trouver la somme et je ne le vends pas. C'est tout ce que je peux faire.

— OK... J'ai un moyen de vous joindre ?

— Ah, tu veux mon portable ? J'ai la cote alors ?

— Pas très utile. Vous ne mélangez pas le plaisir et les affaires, n'est-ce pas ?

— Je peux faire une exception avec toi. Je commence à avoir l'habitude.

— Non, on va suivre vos règles !

Je prends son numéro et le salue.

— Attends, tu vas où ?

— Chez moi. Merci mais on va s'arrêter là.

— Tu veux rire ? Tu vas encore te mettre dans un pétrin pas possible. Je t'accompagne.

— Y a pas quelque chose qui pourrait vous faire changer d'avis ?

— Non.

Je le laisse m'accompagner. Nous prenons le bus. Bizarrement, Ben se montre silencieux, voire soucieux. Je finis par sourire.

— Qu'est-ce qui vous arrive, c'est vous ou c'est moi qui est en danger ?

— Quoi, on n'a pas le droit d'être vigilant ?

Nous descendons et j'accélère le pas en approchant de mon immeuble. Devant la porte, je me retourne vers mon chevalier servant pour le remercier.

— C'est bon, je suis arrivée. Je vous remercie pour votre prévenance.

— Ma quoi ? Attends, on n'est pas arrivé. Et j'ai bien envie de voir comment c'est chez toi.

— Non, ça ira.

— Allez, promis, je serai sage et ne toucherai pas à tes statuettes datant de l'empire romain.

Malgré la situation catastrophique dans laquelle je me suis mise, il parvient à me faire rire. Je lui souris tristement. Nous montons les deux étages, mais alors que je m'apprête à le remercier devant ma porte, je constate que celle-ci est légèrement entrebâillée. Ma serrure a été forcée et quelqu'un est entré chez moi. Il y est peut-être encore. Saisissant immédiatement la situation, Ben me pousse sur le côté et s'introduit discrètement dans le salon. J'attends, inquiète, sur le palier, guettant le moindre bruit. Il revient vers moi et me fait signe que tout est OK. Enfin, façon de parler. Mon appartement est à l'envers, tout a été fouillé ! Je me cache la bouche pour ne pas crier. Mon ordinateur a été volé, mais pas ma chaîne. Mes papiers jonchent le sol. Les vêtements sont dispersés dans ma chambre, même le lit est sens dessus dessous. Je ne peux que constater l'étendue des dégâts. Ben me donne l'impression d'être habitué à ce genre de situation. Il ramasse un sac jeté par terre et commence à le remplir avec des vêtements et des produits de toilette.

— Faut pas que tu traînes ici. Ceux qui ont fait ça risquent de revenir s'ils n'ont pas trouvé ce qu'ils cherchent. Ou alors, ils veulent juste te faire peur.

— Ça marche parfaitement.

— T'as un endroit où aller ? Tu peux venir chez moi... En tout bien, tout...

— Tout honneur.

— Voilà !

— Non, j'ai une amie qui habite Angers.

Je lui réponds mécaniquement. Je suis dans un état second et ramasse au hasard certains de mes biens pour les poser sur le bureau ou sur une étagère.

— Ça ne sert à rien ce que tu fais. Viens, on file.

Il m'entraîne dehors et me demande l'itinéraire pour se rendre chez Zora. Pendant que j'appelle mon amie, il envoie plusieurs messages. Je le trouve très préoccupé aussi. Cela me touche, mais je me demande si c'est vraiment moi qui le mets dans cet état. Nous nous pressons. J'ai un peu le tournis en montant les escaliers. Je n'ai rien avalé depuis hier midi. Zora nous ouvre, affolée. Son petit ami est chez elle aujourd'hui et il m'accueille avec bienveillance.

— Tu vas rester avec Brice. Je ne tarderai pas après mon boulot. Pas de bêtise !

Je remercie Ben pour sa gentillesse et son aide, et m'excuse pour mon comportement en cellule.

— C'est oublié. Et puis, je me suis défendu.

Je frotte ma joue au souvenir de la gifle. Zora descend avec Ben et je reste seule avec le petit ami en date. Il me propose de déjeuner, ce que j'accepte volontiers. La fin de la journée se passe dans le calme. Je ne peux que constater l'impasse dans laquelle je me trouve. Plus de documents en main, plus de collier, plus d'argent… Je n'ai jamais rien demandé à mes parents. Cela a toujours été une règle que je m'étais fixée. Mais les circonstances sont particulières et il serait préférable de leur devoir de l'argent à eux, et non à Ben. Je passe un coup de téléphone et tente d'expliquer ma demande par une occasion incroyable de m'acheter un vase datant du Ve siècle, extrêmement rare. C'est totalement improbable, mais mes parents n'étant pas au fait du cours des objets antiques ne relèvent pas. Inutile de les affoler en leur laissant penser que j'ai des dettes. Je m'écroule sur le canapé et tente de me remémorer mon rêve.

Aussi étrange soit-il, j'ai l'impression que ce dernier va m'aider. Je ne comprends pas qui est cette femme, ni pourquoi je suis remontée si loin dans le temps. Le plus curieux étant que ces images étaient si nettes, si réelles... Je n'avais pourtant rien vu de très précis sur Angers à cette époque. Il n'existe que très peu de reproductions de la ville avant le XVIe siècle. La cité a peu changé entre le XIIIe et le XVIIe siècle. Cependant, je suis étonnée d'avoir pu construire inconsciemment une telle vision. Je décide de le noter. Je conserve des calepins dans mon sac pour mes idées concernant mes recherches. J'en ouvre un et inscris le plus en détail possible ce dont je me rappelle. Je finis par m'assoupir et ne me réveille qu'à l'arrivée de Zora. Nous prenons une petite collation après le départ de Brice.

— Je suis désolée, j'ai perturbé vos retrouvailles.

— Tu veux rire ! C'est toi qui comptes le plus. Et puis... je ne suis pas sûre que ça dure.

— Pourquoi ? Il est gentil.

— Il n'y a pas que la gentillesse qui compte.

Je lui souris. Nous passons la fin de l'après-midi à discuter. Ma petite sieste m'a remise d'équerre et je n'ai plus sommeil. Beaucoup trop de choses se bousculent dans ma tête. J'ai l'impression d'imploser. Le déclic se fait lorsqu'un bruit d'explosion me fait sursauter et crier. Juste un pneu ! Je n'en peux plus. J'ai peur sans vraiment savoir de quoi, de qui. Je propose à Zora une virée en ville.

— Je veux sortir. Tu connais les endroits branchés, où l'on peut danser, s'amuser. Pendant une soirée, je veux oublier.

— Je ne suis pas sûre que ce soit prudent. Si ces types te retrouvent...

— Zora, ils sont rentrés chez moi, m'ont retrouvée en plein centre-ville... Crois-moi, s'ils me veulent, ils sauront où venir me chercher. J'ai besoin de prendre l'air.

Zora me regarde, dubitative. Puis, finalement, un large sourire apparaît sur ses lèvres.

— OK, tu as raison, allons nous amuser.

Nous nous pomponnons comme deux ados pour leur première soirée. Nous évoquons nos souvenirs de lycéennes et nous moquons de notre naïveté passée. J'ose la jupe courte noire avec un débardeur sous un chemisier bordeaux, en voile transparent. Des chaussures aux talons plus raisonnables me tapent dans l'œil. Nous prenons la voiture de Zora qui m'amène, sans hésitation, dans un café. Il y a un peu de monde. La musique est sympa et quelques danseurs sont déjà en piste. Nous nous posons sur une banquette. Zora grimace et se penche à mon oreille.

— Il n'y a pas que de la qualité ce soir. Les gars au bar, je les connais. Des abrutis finis.

— On s'en fiche, on est là pour rigoler.

Le serveur arrive et je commande une vodka. Zora, une bière.

— Margot, tu déraillles ! Tu prends une vodka, toi qui vénères le Champomy !

— Moque-toi...

— Sérieusement, tu ne veux pas un jus de fruit, plutôt ? T'as pas mangé ce soir et tu prends un truc qui décape.

— Il n'est jamais trop tard pour expérimenter de nouvelles sensations.

Le serveur apporte les verres, j'en profite pour demander un whisky.

— T'es pas sérieuse là ! Qu'est-ce qui te prend ?

— J'ai envie de m'amuser. Là, tu me gâches le plaisir de découvrir cette boisson si enivrante.

— Ah, pour ça, tu vas être enivrée !

Je goûte la vodka. Ça me brûle la gorge. Ce n'est pas désagréable, pas tant que je le croyais. Ce n'est pas ce que je qualifierais de bon, mais ça se boit. Et puis, cela me fait au moins oublier. Oublier tout ce qui s'est passé depuis hier. Je veux faire table rase. Le deuxième verre m'aide un peu plus à me vider l'esprit. Ça a du bon, l'alcool, finalement.

— Si on allait danser ?

— Si ça peut te faire arrêter de boire.

Nous rejoignons les John Travolta en train de se mouvoir sur Oasis. L'alcool me réchauffe et j'ai la sensation d'être plus légère. J'ai envie de sauter, de bouger. Zora ne me paraît pas si enthousiaste. J'ai soif et lui pique un peu de sa bière.

— Stop !

— T'es pas drôle Zora. J'ai envie de m'amuser ! J'ai besoin de m'amuser !

Mon amie me jette un regard noir ; je préfère quitter la piste et rejoindre le bar.

— Salut !

Un type au look vulgaire me sourit d'un air mielleux. Je n'aime pas du tout mais ne relève pas.

— Je t'offre un verre.

— Voilà une bonne idée.

Je ne suis plus à un verre près et cela m'aide à enfoncer au plus profond de ma mémoire la journée qui vient de passer. Je ne veux plus revoir le visage de mon agresseur, plus revoir mon appartement saccagé. Plus revoir Véret, ni même Ben. La bière me brûle la gorge. Je me moque de ceux qui m'entourent. Le type m'accompagne sur la piste. Je danse et m'éclate. L'alcool levant toute inhibition, je joue avec ce pauvre garçon, ma conscience s'éloignant de plus en plus de la réalité. Zora a préféré retourner s'asseoir. Je sais qu'elle est fâchée contre moi, elle ne comprend pas mon attitude, mais je m'en fiche. La boisson fait son effet et je commence à rire. Je jette un regard en direction de Zora et m'aperçois qu'elle n'est plus seule. Je ne distingue pas très bien de qui il s'agit. Brice ? Pffff ! Cela m'est égal. Je ris, je ne sais même pas pourquoi mais je ris. Le gars à côté de moi se montre entreprenant, tente de m'attraper par la taille, j'esquive puis reviens vers lui. Je vois alors un dessin dépasser de sa manche.

— Ouahhhhh, toi aussi, t'as un tatouage !

Je plisse les yeux pour parvenir à comprendre la figure.

— Tu me le montres mieux ?

Le type soulève sa manche.

— Sympa !... C'est quoi ?

— Un serpent entourant une jeune vierge.

— Ah, tu te fais tatouer un reptile sur le corps, t'as pas peur qu'il te morde ?

J'explose de rire, contente de ma blague. Le garçon tente de s'expliquer. Dans le brouillard qui envahit mon esprit, je crois comprendre qu'au-delà même du dessin, il a un message à faire passer, à transmettre. C'est le moment que choisit Zora pour me rejoindre.

— Zora, ma sœur, viens, je te présente...

— Jérémy.

— Jérémy. Enchantée Jérémy. Il est sympa. Il a même un tatouage comme moi, mais j'ai pas dit où. C'est un secret. Chutttttt.

— Viens Margot, on va rentrer maintenant.

— Mais non, je m'amuse bien, moi. Et son tatouage, en fait, c'est un message ! Même pas besoin de texto !

Je repars dans un fou-rire. Zora s'éloigne. Le mec continue sa technique d'approche qui ne me fait ni chaud, ni froid. Il essaie même de m'embrasser mais je le repousse, le trouvant brusquement vulgaire et très laid. Je le lui dis sans ménagement. Il commence à se montrer agressif. Je vois alors le boléro de Ben, avec Ben dedans, venir auprès de nous.

— Il y a un souci ?

Jérémy se met face au boléro :

— Non, je discute avec mademoiselle, pas besoin d'interprète.

— Pas de pot, la demoiselle est avec moi, et on allait partir.

— Elle n'a pas l'air d'accord.

— C'est moi qui choisis, ça te pose un problème, tu veux qu'on en discute dehors ?

Jérémy et le boléro se toisent. Finalement, c'est le duo Ben-Boléro qui l'emporte sur le tatoué. Je trépigne comme une sale gamine. Ben me prend par le bras et m'emmène dehors. Zora nous rejoint. Je râle tout le long de la route.

— Je vous ai rien demandé, à toi et à ton boléro. Je m'amusais bien, moi. Tu voles tout toi, mon collier, mon petit copain... mon cœur...

— Quoi ? Ta sœur ?

Ben s'arrête et me regarde.

— Non, rien.

Il repart mais je refuse de le suivre. Je me sens alors soulevée et fais brusquement face à son postérieur ! La vue a beau ne pas être désagréable, avoir la tête en bas n'est pas une position confortable. Il m'installe dans la voiture. Zora monte à son tour. Je me cale dans le coin et dis :

— Il est parti ? Bon débarras !

— Il nous rejoint.

— Mais pourquoi ?

— Pour m'aider à monter ma soûlarde d'amie chez moi !

— Je suis pas une soûlarde, j'ai un peu picolé et j'ai trouvé ça chouette.

— Tant mieux, profite, ça dure pas.

À peine entrons-nous sur la quatre-voies que je sens mon estomac faire des siennes.

— Tu peux ralentir ?

— Ah non, si tu vomis, je te jette dehors !

— Ralentis alors.

Je respire le plus doucement possible, chaque virage étant un supplice. Nous parvenons enfin devant l'immeuble de Zora. Ben nous retrouve rapidement et m'aide à monter les escaliers. J'ai des haut-le-cœur tout le long.

— Je ne me sens pas bien.

— Pas étonnant, tu empestes l'alcool, pas besoin de désinfectant avec toi dans le coin !

Il me jette sur le canapé d'où je bondis immédiatement, l'estomac prêt à sortir par ma bouche. J'entends Zora me crier.

— À gauche, les toilettes !

Je me vide, je vomis tripes et boyaux. Je m'assois une seconde quand une nouvelle nausée me reprend. J'entends Ben et Zora discuter dans l'entrée. Ben semble contrarié.

— Pourquoi vous êtes sorties ce soir ?

— Margot avait besoin de changer d'air.

— Elle n'est pas nette. Ces types lui courent après. Il serait temps qu'elle y pense !

Je sors de la salle d'eau, marchant aussi droit que possible. Pourtant je me cogne contre le mur. Je ne dois pas encore avoir tout vidé. Zora me rattrape et me couche dans le canapé. Je ne sais pas si ma tête a eu le temps de se poser avant que je ne m'endorme. Je sombre dans un sommeil sans rêve.

*

* *

Un mal de crâne effroyable. Tout se mélange, je ne sais plus ni où je suis, ni comment je suis arrivée là. Toujours habillée, une couverture posée sur moi, je me repose sur un canapé. Les souvenirs me reviennent les uns après les autres. La nuit passée en cellule, la soirée arrosée, mon retour dans la voiture de Zora et mon état déplorable. Je me relève péniblement mais la lumière qui pénètre par la fenêtre me fait grimacer.

— Alors, bien dormi ?

Un haut-parleur a dû s'enclencher. Ce n'est pas possible que seule la voix de Zora puisse avoir une telle puissance !

— Chuuuuttt !

— Ah, tu voulais savoir ce que c'était d'avoir la gueule de bois ! T'es servie. Satisfaite ?

— C'est horrible... Je déteste l'alcool.

— Ah, te revoilà normale !

— Si on peut dire.

Je me lève et me dirige vers le miroir dans l'entrée.

— Roooooooo, je suis affreuse !

— Pas plus que d'habitude au réveil !

— Si jamais j'ose retoucher ne serait-ce qu'à un flacon d'échantillon de cidre, je t'autorise à me gifler.

— Pas besoin de me le redire !

Je me rends aussi raide qu'un réglisse à la salle de bain. La douche me permet d'émerger.

Zora me glisse une de ses robes.

— Tu seras plus à l'aise dans une tenue qui ne sent pas le vomi.

Qu'elle ne me parle plus de cela, sinon mon estomac ne va pas tenir. Je retourne dans le salon où Zora prend son petit déjeuner.

— Mange donc, ça aide. Tiens, voilà du paracétamol. Ce n'est pas miraculeux mais ça fait du bien.

Je m'assois près de mon amie, songeuse.

— À quoi tu penses ?

— À tout ce qui s'est passé en quelques jours. J'ai peut-être mis le doigt sur un complot incroyable... Et cela grâce à un mystérieux "gardien"... J'ai du mal à mettre bout à bout tout cela. Des infos me manquent.

J'ai perdu les documents dont j'avais vraiment besoin... Il faudrait que je rappelle Ben, mais je ne suis pas sûre que ce soit une bonne idée.

— Tu sais, il a été super hier soir avec toi, il t'a défendue et t'a tirée des pattes d'un sale type.

— Le mec au tatouage ? Celui qui a un message à faire passer ?

Nous pouffons de rire toutes les deux au souvenir de ce garçon.

— Je ne sais pas ce qu'était son message, mais à mon avis, ça ne devait pas aller bien loin, vu le dessin !

C'est comme un électrochoc. Un message. Un tatouage porteur d'un message. Et si je m'étais trompée ? Si en effet, les Nédra étaient mes parents. C'étaient des gens bien, des personnes sérieuses. Pour quelle raison m'auraient-ils fait cette marque sinon parce qu'elle avait un sens. Je l'ai toujours vue comme une plaie, comme une trace honteuse de parents débiles, j'ai fui cette image, et si cela voulait dire autre chose...

— Zora, tu as un appareil photo ?

— Oui, pourquoi ?

— Je vais avoir besoin de toi. Je ne te l'ai jamais montré parce que j'en avais honte, mais je crois que c'est bien plus que ce que je croyais.

Je découvre légèrement ma poitrine, laissant apparaître totalement le dessin. Placé au-dessus de mon sein, j'ai toujours réussi à le camoufler. Zora ouvre de grands yeux.

— Tu m'as caché cela ! Mais quand as-tu fait ça ?

— Ce n'est pas moi. Ce sont mes parents. Mes vrais parents. Et je crois qu'il est temps de savoir ce qui se cache derrière.

— Dis-moi, quelqu'un d'autre l'a vu ?

— À ton avis, si je n'ai pas pu avoir une histoire plus longue qu'une semaine...

Zora court dans sa chambre prendre l'appareil. Elle me fait approcher de la lumière et prend deux clichés. Nous mettons la carte sur l'ordinateur et agrandissons la photo.

— Tu peux l'imprimer ?

— Oui, mais je peux faire mieux que cela, je te le redessine.

— Je veux bien, mais il ne faut omettre aucun détail.

— Je m'y mets tout de suite.

Je repense aux documents d'autopsie. Il me les faudrait, tout de même. J'ai dû louper des éléments. Je prends mon téléphone et sans trop réfléchir, je lance l'appel. Trois sonneries puis quelqu'un décroche.

— Ben ?

— Oui.

— C'est Margot...

— Oui, dit-il en riant. Ça va mieux ce matin ?

— Je voulais vous remercier pour... pour m'avoir défendue.

— J'aimais pas ce gars.

— C'est gentil à vous. Ben ?

— Oui.

— Vous serait-il possible de récupérer les documents d'autopsie ?

— Je me disais bien qu'un appel si matinal cachait autre chose.

— J'ai l'argent.

— Ouais, je me doute. Je vais essayer... Ah, y a quand même un truc que je voulais te dire hier. J'ai un peu fait mon curieux avant de te remettre le document...

Je serre les dents. Je me doutais bien qu'il n'était pas du genre à ne pas poser de question.

— En fait, j'ai jeté un œil à l'autopsie. Ça m'est revenu que plus tard, mais quand j'ai entrevu ton tatouage, un truc m'a paru bizarre. Comme une impression de déjà-vu. J'ai d'abord cru que c'était l'une de mes ex.

Subtil !

— En fait, c'est la femme morte. Sur le rapport d'autopsie, c'était clair comme de l'eau de roche : elle avait un tatouage situé au même endroit que toi. J'ai pas tout capté à la description, mais l'emplacement, j'en suis sûr, ça m'a marqué. J'ai trouvé ça pas commun pour une prof d'Histoire.

Le même endroit, et sans doute le même dessin. Un message transgénérationnel ? J'abrège la conversation avec Ben et retourne auprès de Zora.

— Tu t'en sors ?

— Oui, c'est pas simple, tout est flou, mais je devrais y arriver. Mange, je termine.

Je n'ai plus très faim. Je m'installe dans le canapé. Je saisis mon calepin où j'ai noté la description de mon rêve. Je reprends mes écrits. À l'évocation de ces détails, les images me reviennent plus précises. Je me remémore cette jeune femme. Je ferme les yeux. Ce visage m'a paru familier, je l'ai vu auparavant mais où ? Une peinture ? Un film ? C'est un jeu que je déteste : comme lorsqu'on découvre dans un film un acteur connu mais sans se souvenir dans quelle autre production il a pu jouer. Je me concentre. Je parviens à retrouver l'ambiance, j'ai l'impression que j'étais dehors, c'était fugace. Une affiche ? Non, la personne semblait parler. Elle était au-dessus de moi. Comment est-ce possible ?... Ça y est. Je bondis du canapé. J'ai déjà vu ce visage lorsque je suis tombée sur la tête. Ce n'est pas possible ! Je commence à tout mélanger. Où ai-je vu une morte ? J'ai l'impression d'être un lion en cage. Zora me regarde avec inquiétude. Je me rappelle, elle me parlait.

J'entends cette voix. Elle me répète une phrase. Je ne comprends pas ces mots, la langue est étrangère. Je me concentre. Cela ressemble à une musique, les sons résonnent dans ma tête. Je cherche la chanson, cette musicalité qui me permettrait de retrouver l'ensemble. Le premier mot, puis le second. Je répète ces mots. Tout me revient brutalement. Je saisis mon carnet et note. Je relis alors à voix haute :

— *A noble ert may have nene ease sife freedom failie.*

— Qu'est-ce que tu baragouines?

— Je ne sais pas.

Je fixe Zora, totalement perdue.

Chapitre 7

Que ferait-on sans Internet ? C'est une belle invention tout de même ! Une fois que j'ai retrouvé mon calme et essayé de donner un sens rationnel à tout cela, Zora m'informe qu'elle a terminé. Le rendu n'est pas mal.

Elle a su reprendre l'ensemble des éléments de manière plus nette. Le lion qui domine l'ensemble. Des routes qui se croisent, dessinées à l'arrière-plan. Et trois chiffres. Un dernier élément est illisible. Zora n'a dessiné qu'un point signifiant un inconnu à cet endroit. En fond, une rose vient sublimer l'ensemble. Nous nous concentrons sur le lion qui domine.

Nous fouillons sur Internet afin de déterminer quelle serait l'hypothèse la plus probable. J'essaie de croiser les données recueillies. Si mon apparition est un indice, il me faut creuser au Moyen Âge. Le choix se restreint donc. Il peut s'agir de Robert the Bruce. Cet homme fut reconnu Roi d'Écosse et combattit les Anglais lors de la bataille de Bannockburn, le 24 juin 1314. Ce lion était son emblème.

Zora piétine.

— Je dois partir bosser. J'ai pas envie.

— Vas-y. Ça risque d'être long. Je ne bouge pas d'ici.

Elle soupire.

— Les heures sont déjà longues au travail ; là, je pense que ça va battre tous les records !

Elle prend son sac rapidement et sort. Plus vite partie, plus vite revenue. Je continue à me renseigner sur cet homme. Robert Ier d'Écosse est né en 1274 au Château de Cardoss. Il fut Roi de 1306 à 1329. Il dut se battre contre de nombreux prétendants au trône, se cacha, combattit vaillamment. Il est aussi célèbre pour l'alliance scellée par le traité de Corbeil, renouvelant l'Auld Alliance, en 1326 entre la France et son pays. Il est vrai que les Français sont toujours très bien accueillis et considérés comme des frères, des alliés face à l'ancien ennemi de toujours : l'Angleterre ! Il mourut en 1329.

Un poète raconta ses prouesses dans *The Brus* : John Barbour. Je trouve un passage de ce texte. Cela me fait penser... à la phrase. Je tente de la taper dans le moteur de recherche mais aucun résultat. Je ne note qu'un mot ou deux, croise les éléments. Je mets un temps fou.

Je m'apprête à laisser tomber quand je vois une photo prise à l'abbaye de Melrose en Écosse, où est enterré Robert the Bruce. Sur une pierre, une phrase est gravée.

"A noble Hart may have nane ease cif freedom failye."

Je suis très mauvaise en anglais ! Cela dit, je n'étais pas loin. Je relis ma phrase, je n'en reviens pas. Je suis sûre de ne jamais l'avoir lue ou vue auparavant. J'ai survolé l'Histoire de l'Écosse bien sûr. Pas au point d'aborder des aspects si précis. Ce n'est pas possible que ce ne soit que la réminiscence d'un souvenir. C'est forcément plus que cela.

Je relis encore cette phrase. Mes modestes notions me permettent une traduction des plus aléatoires mais qui parait cohérente :

"Un noble Cœur ne peut trouver de repos si la liberté est bafouée."

*

* *

Ces recherches m'ont regonflée à bloc. Bien déguisée, je retourne chez moi. Je prends quelques vêtements, glisse mon passeport dans mon sac et verrouille la porte. Rien n'a bougé depuis la veille. Je soupçonne la police de faire le pied de grue devant mon appartement. Qu'ils se fatiguent, grimée comme je le suis, impossible de me reconnaître ! Lorsqu'on attend une jeune femme, on ne fait pas attention à un jeune des quartiers. Les tenues de Brice m'ont été très utiles. Je ne m'attarde pas sur mes albums renversés, mes cours retournés, mes DVD éventrés. Ce n'est que matériel. Le plus important n'est pas là. Je récupère mon courrier. Parmi les factures et les publicités, une enveloppe plus légère attire mon attention. Il s'agit de Thérèse Nédra. Ce doit être la photo que je lui ai demandée. Je glisse l'enveloppe dans ma poche et file. J'ai beaucoup de mal à patienter et tiens fermement la lettre dans le bus. Je grimpe les marches de l'immeuble de Zora quatre à quatre. Essoufflée, je m'appuie contre la porte et me laisse tomber sur le sol. Je peux enfin ouvrir le courrier. Je déplie le papier. L'écriture est soignée.

« Mademoiselle,

Comme convenu, je vous envoie la photo de ma petite-fille. Je vous prierais de bien vouloir me la retourner car elle m'est très précieuse. Ce sont les dernières photos d'elle que je possède, les plus récentes, si je puis dire. J'espère avoir pu vous aider dans vos démarches et vous souhaite bon courage pour votre article.

Vous priant d'agréer, Mademoiselle, mes salutations distinguées.

Thérèse Nédra. »

Oh oui, Madame Nédra, vous m'avez aidée ! Je sors prudemment la photo de l'enveloppe. Je ne peux pas y croire. Je laisse tomber la feuille, prise par l'émotion. Sur la photo, l'enfant qui joue sur la balançoire, avec cet homme inconnu, c'est moi.

*

* *

Je finis mon sac chez Zora et consulte les vols pour l'Écosse. J'ai eu du mal à réaliser tout ce que cela signifiait en voyant cette photo. Je n'arrive pas encore à croire que tout ceci est bien vrai. Sébastien et Augustine Nédra sont mes vrais parents. Un collier identique peut relever du hasard, mais ce cliché ne laisse plus de doute possible. Et si je veux savoir ce qui leur est arrivé, il faut que je découvre ce qu'ils ont voulu me laisser comme message. Grâce à celui-ci, je saurai qui a tué ce couple et pourquoi. J'envoie un courrier à mon directeur pour lui expliquer qu'il me sera impossible d'être présente à l'Institut à la rentrée mais que je continuerai à travailler chez moi… Enfin, là où je serai. Prochain vol possible : dès le lendemain. J'envoie un texto à Ben pour le prévenir que je ne serai pas à Angers durant quelques jours et laisserai le règlement à Zora. Aucune réponse.

Au retour de Zora, je suis plongée sur Internet et ne l'entends pas arriver. Je sursaute lorsque celle-ci me demande ce que je fais.

— Ouh, tu m'as fait peur !

— Je vois. Tu m'as l'air concentrée.

— Je prépare mon voyage.

— Quel voyage ?

Zora tombe assise.

— Je pars en Écosse demain. Si je ne me trompe pas, Robert the Bruce a des choses à me dire.

— Et quel est ton programme ?

— Premier arrêt : l'abbaye de Melrose.

Au petit matin, je ferme mon sac et sors sans faire de bruit, après avoir laissé un petit message à Zora. Je prends le bus en direction de la gare. Je ne suis pas en retard cette fois, j'achète un magazine. Je m'installe sur le quai. Il fait bon. C'est même le moment le plus agréable de la journée tant les températures sont extrêmement chaudes dans la journée. Je profite de l'air frais de ce beau matin. Je ferme un instant les yeux, tentant de faire le vide dans ma tête. La nuit a été courte, j'ai préparé mon voyage et repéré les lieux où je vais pouvoir aller. J'ai appris beaucoup de choses sur Robert the Bruce. De nombreux faits relient nos deux pays grâce à lui. Il a accueilli les Templiers qui se sont battus à ses côtés en 1314. Ce voyage promet un bond dans le temps passionnant.

— La place est libre ?

Je crois m'être endormie et être en train de rêver. Il est impossible que cette voix appartienne à celui auquel je pense. Pourtant, en ouvrant à nouveau les yeux, je constate qu'il s'agit bien de mon ange gardien. Je me redresse vivement.

— Ben ? Mais qu'est-ce que vous fabriquez là ?

— Je n'allais pas te laisser te mettre dans un pétrin pas possible. Quand j'ai eu ton message, j'ai appelé Zora qui m'a dit ce que tu comptais faire. Alors, je suis là. Et puis, il n'est pas impossible que tu aies besoin de ça !

Il sort de sa poche un tout petit objet. Je bondis.

— Mon collier !

Il referme son poing et range le bijou.

— Eh oui, mais je le garde pour le moment. Pas de sous, pas de collier !

— Mais, j'ai laissé les consignes à Zora pour qu'elle vous paie.

— Eh bien je récupérerai ça à mon retour et toi, tu reprendras ton collier.

Je rumine. Être obligée de me trimballer ce garçon, que je ne connais pas et qui est loin d'être fiable, dans cette quête personnelle ne m'enchante pas. Mais au moins, je retrouve mon collier. Nous arrivons à Nantes et prenons la navette pour nous rendre à l'aéroport. Ben réussit à s'acheter un billet sans trop de difficulté. À ce moment de la semaine, les vols ne sont pas complets. L'avion est à l'heure et nous nous installons rapidement. Je sens que Ben se renferme. Au décollage, mon avant-bras comprend le motif de son attitude. Il n'est pas rassuré par l'avion.

— J'imagine que vous préférez la moto.

— Hein ?

— J'aimerais avoir l'usage de mon bras à notre arrivée.

Se rendant compte de la pression qu'il exerce sur mon poignet, il libère son étreinte. Je secoue ma main, feignant une grande souffrance.

— N'en fais pas trop non plus !

Je me replonge dans ma lecture.

— C'est quoi le programme ?

— Pardon ?

— Bah oui, on va où, on fait quoi une fois les pieds revenus sur le plancher des vaches !

— Abbaye de Melrose.

— Ah... Et pourquoi ?

— Parce que Robert the Bruce y est enterré.

— Et c'est qui ?

Désespérant de pouvoir lire tranquillement, je pose mon magazine. J'explique vaguement la partie concernant le message, mais je retrace l'Histoire de ce roi écossais et son lien avec la France. Ben se montre attentif à mon récit, à ma grande surprise. Il est intéressé et pose des questions pertinentes. J'ai l'impression de jouer les profs avec lui mais ce n'est pas désagréable. Il me semble qu'il ne serait pas un mauvais étudiant. Nous nous taisons quelques instants mais sa vivacité d'esprit a piqué ma curiosité.

— Ben, vous avez étudié jusqu'à quel niveau ?

— Pourquoi tu me demandes ça ? J'ai l'air si con ?

— Non, au contraire. J'ai trouvé vos questions très intéressantes. Et puis, vous en savez beaucoup sur moi et moi, je ne sais rien de vous.

— Bah, c'est qu'il y a pas grand-chose à savoir. Je suis issu d'une famille juive...

— Ah ?

— Quoi, j'ai pas l'air juif ?

— Non, je ne savais pas, c'est tout.

— On se balade pas tous avec la kipa et les couettes !

Il mime la présence de cheveux longs sur le côté. Je ne peux m'empêcher de rire.

— Quoi ?

— Je vous imagine très bien avec des couettes !

— Au moins, je t'amuse !

Ayant retrouvé mon sérieux, je l'écoute me raconter sa vie dans les quartiers de Nantes puis son arrivée il y a peu de temps à Angers pour tenter sa chance. Un ami qui avait trouvé un job en restauration avait essayé de le pistonner mais sans succès. Depuis, il galère et s'en sort comme il a toujours su le faire. Il a bien eu quelques rapports avec la police mais rien de très sérieux. Il a su éviter le « trou », comme il le dit si bien.

— Et c'est là que nous nous sommes rencontrés.

— Eh ouais ! Un regret ?

— Je ne sais pas.

Je rougis malgré moi et détourne mon regard. Ben se met à écouter de la musique. Je ferme les yeux et tente de me reposer. Je m'assoupis finalement et fais un rêve bien étrange. Je me revois, enfant. Je cours vers une femme qui me prend dans ses bras. Elle m'emmène alors dans une sorte d'église très ancienne. Sa main glisse le long du mur. Autour de son cou, une corde à laquelle est accrochée une clé. La femme me sourit tendrement puis, saisissant la clé, elle s'adresse à moi sur un ton ferme : « Reprends-la ». Je me réveille brusquement. Ben a toujours les yeux clos.

J'aperçois la terre par le hublot.

Chapitre 8

— Nous approchons, je crois. Je garde mon bras loin de vous, si vous me le permettez !

L'atterrissage se passe en douceur. Il est à peine midi et je fonce pour récupérer la voiture de location.

— Vous me servez de GPS ?

Je tends à Ben la carte d'Écosse que j'ai emportée avec moi.

— Direction Melrose.

— Parce que tu sais conduire à droite ?

— Non ici, c'est à gauche, il n'y a que le volant qui soit de ce côté...

La route se passe sans encombre. J'ai le cœur qui se serre en approchant de l'Abbaye. Bientôt les hauts piliers se dressent devant nous. Sa façade donne la sensation d'avoir été brodée. Une grande partie des murs a été détruite. Construite en 1136 par des Moines Cisterciens, venus de France à la demande du Roi David Ier, Roi d'Écosse, la vieille dame garde encore un air majestueux. Ses murs nous racontent l'histoire de ces monarques enterrés sous ses pierres. L'abbaye épouse la forme d'une croix de Saint-Jean, un style architectural gothique. Une partie plus récente, toujours debout, est devenue un musée ouvert au public.

Nous entrons à l'intérieur et admirons de magnifiques décorations architecturales pour lesquelles Ben ne manque pas de glisser un mot. Se mélangent des saints, des dragons et des gargouilles. Nous nous faisons indiquer l'endroit où reposerait Robert the Bruce. Nous approchons de la pierre que j'ai pu voir sur Internet. La phrase paraît voler au-dessus de la roche. Je reste un instant silencieuse puis me mets à observer les alentours.

« — Qu'est-ce que tu fais ?

— Je cherche.

— Tu cherches quoi ?

— Je ne sais pas, mais je cherche !

Ben éclate de rire. Je me relève, vexée.

— Que voulez-vous que je vous dise ? Je ne sais pas ce que je suis censée trouver. Alors je me dis qu'en observant correctement les choses, je pourrais avoir de la chance et découvrir un élément qui pourrait m'orienter.

Il s'éloigne vers les tombes entourant l'abbaye, me laissant seule dans mes démarches. Je le rejoins une heure plus tard, bredouille. Il est allongé et profite du soleil qui disparaît à l'horizon.

— Alors ?

— Rien, je n'ai rien trouvé. Cherchons un hôtel sans tarder. Nous reprendrons notre quête demain.

— Et on va où, puisque tu n'as rien trouvé.

— Nous nous rendrons là où le reste du corps du Roi Robert a été enterré.

Ben se redresse.

— Il a été décapité ?

— Non, mais ici ne repose que son cœur.

— Drôle de coutume !

— Ce n'est pas un cas isolé ! Le Roi René par exemple. Son corps était inhumé dans la cathédrale Saint Maurice à Angers. Le tombeau a été détruit pendant la seconde Guerre Mondiale, il n'en reste plus que des représentations. Mais son cœur est dans l'Église des Cordeliers d'Angers et ses entrailles dans celle des Carmes, à Aix-en-Provence.

— Eh bien, pour ma part, je préférerais qu'on laisse tout en un bloc !

En ville, nous cherchons un endroit pour dormir. Cette petite auberge a l'air sympathique. J'ai à peine déposé mes affaires dans ma chambre et sorti mon carnet afin de faire le point sur la journée, à l'aide des photos prises, que l'on frappe à ma porte. Je réponds, lasse, en découvrant mon gêneur.

— Ben... Qu'est-ce qui vous arrive ?

— Je venais te chercher pour dîner.

— Je n'ai pas très faim...

— Quoi ! Tu rigoles ? T'as vu la journée qu'on a passé ? Avec juste un sandwich avalé vite fait ce midi ? Non, faut se nourrir, t'es toute maigrelette ! Et puis, on est en Écosse ! Tu vas pas passer ta soirée dans ta piaule alors qu'on est dans un pays qui sait faire la fête !

— Il est clair que vous ne me laisserez pas tranquille.

— Tu me connais, hein ?

— OK... Je prends ma veste.

Je décide de profiter de cette atmosphère si différente de notre France. Accueillis comme des princes, dès que nous mentionnons notre origine, les Écossais montrent un enthousiasme particulier. Nous portons notre dévolu sur une brasserie d'où nous parviennent des airs de musique écossaise. Après avoir passé commande, je laisse traîner mon regard dans la salle. L'endroit est assez petit mais il y a beaucoup de monde. Une estrade monopolise un angle de la pièce.

— Qu'est-ce que tu cherches en venant ici ?

— Je ne sais pas. Un indice.

— Parce que tu crois que ton Robert t'aura écrit une lettre "Margot, je sais que tu arrives dans huit siècles, mais j'avais un truc à te dire…"

— Vu comme ça ; forcément…

— Alors ?

— Alors, je ne sais pas… Je suis venue pour rien, sans doute, mais je dois aller jusqu'au bout. Je suis sûre de ne pas me tromper. Pas totalement en tout cas. Je sais qu'il y a quelque chose qui n'est pas clair dans la mort de Sébastien et Augustine. La preuve : mon agression et ma course poursuite…

— Comment ça "ton agression" ?

— Vous n'êtes pas au courant ?

Je lui relate ma sortie de boîte, après notre conversation et ma fin sur le quai.

— C'étaient les mêmes types que sur la quatre-voies ?

— Oui.

En lui parlant, je repense à cette nuit où me sont apparus ces visages lointains. Cette jeune femme m'interroge et me touche. Elle semble à la fois forte et fragile. J'aimerais tant savoir qui elle était. Je m'abstiens de raconter cela à Ben. Il ne doit pas me trouver très nette alors si je lui évoque ces "fantômes"… adieu ma réputation !

— Je suis venue me prouver que je n'avais pas les parents que je m'étais imaginés. Que mes parents étaient des personnes sérieuses, qui m'avaient aimée. Et si vraiment ils ont été assassinés, alors il est de mon devoir de savoir qui a fait ça et de leur rendre justice.

— Il y a la police pour ça.

Je jette un regard étonné vers Ben. Pendant une seconde, il m'a semblé que son accent banlieusard s'était évanoui et que son ton était extrêmement sérieux. Un peu à la manière du commissaire Véret.

— Je n'ai pas confiance en la police. Ce n'est pas vous qui allez me contredire.

Mon compagnon se tait. Nos plats arrivent enfin et il se jette sur son assiette pleine. Rapidement rassasiés, nous profitons de la musique. Un air me séduit. Je reconnais *Constant Sorrow* de "O'Brother", chanté par George Clooney. Ben se lève d'un bond.

— Oh, excellent, j'adore cette chanson.

Il se dirige vers l'estrade et le serveur lui tend le micro. Il se met à imiter l'acteur à la perfection ce qui provoque l'hilarité générale. Je suis moi-même bluffée. Mais ce que je craignais ne tarde pas à arriver. Il s'approche de moi et m'entraîne avec lui. Je finis par pousser la chansonnette, encouragée par un public déchaîné. Ben tente même quelques pas tandis que j'essaie de ne pas perdre la face. Finalement, je m'amuse sincèrement. Après tout, personne ne me connaît. Je me fiche de ce que l'on peut penser de mes talents musicaux. Nous dansons et terminons notre démonstration. Les clients nous pressent de continuer mais je préfère retourner m'asseoir. Un autre téméraire prend notre place.

— Je ne vous pensais pas amateur de ce type de chanson.

— On n'écoute pas tous Khaled ou TLF.

— Je n'ai pas prétendu ça.

— Mais tu le penses.

— Je ne suis pas bourrée de préjugés comme vous n'arrêtez pas de le sous-entendre. Je ne vous connais pas. Je me fiche de votre origine. J'ai le droit d'être étonnée.

Je me lève et me dirige vers le comptoir pour régler la note. Ben me double et remet sa carte.

— Je veux payer.

— Non. C'est à moi de te l'offrir. Je sais être galant.

Je range mon portefeuille et sors. J'avance vers notre auberge. Les pas précipités de Ben se font rapidement entendre.

— Un simple merci aurait suffi.

— Merci... Mais je ne vous ai rien demandé à la fin. Vous me suivez jusqu'ici sans même m'avoir demandé si cela me dérangeait. Vous me faites passer pour la naïve de service, pleine de préjugés sur vous. Vous me piquez sur tout ce que vous savez de moi, de ma famille. Vous vous moquez de cette situation. C'est un jeu pour vous, pas pour moi. C'est de ma vie dont il est question, de ma famille. Je ne suis pas là pour m'amuser.

— Ça tombe bien, moi non plus.

Ma colère retombe, plus par fatigue que par un réel apaisement.

— Laissez-moi Ben. J'ai besoin d'être seule. Ce n'est pas vous. C'est toute cette histoire qui me met sur les nerfs.

— Eh bien, on va rentrer. Après, je te laisse. Tu pourras engueuler ton oreiller tranquille.

*
* *

Une bonne nuit de sommeil, ça vous requinque et remet les idées en place. Au petit matin, je me douche sans perdre de temps. J'espère que Ben est prêt. Nous avons encore du pain sur la planche. Je frappe à sa porte. Rien. J'essaie plus fort. Une voix retentit derrière moi.

— Y'a personne.

Je sursaute.

— Ben ! Vous êtes déjà sorti !

— T'as bien dormi ?

— Oui, merci. Et vous-même ?

— Ouais, c'est pas mal comme auberge. Dis, tu pourrais peut-être me tutoyer maintenant. On se connaît un peu quand même.

— J'y penserai. On y va ?

— Oui, mais pas sans p'tit déj.

Après un copieux premier repas, qui devrait caler Ben pour la matinée, nous prenons la route en direction de Dumferline. Nous ne pouvons qu'apprécier les paysages magnifiques que nous traversons. L'Écosse est un pays riche en couleurs, en Histoire… C'est une véritable bouffée d'oxygène. Nous arrivons enfin auprès de l'Abbaye de Dumferline.

— On dirait celle d'hier !

— Ce n'est pas étonnant. Les deux abbayes ont été construites à la même période. Celle-ci a été fondée en

1072 par David Ier en l'honneur de sa mère, la reine Margareth.

— Ma mère serait ravie si je lui faisais construire un truc pareil. Quoiqu'un peu grand.

Nous pénétrons dans ce lieu solennel. Nos pas résonnent sous les grandes voûtes. Je frôle les murs, caressant du bout des doigts les pierres.

— Eh, t'endors pas, c'est là !

En effet, se dresse devant nous le tombeau de Robert the Bruce. Sur le sol, entourée de petites barrières, délimitant le cadre, une représentation du roi mort est gravée sur le sol. Le souverain pose avec ses armes, son image dorée lui donne un aspect divin. À ses pieds, son lion veille. Au-dessus, une lourde pièce en bois gravée protège l'ensemble. Des fines sculptures décorent la tombe. Ben prend des clichés.

— Alors ?

— Alors, je ne sais pas.

Je quitte cet endroit, dépitée. Je suis stupide, qu'est-ce que je croyais ? Ben avait raison, j'attendais quelque chose de simple. Limite, une descente triomphale à l'aéroport d'Édimbourg ! Je suis là, perdue au milieu de nulle part, à de milliers de kilomètres de chez moi dans l'attente d'un miracle. Je m'assois et regarde dans le vague. J'enrage contre mon imbécillité et ma naïveté.

— Eh ! Il ne faut pas baisser les bras comme ça !

Ben vient s'installer à mes côtés.

— T'as rien trouvé ici, mais on trouvera bien ailleurs.

— Il n'y a pas d'ailleurs. Ça ne sert à rien. Il n'y a rien. Robert the Bruce ne m'a rien laissé.

— Lui non, mais ceux qui l'ont suivi peut-être.

— Pfff, je ne vois pas qui.

— Moi non plus, mais c'est toi la prof d'Histoire, creuse-toi.

— Je ne fais que ça ! Et mes méninges commencent à saturer.

Je prends l'appareil et regarde les photos.

— T'as dit qu'il avait accueilli les Templiers ici ? C'est un rapport de plus avec la France.

— Oui, comme le traité de Corbeil...

Un vieil homme, assis sur un banc, nous observe. Il semble s'amuser de nos querelles. Je m'approche de lui.

— Bonjour.

Le vieux me sourit.

— *Do you speak French ?*

— *Yes. Our brothers !*

Je m'assois à côté de lui.

— Vous avez un très beau pays ! Nous sommes en visite ici avec mon ami.

Je montre Ben.

— Content que ça plaise à vous !

Pas tout à fait correct au niveau de la syntaxe mais on se comprend. Je lui explique notre intérêt pour Robert the Bruce, sans entrer dans les détails, et lui demande s'il connaît d'autres lieux pouvant être fortement rattachés à ce roi. Les endroits qu'il me nomme ne me disent rien. Je les prends en note.

— Ah, chose autre : les suivants de Robert the Bruce faisirent construire une chapelle... pour les Templiers... The Rosslyn Chapel !

— Pour les Templiers !

— Attendez... Ça me revienne... Les Stuarts, en 1440 construisaient une chapelle. C'est là que gardés les secrets des templiers. Des grands romans histoires l'ont dite. Construite par un William Sinclair,... hum... enfant ? Enfant des Templiers.

— Descendant ?

— Descendant ! *Yes !*

— Vous connaissez bien son histoire !

— Je travaillais ici avant ! Quand on passe la vie avec le Roi, dur de le quitter...»

Je remercie le vieil homme.

— En route !

— Pour où ?

— Rosslyn Chapel

Je lui tends le bras pour l'aider à se relever. Il se redresse et garde ma main dans la sienne. Nous nous faisons face sans trop savoir comment réagir, si proches brusquement.

— Finalement, je t'insupporte pas à ce point.

— Mais je n'ai jamais dit le contraire.

Je préfère m'écarter et repartir vers la voiture en vitesse. Ce genre d'histoire n'attire que les ennuis. Mieux vaut éviter !

*

* *

La route me paraît une éternité. Pas un mot dans la voiture ; le souvenir de la situation embarrassante à Dumferline plane dans l'habitacle. Il n'est pas évident d'éviter le sujet et ce serait pire d'en reparler. Je finis par tenter une approche différente.

— Ce voyage vous intéresse ?

— Je le trouve... culturel ! Ça manque un peu d'action. Je m'attendais à des courses poursuites, des trucs du genre, mais les autres n'ont pas l'air d'avoir calculé le coup.

— Je ne pense pas en effet que nous ayons été suivis. Ça me paraîtrait curieux en tout cas. Mais si nous avions amené des curieux avec nous, ça voudrait dire qu'au-delà même du décès des Nédra, ils recherchent la même chose que nous.

— Ou bien, ils te laissent faire tout le taf, pour en récolter les fruits.

Impossible de savoir pour le moment. En tout cas, ce dont je suis certaine, c'est d'être en sécurité. Pourtant, une idée me traverse l'esprit : et si je ne l'étais pas tant que cela ? J'observe Ben à la dérobée,... Je ne l'ai connu qu'une fois cette histoire commencée. Qu'est-ce qui me prouve qu'il est digne de confiance ? Et s'il était un infiltré de ce groupe ? Si son rôle était justement de m'avoir à l'œil, l'air de rien et de transmettre les informations à d'autres ? J'ai l'impression d'être dans un film. Je ne suis plus à un détail près. Ben s'aperçoit que je le regarde.

— Quoi ? J'ai un bouton sur le nez ?

— Non, rien.

— Si, vas-y, donne le fond de ta pensée.

— Pourquoi êtes-vous là ?

— C'est ça qui te turlupine ?

— On ne se connaît pas, vous n'avez rien à y gagner. Pourquoi prendre des risques ?

— Qu'est-ce que t'en sais que j'ai rien à y gagner ?

— Eh bien, dites-moi !

Il sourit en coin.

— Je vois. Tu commences à te demander si par hasard tu serais pas tombée dans un traquenard. Je serais le complice de ces types qui t'ont foutue par terre !

— Je n'ai pas dit ça !

— Eh bien moi, je le dis. Tu crois ce que tu veux, mais non, je ne suis pas avec ces mecs ! J'ai une petite idée de qui ça peut être et c'est aussi pour ça que je suis là. Je suis curieux de nature et s'ils s'intéressent à toi, j'ai bien envie de savoir pourquoi. Et puis... t'es particulière dans ton genre. Tu m'as plu. Même avec un verre dans le nez !

— Je préférerais oublier ! Ce serait qui pour vous, ces types ?

— Je ne suis pas sûr. Une espèce de clan...

— La mafia ?

— Non, pas à ce point, on n'est pas à Chicago non plus ! Quoique... non, c'est un mec qui a le bras long et qui trafique à droite et à gauche. Mais son petit commerce est devenu gros. Il est la bête noire des flics et ils aimeraient bien lui mettre la main dessus. Toujours est-il qu'il est loin d'avoir les mains blanches et qu'il ne se mouille pas pour un truc sans importance.

Ben me regarde, un large sourire aux lèvres.

— Je t'ai peut-être pas convaincue... Comment faire confiance à un banlieusard comme moi qui vit d'entourloupes et de système D ! Mais je m'ennuyais sur Angers. T'as mis un peu de piment !

Je ne sais pas encore si je dois le croire mais j'en ai fait le pari... et puis j'ai besoin de lui : il a mon collier et je suis certaine qu'il me le faudra à un moment ou à un autre. La femme du Moyen Âge de mon rêve le portait. Il doit donc y avoir un lien. Si seulement cette personne pouvait revenir me dire si je suis dans la bonne direction...

Nous approchons de Rosslyn Chapel et demandons notre chemin. Cette bâtisse me file la chair de poule. L'ambiance y est particulière et ses tours sombres lui donnent un air de maison hantée. Nous entrons et nous trouvons face à un spectacle indescriptible.

J'ai vu de nombreux bâtiments anciens, mais peu de cette qualité. Les murs, les voûtes sont entièrement sculptées, les figures y sont détaillées, les motifs finement ciselés rappellent à nouveau les dentelles les plus raffinées. Sur les piliers apparaissent des portraits que l'on penserait vivants.

— Connaissez-vous la légende de ces piliers, Ben ?

J'en indique deux en particulier :

— Non.

— Ces deux piliers portent le nom du "pilier du maître" et du "pilier de l'apprenti". On raconte que le maître, fatigué et à court d'inspiration, était parti à Rome avant même d'avoir terminé, avec l'objectif, à son retour, de rendre son travail extraordinaire. Il avait laissé pour consigne que personne n'y touche. Mais l'apprenti, ayant fini sa tâche, a achevé l'œuvre de son maître. Ce dernier, à son retour, lorsqu'il découvrit qu'on lui avait désobéi, entra dans une colère folle et tua le malheureux garçon.

— Mieux vaut être à son compte.

— En effet.

Je fais le tour de la chapelle, admirant ce lieu porteur de mystères. Au fond, un mur donne l'impression d'être inachevé, ce qui a longtemps laissé penser qu'une partie de l'édifice avait été détruit, ne laissant plus que ce pan apparaître. Or, une autre hypothèse tend à croire qu'il s'agit en fait d'une reproduction du mur des lamentations. Mon chemin s'arrête devant l'entrée de la crypte, interdite aux visiteurs. Ben me rejoint.

— Pas d'indice ?

— Ben, ça ne vous pose pas problème de ne pas toujours obéir aux consignes ?

— Ça dépend pour quoi ? À la foire Saint Martin, j'évite de lever la sécurité avant l'arrêt complet des manèges !

— On n'est pas à la fête foraine, venez.

J'enjambe la barrière et descends les marches. Pris de court, Ben me suit, désorienté.

— Qu'est-ce que tu fais ? Ça va pas ? On peut pas aller là !

— C'est vous qui me dites ça !

Nous pénétrons dans la crypte. Le vitrail dominant le fond de la pièce donne une grande luminosité.

— Une pièce secrète aurait été construite ici. Personne ne l'a jamais trouvée. On a mis cela sur le compte de la légende.

Je fais quelques pas et commence à scruter les murs.

— Qu'est-ce qu'on cherche au juste ? Une porte ?

— Je ne sais pas, un indice. C'est bien vous qui me disiez qu'il ne fallait pas baisser les bras et que nous trouverions en creusant.

— En te creusant, nuance…

Nous parcourons la salle silencieuse. Une atmosphère étrange y règne. Nous chuchotons, pas tant pour ne pas être repérés que parce que le lieu s'y prête.

— Alors ?

— Alors quoi ? Vous avez une idée ?

— Non. Mais, mes connaissances en Histoire se limitent à la semaine passée. C'est vrai que ces mecs-là étaient futés.

— C'est-à-dire ?

— J'imagine qu'en fait, ils avaient prévu une sorte de garçonnière tranquille. Tu vois, histoire de pas se faire choper par leur nana. Du coup, ils ont super bien planqué la porte.

— C'est du vécu ?

— Question trop personnelle. Joker. Ils auraient pu mettre des flèches et noter : "Ici la serrure".

— Un peu trop simple non ?

Soudain, cela fait tilt. Mais bien sûr ! Dans mon rêve en avion, la femme avait pour pendentif une clé. Cette personne m'indiquait de la reprendre. Mais à qui ? Et où ? Et s'il s'agissait de mon collier. Tout cela prendrait un sens. Je me rappelle alors qu'elle semblait caresser les murs de cette fameuse église. Je me mets à tâtonner et à inspecter avec attention les parois de la crypte.

— Tu cherches la flèche ?

— Non, une serrure.

— Une serrure ? Eh bien, ça, c'est clair.

Je n'aperçois rien une fois le tour de la pièce fait.

— Je suis allée trop vite... Et si, ça ne se voyait pas ?

— Quoi ? Une serrure invisible ?

Je prends le temps de balayer un maximum d'espace et dis à Ben d'en faire autant. Il bougonne mais se met à l'œuvre. Dans l'une des niches, je sens un creux. Il ne semble pas que ce creux soit accidentel. Il est si bien dessiné, si lisse. Ce ne peut être qu'un acte volontaire.

— Ben, apportez-moi votre téléphone.

— T'as qu'à prendre le tien !

— Je ne veux pas appeler. J'ai oublié le mien dans la voiture et comme nous avons le même, je sais qu'il a une option "lampe".

Je prends le mobile et déclenche le faible éclairage.

— Tenez, voyez vous-même. On dirait une sorte de lit, de... sertissage.

— Comme pour une pierre ?

Nous nous regardons.

— Le collier !

Il sort le bijou de sa poche. Je le prends et tente de le déposer mais l'or qui entoure cette pierre ne permet pas de l'y glisser. Prenant mon couteau suisse, je retire délicatement l'écrin. Je dépose alors la pierre qui se positionne parfaitement. J'appuie légèrement dessus. Un bruit sourd nous fait nous reculer. Une entrée sur une niche en face de celle où nous sommes vient de s'ouvrir. Quel autre mystère allons-nous y découvrir ?

Chapitre 9

Nous restons stupéfaits quelques secondes. Je me précipite vers l'endroit.

— Eh stop, t'as pas peur ? C'est peut-être dangereux !

— Vous trouviez que cela manquait d'action !

J'entre à quatre pattes dans l'étroit tunnel. Cela doit bien faire trois ou quatre mètres mais qui donnent l'impression de mesurer le double dans cette position si inconfortable. Je reste sur mes gardes, ne sachant pas si un système de sécurité n'a pas été mis en œuvre.

— Ben, je vois une sortie. Restez là où vous êtes pour le moment, faites le guet.

Je me faufile et atterris dans une pièce toute petite. Le téléphone me permet de me repérer. Il est évident que personne n'est venu ici depuis un bon moment. Un sol marbré est caché par une très épaisse couche de poussière et de terre séchée. Une table centrale semble nous accueillir. Je dégage les saletés cachant les inscriptions notées. Une croix apparaît : celle des Templiers. Je reste un instant ici, consciente du privilège unique d'être là, à admirer ce que nul autre n'a pu voir, en dehors des chevaliers de l'ordre.

— Qu'est-ce que tu fabriques ?

Je me reconcentre et regarde autour de moi. Dans un recoin, une sorte de meuble d'apothicaire comprend de très nombreuses cases. J'en ouvre une au hasard. Des documents y sont glissés. Je jette un œil mais tout est écrit dans une langue étrangère. Il me faudrait des jours pour tout fouiller et je n'ai que quelques minutes. Je dirige la lumière vers l'ensemble. J'aperçois des gravures sur chaque case. En passant la main, je sens en effet des irrégularités. Je m'approche plus près. Ce sont des chiffres. Quatre chiffres à chaque fois, des chiffres arabes… Comme sur mon tatouage. Mais le dernier chiffre était illisible pour Zoé et elle s'était trouvée dans l'impossibilité de l'écrire complètement. Je me rappelle les trois premiers : “130”. Plusieurs compartiments correspondent à ce début. Et pourtant, il ne peut y en avoir qu'un seul “7”. “1307”, l'année de la persécution, l'année du trouble pour les chevaliers du Temple. L'arrestation massive des Templiers sur l'ordre de Philippe le Bel qui, pour récupérer le fabuleux trésor des chevaliers, avait fait arrêter et poursuivre l'ordre. C'était un vendredi 13, le 13 octobre 1307. Au même instant, les soldats se sont pressés chez les hommes dénoncés pour s'en saisir. Certains, prévenus, avaient pu s'enfuir et trouver refuge en Écosse où les avait accueillis Robert the Bruce. C'est pour cela, entre autres, qu'aujourd'hui encore le vendredi 13 est considéré comme une journée de malheur. J'ouvre le tiroir. Une feuille s'y trouve. Je souffle. Je retire délicatement le papier. Une sorte de poème y est inscrit. Je le reconnais plus par la forme que par le fond, c'est écrit en gaélique. Je referme le tiroir, sors de la pièce rapidement et rejoins Ben.

— Je commençais à m'inquiéter !

— C'est gentil.

— Tu fais de l'humour maintenant.

— Oui, parce que je peux.

J'agite sous son nez le précieux document.

— J'ai trouvé ça !

— Alors finalement, c'est vrai, Robert t'a laissé un petit courrier.

— Je ne sais pas de qui c'est mais en tout cas, je l'ai.

Je le pose sur la table et prends une photo avec le téléphone puis m'envoie la photo sur mon mail. Je prends soin d'effacer le document du mobile de Ben.

— Ne tardons pas, quelqu'un va sans doute venir s'assurer qu'il n'y a personne avant la fermeture du bâtiment.

Je reprends la pierre et veux la mettre dans ma poche mais mon geste est arrêté.

— Hep ! Ça c'est à moi pour le moment !

Loupé. Je finirai bien par la récupérer de toute manière. Au plus tard, à notre retour en France. Nous sortons discrètement de la crypte en prenant soin de ne pas nous faire repérer. Puis nous quittons la chapelle comme deux touristes classiques.

*

* *

— Il y a un truc qui me chiffonne ! Pourquoi tu dis pas que t'as trouvé cette pièce ? Et ce texte ?

— Parce que dans ce cas, je serais obligée de tout expliquer. Je n'ai pas encore résolu mon énigme et si la presse s'en mêle, il n'y a rien de tel pour que des chasseurs de trésors se mettent à fantasmer et que je me retrouve avec plus d'ennuis encore qu'avec vos... Vos connaissances. Et puis, je serais forcée de raconter ce qui m'a amenée ici, ce qui m'a permis de trouver la serrure. Le tatouage, les messages et...

— Et quoi ?

Je repense à mes rencontres, lorsque je suis tombée sur les quais puis dans la prison. Ce ne sont pas uniquement des rêves. Ils avaient bien plus de force que cela. Ces visages et surtout celui de la jeune femme m'ont troublée. Il est évident maintenant qu'eux aussi avaient des choses à me dire. Ils m'ont bien donné la phrase de John Barbour, ce qui m'a amenée ici. Appuyés contre le capot de la voiture, nous grignotons quelques biscuits avec Ben. Je laisse mon regard errer autour de moi. Je ne me sens pas de lui raconter ces... rêves. Je tiens encore à lui laisser croire que je suis saine d'esprit.

— Et quoi ?

— Rien. Mon intuition.

Il se tait mais n'est sans doute pas dupe. Il doit se douter que je ne suis pas encore prête à tout lui dévoiler et il l'accepte. Il serait inutile de me forcer la main, cela ne ferait que refermer la porte davantage.

— Tu me le fais voir ce texte.

— Faites attention, le papier est très ancien.

— Ça va, je sais faire gaffe !

Il le prend avec précaution et cherche à déchiffrer les phrases qui s'enchaînent en quatre paragraphes. L'écriture est soignée mais très ancienne, à la manière des moines. Il n'est pas évident de lire les mots inscrits. D'autant plus qu'ils sont écrits dans une langue étrangère, du gaélique sans doute.

— Bon et maintenant ?

— Eh bien, il va nous falloir un traducteur.

— Tu vas lui dire quoi au type ? Si déjà t'en trouves un capable de te traduire ça ?

— C'est sûr que je ne suis pas certaine de la langue. Il faut tenter, nous verrons bien. Mais déjà, je vais protéger cette feuille et la recopier.

— Donc, en route pour une petite auberge. Je ne pense pas que tu trouves quelqu'un à cette heure-ci qui puisse te répondre.

Nous nous mettons en recherche d'un endroit où dormir. Nous tombons sur une auberge de jeunesse, ce qui nous convient tout à fait. Nous posons nos affaires et je m'installe à l'écart pour recopier ma feuille pendant que Ben se détend devant la télé. Intriguée par son attitude très concentrée, je finis par l'interroger.

— Vous comprenez quelque chose ?

— Non.

— Et vous regardez quand même.

— Je connais cet épisode par cœur.

Je regarde avec plus d'attention l'écran et reconnais la série “Friends”. Ceci explique cela.

Je demande au logeur de nous indiquer un endroit sympa pour manger. Il m'explique le chemin pour nous rendre dans un pub qui sert rapidement et pour un prix raisonnable toutes sortes de plats. Sur la route, nous sommes obligés de demander des indications. La jeune femme qui nous renseigne pousse de hauts cris.

— *Oh, Frenchies ! Good ! Our brothers !*

— *Yes, yes.*

Ben est étonné de cet accueil plus que chaleureux. Après avoir remercié, je rappelle à Ben nos liens avec ce pays.

— Nous avons longtemps eu un ennemi commun : l'Angleterre. La France a oublié mais pas eux. Les Français sont très bien vus en Écosse.

— Je le constate. J'avoue qu'on ne les reçoit pas comme ça chez nous.

— Eh non, et c'est dommage.

Nous finissons par trouver l'endroit et nous installons pour dîner. Je dois avouer que j'ai très faim. Les événements de la journée m'ont creusée. Je sors ma feuille et la pose à côté de moi.

— Tu crois qu'elle va se traduire tout seule en la posant comme ça ?

Je fais signe au serveur.

— Do you speak french ?

— Yes.

— Bien. Pouvez-vous me dire en quelle langue ceci est écrit ?

Je prends soin de ne lui montrer que le premier paragraphe.

— Hum... Du gaélique, mais de l'ancien. Je ai du mal à lire. Il faut voir avec guide.

— Merci.

Me voici confortée dans mon idée. Nous terminons notre repas et retournons à l'auberge. Mes yeux peinent à se maintenir ouverts. Ben reste discuter avec d'autres clients tandis que j'en profite pour aller dans notre dortoir. Les chambres de six lits ne nous assurent pas une nuit parfaite. Donc autant essayer de s'endormir avant que mes colocataires n'arrivent et ne ronflent... Au mieux ! Je cache la lettre sous mon matelas et sombre très vite dans le sommeil. À peine ai-je fermé les yeux que je les rouvre. Mais, je ne suis plus dans cette chambre, je ne suis plus en Écosse. Je suis à nouveau à Angers, sur l'île des Carmes. Les maisons et les commerces bordent le grand pont reliant la Doutre à la cité. Les gens se croisent, les commerçants appellent. Les chevaux passent le pont au petit trot, faisant résonner leurs pas sur le bois. La jeune femme est en face de moi. Elle me sourit et m'invite à la suivre. Elle longe le pont tout en se guidant de sa main gauche qui frôle le rebord. Plus nous avançons et plus les gens s'évanouissent autour de moi. Les lieux semblent se modifier. Elle s'arrête à la moitié du pont et me montre le château. Un drapeau est en train de s'affaisser et de disparaître. Les cloches se mettent à sonner, cela devient assourdissant. On dirait un mariage... ou un enterrement. Sur la joue de la jeune femme roule une larme. Je veux lui parler mais aucun mot ne sort. Du feu se met à sortir des tours du château, de la cathédrale et des maisons nous entourant. Il approche et commence à nous lécher les pieds. Je suis encerclée. Je veux hurler. La femme vient près de moi et me tient la main, alors la chaleur devient plus forte. J'ai mal, c'est insupportable, je sens la panique m'envahir. Tout n'est que flammes autour de moi, j'entends des cris d'hommes, de femmes... C'est horrible. Je me redresse brusquement. Je suis dans mon lit, à l'auberge, tentant de reprendre mon souffle. Ben est assis à côté de moi.

— Ça va ? Tu m'as fait peur. Je croyais que tu étouffais.

Je respire comme un marathonien. Mes vêtements sont trempés par la sueur.

— Tu te sens bien ?

— Oui, je crois.

— Heureusement que les deux autres ne sont pas encore là, t'aurais réveillé toute l'assemblée.

Je me lève mais j'ai les jambes en coton. Ce rêve me fait trembler. Qu'est-ce que cela veut dire ? Que s'est-il donc passé à Angers ? Et quand ? J'ai besoin de me rafraîchir. Je rejoins la salle de bain. Je commence à en avoir assez de ces rêves, ils m'épuisent. À la fois, j'ai bien conscience qu'ils sont là pour m'aider. Pourtant, tout se brouille dans mon esprit. Dans le couloir, je passe devant la porte d'étudiants en train de discuter. Ils parlent en français, l'un d'entre eux devant l'être. Je crois comprendre à demi-mots que l'un d'eux a étudié le gaélique ancien. Je ne peux pas me présenter dans cet état. Je me dépêche de me passer un coup d'eau sur le corps et retourne, changée, à ma chambre. Je me saisis de ma copie, Ben s'étant rendormi, il me semble inutile de le prévenir. J'hésite un instant devant la porte des jeunes gens. Mais finalement, celui qui n'ose jamais ne pourra pas avancer. C'est le culot qui crée les opportunités. Je frappe discrètement.

— *Yes ?*

Je passe la tête par l'entrebâillement de la porte. Deux jeunes femmes et un garçon sont assis sur le rebord des lits et discutent à voix basse. Allez, maintenant Margot, dépatouille-toi !

— Je m'excuse de vous déranger mais j'aurais un petit renseignement à vous demander.

Les trois collègues se regardent interrogateurs.

— La personne à l'accueil m'a dit que l'un d'entre vous avait fait des études d'histoire et connaissait le gaélique ancien.

— Oui, c'est moi.

La petite blonde aux lunettes à la John Lennon me sourit.

— Vous auriez besoin d'une traductrice ?

— C'est cela !

— Faites voir.

Je lui tends ma feuille. Je n'ai plus rien à perdre. Et puis, il ne s'agirait pas de se mettre à imaginer des ennemis partout.

— Hum... pas simple. Il n'y a pas des erreurs dans ce texte ?

— Possible. En le recopiant, je me suis peut-être trompée.

— Laissez-moi quelques minutes.

— Je ne veux pas interrompre votre discussion.

— Non, ne vous en faites pas ; et puis, cela ne devrait pas me prendre très longtemps.

Nous engageons la conversation avec les deux autres étudiants alors que la jeune femme se met à écrire sa traduction. J'ai du mal à détacher mes yeux de sa main et essaie autant que possible d'écouter mes interlocuteurs. Je ne sais pas combien de temps cela lui a pris, pour moi c'est une éternité qui s'est écoulée lorsqu'elle me tend la feuille traduite. Je relis son écriture afin de m'assurer de la bonne compréhension. Je la félicite et la remercie pour son aide précieuse.

— J'ai beaucoup de chance ! Tomber sur quelqu'un qui puisse me traduire un texte en langue ancienne, ce n'est pas courant, mais en plus avoir la traduction en français !

— Ma mère est française. Je n'ai pas de mérite… Mais dites-moi, c'est quoi ce texte ?

— Oh, un jeu que nous avons avec un ami. Nous nous amusons à nous inventer des énigmes, un peu à la manière de Roberto Begnini dans “La vie est belle”.

Ils n'ont pas l'air de voir de quoi je parle. Suis-je aussi vieille déjà ? Je leur souhaite une bonne nuit et quitte leur chambre. Je ne peux plus dormir. J'ai cette feuille entre les mains. Il ne m'est pas possible non plus de retourner dans mon dortoir. Il me faudrait la lumière et je risquerais de réveiller tout le monde. Je cherche un endroit tranquille où je pourrais relire cette lettre.

Dans le petit salon, il n'y a plus personne, les derniers clients l'ont déjà déserté. J'entre et m'installe sur le canapé. J'allume la petite lampe à côté de moi et me place confortablement. Je tiens ma feuille et prends une grande inspiration :

“Ulysse, le fils de l'Andegave,
Repose enfin en paix.
À ses héritiers, déposant les clés,
Et le soin de garder le secret.
À son tour, le roi renié l'a protégé.
En son lieu reposé,
Guette la bête savante
Du malheur annoncé
L'insigne offert, sur la peau reste gravée
La Cité de Celui qui a caché
Au sommet du feu de la mère charitable

Et du père miraculeux.
L'astre nocturne brille en plein jour
Éclairant le mystère du labyrinthe protecteur
Et la clé, en son sein, a transporté,
Pour son ultime voyage, le Roi Caché,
Qui scelle à jamais le tombeau du secret."

*
* *

Je suis retournée me coucher vers 5 h du matin. Mes idées s'embrouillaient et je n'y voyais plus très clair. Mes hypothèses s'annulaient sans cesse. J'ai préféré arrêter de cogiter et prendre quelques heures de sommeil. Lorsque je me lève, Ben a déjà disparu de son lit. Je m'habille et descends dans la cuisine commune. Un couple est en train de terminer de manger. Je les salue et m'installe pour prendre un thé. Ben fait son entrée à ce moment-là.

— Ah te voilà, la marmotte. Pas très matinale !

Je m'abstiens de tout commentaire. Il s'assoit en face de moi.

— Alors c'est quoi le programme aujourd'hui ? On va visiter quoi ?

— On rentre.

Ben écarquille les yeux. Je ne peux m'empêcher de trouver son regard troublant. Ce n'est pas le moment de s'éparpiller.

— Comment ça, "on rentre" !

Le couple se lève de table et range ses affaires avant de quitter la pièce. Quand nous sommes seuls, je dépose ma tasse et sors la feuille où la jeune étudiante a traduit le poème.

— Je n'ai pas fait que dormir cette nuit. Après que vous m'avez aidée à… sortir de mon cauchemar…

— Oui, d'ailleurs à ce propos, je serais curieux de savoir le contenu de tes rêves. Tu t'ennuies pas toi, dis donc ! Ça fait deux fois que je pionce dans la même pièce que toi et que je me fais réveiller par tes cris ! Tes ex ne t'ont pas dit qu'il faudrait que tu consultes.

Je me tais mais il sent que sa dernière phrase était de trop.

— C'est de l'humour, te vexe pas. Je rigole… Bon, c'était pas drôle. Pardon. Passe.

— J'ai… j'ai rencontré des étudiants dans le couloir qui avaient étudié l'Histoire et pouvaient me traduire mon document. Et voilà.

Je tourne ma feuille et la lui glisse sous le nez. Il la lit avec attention puis redresse le menton.

— C'est traduit ça ? Parce que perso, j'y comprends rien.

— Oui, c'est traduit. C'est du français tout au moins. Maintenant, pour ce que nous cherchons, certaines sécurités ont été mises en place afin de ne pas laisser trouver ce qui est caché par n'importe qui.

— Donc on serait des privilégiés.

— En quelque sorte.

— Et t'as planché dessus toute la nuit.

— Une partie dirons-nous. Il me manque beaucoup d'éléments et pour la plupart, il me faut retourner en France. De toute manière, ce voyage commence à coûter cher et je dois contacter rapidement la fac.

— Explique si t'as compris des trucs. C'est quoi An... dégave ?

Je reprends le poème.

— Regardez, si nous étudions paragraphe par paragraphe, voici ce que l'on peut comprendre :

"Ulysse, le fils de l'Andegave,
Repose enfin en paix.
À ses héritiers, déposant les clés,
Et le soin de garder le secret."

Andégave est l'ancien nom d'Angers. Les Andes était le nom du peuple gaulois qui vécut dans la région d'Angers. Dans cette partie du poème, on nous explique qu'un grand personnage, un voyageur, que l'on peut comparer à Ulysse, est de retour en son pays. Le pays d'Angers. Je suppose, ne sachant pas de quand est daté notre texte, qu'il fait référence à Joachim du Bellay, rappelant son fameux *Heureux qui comme Ulysse*...

— ... A fait un beau voyage, ou comme cestuy-là qui conquit la toison...

— Oui, c'est cela.

— Du Bellay l'a écrit quand ce poème ?

— Au XVIe siècle.

— Deux siècles après notre Roi Robert.

— Et un siècle après la construction de la chapelle Rosslyn. Ce qui laisserait entendre que l'activité des chevaliers a perduré de très nombreuses années. Je ne sais pas si le poète était au courant de ce secret ou si ces mystérieux personnages se sont servis à ses dépens de son travail.

— OK et donc notre Ulysse serait où alors ?

— Je pense qu'il doit être à Angers, ou autour d'Angers.

— Mais où ?

— Eh bien, c'est ce qu'il nous faut découvrir.

Ben réfléchit quelques instants avant de reprendre.

— Et t'as capté autre chose ?

Je relis les notes prises durant la nuit.

— Le second paragraphe évoque à mon sens notre Roi Robert. Si je suppose que notre Ulysse est un Templier, que ce que nous cherchons est le secret qu'il nous a laissé, je dirais que dans ces quelques lignes, il est question de Robert the Bruce pour les raisons que nous avons déjà évoquées ensemble.

"À son tour, le roi renié l'a protégé.
En son lieu reposé,
Guette la bête savante
Du malheur annoncé"

J'ai donc repris les clichés tirés hier dans l'Abbaye de Dumferline. Regardez.

Je lui tends l'appareil sur lequel apparaît, en gros plan, l'un des angles du tombeau.

— Un aigle ? Avec un bouquin ? La "bête savante" ?

— C'est ce que je crois. Je n'en ai aucune certitude mais cela paraît cohérent.

— Mais qu'est-ce qu'elle sait ?

— Elle connaît l'Apocalypse.

Ma dernière phrase semble flotter dans nos têtes, comme le son d'une cloche, le cri d'un oiseau de mauvaise augure.

— Tu crois que c'est pour la fin du monde ?

— Pas forcément. La fin du monde est souvent utilisée comme métaphore pour parler d'un grand changement, la fin de quelque chose et le renouveau.

— On est dans le ton, 2012...

— Vous croyez à ce genre de choses ?... Cela fait au moins trois fins du monde auxquelles nous survivons !

— J'ai une tête à croire à ce genre de bêtises ?

Je lui souris et ne lui réponds rien. Il n'est pas l'heure de vexer qui que ce soit.

— Bon, on continue. T'as vu autre chose ?

— Cela doit faire des siècles que ce texte a été écrit et certainement pas pour qu'en une seule nuit le mystère soit levé. Pour le troisième paragraphe, il me semble que l'on évoque Robert the Bruce :

"L'insigne offert, sur la peau reste gravée
La Cité de Celui qui a caché
Au sommet du feu de la mère charitable
Et du père miraculeux."

— Sur la peau ? C'est ton tatouage ?

— Je... je pense. Vous avez vu mon tatouage ?

— Entrevu. Mais j'imagine.

— Toutefois, je ne vois pas pourquoi il qualifie ce symbole de "offert". Et enfin, le dernier paragraphe... j'ai dû m'endormir dessus.

Je reprends ma feuille et relis les dernières lignes qui me paraissent incompréhensibles.

— Oui, mais si c'est bien de Robert dont il s'agit dans le "*l'insigne, au protecteur déchu...*" blablabla, pourquoi est-ce qu'on rentre en France ? Ça veut dire que ça doit se trouver ici, en Écosse !

– Je ne crois pas. On parle bien du fils de l'Andegave de retour dans son pays. Et puis, j'ai des choses à creuser concernant l'aigle. Ces réponses, je ne pourrai les trouver qu'à Angers. Nous rentrons... En tout cas, moi, je rentre. Si vous souhaitez vous offrir quelques jours de plus en Écosse, c'est votre choix.

Chapitre 10

Ben n'est pas resté. Il a préféré revenir avec moi en France. J'ai du mal à me l'avouer mais sa présence m'a permis souvent de ne pas abandonner. Sans lui, je ne serais sans doute pas allée plus loin que Dumferline. Dans l'avion, j'observe la terre d'Écosse s'éloigner. Nos frères, nos amis. Notre histoire et nos ennemis communs ont fait de nos deux pays durant plusieurs siècles, de précieux alliés. Enfouie au loin dans nos mémoires, l'Écosse ne représente plus que le fantasme de films comme Braveheart, de ses paysages verdoyants... Je ferme les yeux. Je repense au rêve que j'ai fait à l'auberge. Encore une fois, il me paraissait si vrai... Il était à la fois angoissant et jouissif de se retrouver ainsi projetée dans le passé. J'ai noté ce rêve dans mon carnet. Ils viendront certainement m'éclairer le moment venu. Je serre mon sac contre ma poitrine. Il contient toutes mes recherches, toute ma mémoire. Il s'agit de ne pas l'égarer... et surtout qu'il ne tombe pas dans de mauvaises mains.

L'avion finit par se poser. Soulagé, Ben descend de l'appareil. Une fois à la gare d'Angers, il se tourne vers moi et me montre la rue.

— J'ai ma monture qui m'attend. Je te dépose ?

— Non, c'est gentil, je vais rentrer en bus.

— Rentrer où ?

— Chez moi.

— Mais c'est pas possible ! T'as vu dans quel état ton appart a été mis ?

— Justement, il est temps de le ranger.

— Mais ces types risquent de revenir !

— Je crois qu'ils ont cherché à me faire peur afin que j'abandonne mes investigations sur Sébastien et Augustine.

— Et alors, ça a marché ?

— Non, mais je vais faire comme si. L'un me conduira à l'autre. Si je creuse ce que nous avons découvert, j'en saurai plus sur mes parents.

— Laisse-moi quand même te déposer.

— Je ne suis pas fan de ce genre d'engins. J'ai un peu la trouille.

— Quoi ? Et moi alors, j'avais pas la trouille dans l'avion ? Allez viens, promis, je roule doucement. Et puis, tu t'en es sortie vivante sur la quatre-voies !

Je me laisse convaincre et monte sur la machine. Tenant sa promesse, il limite la vitesse de sa moto. Nous arrivons rapidement à mon appartement. Je descends et jette un œil à ma fenêtre, comme s'il m'était possible de voir au travers des murs si quelqu'un s'y cache.

— Je viens avec toi.

— Non, je vais monter seule. Je vous fais signe de là-haut si tout est OK.

Je me dirige vers la porte d'entrée et m'arrête. Je me tourne vers mon ami.

— Ben...

— Oui ?

— Merci.

— Oh, pas de quoi !

Mon cœur se serre en approchant de mon étage. J'ouvre la porte, toujours verrouillée. Le désordre est tel que je l'avais laissé il y a quelques jours. J'évite de marcher sur mes papiers, examine chaque pièce puis ouvre la fenêtre.

— Ben, c'est bon. Tout va bien. Vous pouvez y aller.

— Bonne soirée. Je t'appelle.

Je referme la porte, pose mon sac. Devant ce désordre, je me sens envahie par un immense désespoir. Je ne dois pas me laisser aller. Avec un peu de courage, j'aurai tout rangé avant que la nuit ne tombe. Je me mets donc à ramasser les documents, les objets jonchant le sol et jetant, par la même occasion tout ce qui s'est cassé dans la bataille. C'est toujours cela en moins pour un prochain déménagement. Je finis par arriver à bout de ces corvées en début de soirée. Je jette un œil dans mon frigo. Ce n'est pas fameux. Je trouve un paquet de soupe et quelques biscuits restant dans le fond d'une boîte. Ça ira pour ce soir. Je prends le temps de lire mes mails. Je constate que mon directeur a bien reçu mon message. Toutefois, il m'attend dès que possible à la fac. Je n'ai pas le choix, je dois y retourner. Je ne suis pas très rassurée malgré ce que j'ai dit à Ben. Mais, après tout, j'ai peut-être raison, ils ne voulaient que m'effrayer. Il me faudra être sur mes gardes. Je passe un coup de fil à Zora et tombe sur son répondeur. Je lui laisse un message afin de la rassurer. J'envoie quelques mails et éteins la lumière. Une idée me vient. Je m'approche de la fenêtre. Dehors, il fait complètement nuit. Je cherche dans les recoins des bâtiments, dans la rue, dans une voiture... Mes doutes se confirment. Deux hommes sont installés dans leur véhicule. Je me fais peut-être des films, mais il n'est pas improbable que je sois surveillée. Après tout, s'ils n'ont pas sommeil... Moi, je vais dormir.

*

* *

Mon réveil sonne bien trop tôt, comme souvent lorsqu'il faut aller travailler. Je mets mes lunettes et jette un œil dehors. La voiture est toujours là. C'est bête, mais j'ai presque l'impression d'avoir été en sécurité durant la nuit. Je souris. Quel que soit le camp de mes gardiens, ils sont plutôt dans une phase d'observation. Profitons-en. Je me prépare et prends mes affaires pour me rendre à mon travail. En descendant, je m'aperçois que le véhicule a disparu. Dommage, il était repérable. Je ne traîne pas et monte dans le bus. Je ne peux m'empêcher de faire attention à ceux qui m'entourent. Je cherche le visage de mon agresseur du pont. À mon grand soulagement, personne ne lui ressemble. Je sors du bus et suis le mouvement des étudiants pénétrant dans la fac. J'essaie de me glisser discrètement dans mon bureau.

— Mademoiselle Brigot !

Zut, loupé !

— Monsieur le Directeur !

— Combien de fois devrai-je vous dire de m'appeler Claude ?

— Pardon, Claude.

— Alors vous voici de retour ! Et vos recherches ? Fructueuses ?

— Oui, je le crois. Je travaille sur un article passionnant.

— Ah ? Je serais curieux d'en voir les ébauches.

— Il n'est pour le moment qu'à l'état de projet.

— Mais vous avez bien votre sujet.

— Bien sûr !

— Et donc ?

— Pardon ?

— Et donc, quel est votre sujet ?

Coincée entre la porte de mon bureau et l'imposante stature du directeur, je ne peux m'échapper. Si seulement quelqu'un pouvait interrompre notre conversation. Mais cette fois, je ne pourrai pas m'en tirer si facilement.

— Mon sujet ? Mon sujet... c'est... Angers.

— Il y a déjà eu beaucoup d'écrits sur ce thème. Quelle est la spécificité de vos recherches ?

— Je travaille sur les secrets d'Angers. Ses mystères.

— Hum...

Devant sa mine sceptique, je tente de défendre ce thème vaseux qui m'est sorti de l'esprit.

— Imaginez, Claude...

J'en profite pour toucher son affectivité.

— Bien sûr, nous connaissons tous l'histoire de cette ville, Andegavus, Julio Magus... Mais qu'en est-il de ses mystères, des légendes entourant son château ? Les passages souterrains passant sous la Maine...

— Ce n'est pas nouveau. Et surtout, cela a été démenti.

— Je suis sûre de pouvoir vous apporter du neuf.

— Ah bon ! Vous avez déjà quelques informations ?

— Oh oui ! Mais je vais avoir besoin d'un peu de temps.

— Nous arrivons en mai. Vous devez encore quelques heures de cours et ensuite, je vous libère. Si tout est réglé pour les examens de juin.

— Sans problème, tout sera fait.

— Alors dans ce cas, dans une semaine vous êtes libre pour poursuivre vos recherches. Je veux votre article pour juin.

— Juillet ?

Le directeur me regarde, soucieux.

— C'est bien long pour un simple article.

— Pour récupérer les informations dont j'ai besoin, cela va prendre un certain temps.

— Ok, juillet. Mais pas plus.

— Merci Monsieur... Merci Claude.

Nous nous serrons la main et le directeur disparaît dans le couloir à la recherche d'une nouvelle victime. Je l'imagine, errant dans les bâtiments, guettant une proie sur laquelle il pourrait fondre afin de réclamer des heures de cours, des articles et j'en passe. Je souris de mes bêtises et me vois rapidement alpaguée par mes étudiants puis par l'assistante. Je me retrouve dans mes amphithéâtres. Je me sens bien à cette place. Intéresser des étudiants à des événements qui ont eu lieu il y a plusieurs siècles est souvent un défi d'envergure. Mais j'adore ! Et puis lorsque l'on croit en ce que l'on présente, il n'y a plus aucun doute possible. J'ai une pensée pour Ben qui s'était montré si intéressé par mes explications. Alors que je me fais cette réflexion, la porte de l'amphi s'ouvre. Je vois Ben qui entre et s'installe aux dernières tables. J'essaie de me reconcentrer, mais son intrusion me trouble. Le voyant sourire, je me reprends, vexée de m'être laissée ainsi influencer et perturber dans mon professionnalisme. Les étudiants n'ont pas été dupes et un bruit de fond emplit la salle. Je réclame le silence et termine ma présentation. Le cours touche à sa fin et je remercie mes auditeurs en les libérant. Ben descend les marches alors que je range mes feuilles.

— Alors, tu réponds pas sur ton portable ?

— Je ne sais pas vous, mais lorsque je travaille, je coupe mon téléphone.

— Eh bien, je suis venu direct te passer le message. Pas mal ton lieu de travail d'ailleurs ! Et t'en imposes face à ton grand groupe. Je sais pas si je pourrais parler comme ça devant cinquante jeunes !

— Cent trente. Ils sont cent trente.

Il siffle.

— Vous êtes venu pour vous moquer ou pour me transmettre un message ?

— Je ne me moque pas ! Sincèrement, tu m'épates.

— Ravie de le savoir. Et donc...

— J e venais t'inviter à dîner.

— C'est gentil mais je n'ai pas le temps.

— Quoi, t'as quoi de prévu ?

— Je veux travailler sur le texte.

— Eh bien justement, je veux t'aider. Et puis, je suis sûr que ton frigo est vide.

Il se place devant moi.

— Écoute Margot, si j'avais voulu te faire du mal, ou tenter quoi que ce soit, j'avais des occasions en Écosse. J'ai envie d'aller au bout de cette histoire. Je trouve ça trop fort, c'est tout.

— C’est la première fois…

— La première fois que quoi ?

— Que vous m’appelez par mon prénom.

— Mais non…

— Si.

Il me regarde quelques secondes et insiste gentiment.

— Alors ?

— Alors d’accord.

Au fond, je serais presque déçue, je n’ai pas l’air de l’intéresser une seconde. Je ne sais pas comment je dois le prendre. Après tout, je suis loin d’avoir le physique de Sharon Stone ! Mais à ce point. Oh et puis zut ! Ce n’est pas le moment. Et puis, lui non plus ne me plaît pas. Je range mes classeurs et le suis. Je retourne à mon bureau déposer quelques affaires et je sors.

*

* *

Zora est venue nous rejoindre chez moi. Très vite, nous lui racontons notre périple. Lorsque nous lui détaillons notre découverte, elle reste bouche bée.

— Incroyable ! Et personne n’a trouvé cette entrée avant vous ?

— Non, je ne crois pas.

— Mais, pourquoi ne l’avez-vous pas signalée ?

— Parce que… il nous aurait fallu raconter toute l’histoire, et que je n’ai pas de temps à perdre. J’ai encore quelques jours de cours, et je voudrais les utiliser pour faire mes recherches écrites. Ensuite, je creuserai cela si nécessaire en me déplaçant.

Ben propose de se partager les recherches et de tenter dès à présent de décortiquer ce poème. Nous nous penchons sur Robert the Bruce afin de partir d'un élément connu. Beaucoup de pages lui sont consacrées et il n'est pas évident de savoir ce qui peut nous concerner. Le temps s'écoule sans que personne ne sorte de sa concentration. Un silence religieux plane dans la petite pièce, rarement aussi remplie.

"L'astre nocturne brille en plein jour
Éclairant le mystère du labyrinthe protecteur
Et la clé, en son sein, a transporté,
Pour son ultime voyage, le Roi Caché,
Qui scelle à jamais le tombeau du secret."

— Si on reprend ce paragraphe, et que l'on suppose qu'il s'agisse de Robert the Bruce dans la seconde partie, qu'il est le roi caché. Quel a été son ultime voyage ?

— Et comment une clé a pu le transporter ?

— Ce n'est pas une clé comme on peut l'imaginer. Elle n'a pas forcément la forme à laquelle on pense. C'est tout instrument permettant de fermer ou d'ouvrir un espace. Ce peut être un collier comme cela a été le cas pour nous.

Je me replonge sur les pages d'Internet.

— Attendez. Robert the Bruce a fait un dernier voyage... alors même qu'il était mort ! Son cœur a été transporté dans une boîte et emporté lors d'une croisade. Le coffret avait été confié à Sire James Douglas. Mais celui-ci est mort au combat avant même d'avoir atteint la Terre Sainte. Le cœur de Bruce a été ramené en Écosse pour y être enterré.

— Son cœur a été emporté ?

Zora paraît écœurée.

— Regardez plutôt…

Je tourne l'ordinateur. À l'écran apparaît la photo d'un coffret. Il porte le symbole de Robert the Bruce.

— Voici dans quoi le cœur de ce bon roi a voyagé. Il s'agirait donc d'une clé. Mais cela me paraît très gros pour une clé. Par contre…

Je me remets sur le moteur de recherche et trouve bientôt ce que je souhaitais.

— C'est bien ce que je pensais. Il y a eu trois reproductions de ce coffret. L'une d'entre elles est bel et bien restée sur Angers durant près de cent ans. Je savais que je l'avais vue quelque part. Elle fait partie des objets que Louis XI a récupérés lorsque le Duché est redevenu propriété de la couronne. Nous avons travaillé sur ce sujet avec les étudiants. Cette boîte avait attiré mon attention sans que je sache trop pourquoi. Il me la faut.

Je fixe l'écran, comme si la boîte pouvait en sortir par magie. Zora interrompt mes pensées.

— Comment comptes-tu t'y prendre ? Ce coffret est aujourd'hui conservé au musée du Louvre.

— Je suis prof d'Histoire à la fac. Je vais bien trouver un moyen.

*

*   *

Les jours ont défilé à une telle vitesse que j'ai bien cru que cela ne faisait qu'une journée que le directeur avait autorisé mon absence. Je n'ai pas revu Zora et Ben, trop prise dans mes démarches afin de parvenir à récupérer ce coffret. J'ai réussi à obtenir l'aval de mon responsable pour réclamer cet objet dans le cadre de mon article. Il me faudra me rendre sur Paris afin de m'assurer de la bonne transaction et de l'envoi dans les conditions nécessaires du précieux coffret. J'ai deux jours devant moi avant le départ. J'ai clos tous mes dossiers et me suis assurée que les partiels de mes étudiants étaient parfaitement calés. Je peux dorénavant me concentrer sur le poème.

Il fait encore très chaud ce soir. Je me remets sur mon ordinateur. J'ai relativement bien avancé mais il me reste encore de nombreux points à éclaircir. Ma nuque se raidit à force d'être figée face à l'écran. Mon collier ! Lui aussi est censé pouvoir m'aider. Ben ne me l'a toujours pas rendu ! Je prends mon portable mais mon geste reste suspendu. Quelques coups discrets sont frappés à ma porte.

Mon sang ne fait qu'un tour. Ce léger bruit comme venu d'un autre monde, me pétrifie. Qui peut venir à cette heure ? Je ne sais pas si je dois répondre ou faire comme si je dormais... Mais ma lumière a sans doute été vue d'en bas. Je m'approche et me colle à la porte. Une voix qui me rassure tout de suite me permet de respirer à nouveau.

— Margot, ouvre-moi, c'est Zora.

Je déverrouille ma serrure et introduis mon amie. Je m'apprête à fermer la porte mais je sens comme une résistance qui m'en empêche.

— Eh doucement ! Je suis là !

— Ben ?

Zora vient près de moi.

— Je l'ai trouvé dehors, il m'a fait pitié !

— Dis donc, c'est le bo... le bazar chez toi !

— Ne touchez à rien.

Je les rejoins dans le salon. Il est vrai que mon bureau est envahi de livres ouverts, de carnets de notes griffonnés, de feuilles volantes, de copies... Cela déborde tant qu'il m'a fallu en poser une partie par terre.

— Ne mélangez pas mes feuilles.

— Parce que c'est rangé là ?

— Oui, à ma façon !

— Et ça donne quoi tout ça ?

— OK, je vous explique. Asseyez-vous sur le canapé. Je vais chercher le café et je reviens.

— Le café arrive, c'est chaud, attention !

Zora dépose le plateau sur la table basse. Nous nous servons une tasse, puis je déplie les feuillets sur lesquels j'ai ajouté mes hypothèses. Mes deux auditeurs se montrent attentifs. Je prends quelques secondes avant de démarrer.

— Voilà ce que j'ai trouvé. Je me suis interrogée sur les liens potentiels que Robert the Bruce pouvait avoir avec Angers. Si je reprends le poème, qui est donc notre fil d'Ariane, j'ai proposé des explications. Certaines me paraissent plausibles, d'autres moins. Je commence par ce dont je suis presque sûre :

"Ulysse, le fils de l'Andegave,
Repose enfin en paix.

À ses héritiers, déposant les clés,
Et le soin de garder le secret.”

» Pour celui-ci, je ferai court car nous en avons déjà discuté. Pour moi, il est question d’un homme, mais pas n’importe quel homme. Ulysse était le Roi d’Itaque, parti combattre pour une noble cause. Son voyage dura dix années car il était jalousé par les dieux qui décidèrent de lui rendre impossible son retour. Bien sûr, il s’agit ici d’une métaphore, mais il est probable que ce personnage soit un guerrier, un chevalier et qu’il ait été ramené sur ses terres. Il a donc remis les éléments à ses descendants pour leur permettre de protéger ce qu’il leur avait laissé.

— Quoi ?

— Pardon ?

— Il leur a laissé quoi ?

— Si je le savais, je ne serais pas là avec tous mes documents étalés dans mon salon à tenter de saisir le sens d’un poème écrit il y a six siècles ! Si l’on continue :

“À son tour, le roi renié l’a protégé.
En son lieu reposé,
Guette la bête savante
Du malheur annoncé”

» Ce paragraphe vient confirmer et ajouter un élément supplémentaire quant à ce que nous venons de dire. Ici, si en effet nous suivons ce qui nous a menés en Écosse, c’est-à-dire mon tatouage et...

Je me retiens à temps, préférant ne pas évoquer mes rêves qui sont pour moi sans nul doute des indices de ce qu'il me faut trouver.

— Donc, nous pouvons conclure qu'il s'agit de Robert the Bruce qui fut couronné Roi d'Écosse en 1306 dans le plus grand secret, son pays étant toujours sous le joug de l'ennemi de toujours : les Anglais. Nous sommes donc allés auprès de l'Abbaye de Dumferline et de l'Abbaye de Melrose. À la seconde, nous n'avons rien trouvé, mais pour ce qui est de la première…

Je sors le cliché de l'aigle tenant le livre.

— La voici notre bête savante ! L'aigle de Saint Jean, l'Aigle qui annonce le malheur, l'Apocalypse. Je suis allée faire un tour à la bibliothèque. Cet aigle est désigné sur les tapisseries de l'Apocalypse. Ces tapisseries ont été commandées par Louis Ier qui était un grand amateur d'art. Mais ces tapisseries rappellent surtout l'événement qui a bouleversé à jamais les mémoires : la peste noire. Elle a disséminé presque un tiers de la population européenne ! Ce travail de titan a été réalisé par Nicolas Bataille. Nous retrouvons l'aigle principalement dans une tapisserie, la *Quatrième Trompette*, l'aigle du malheur. Le feu et la lumière sont atteints par le fléau.

— Le feu, tu le retrouves aussi dans le 3e paragraphe, m'interrompt Zora.

— Oui, en effet, mais c'est un des points qu'il me reste encore à comprendre. Toutefois, il ne s'agit pas forcément des éléments au sens propre. Une autre hypothèse tend à penser qu'il est question ici de personnes chargées d'éclairer les consciences et de réchauffer les âmes. Ces dernières ne seront plus en mesure de remplir leur charge.

— Des prêtres ?

— Pas forcément. Je ne sais pas encore. Voici ce que nous disent les textes :

» “Le 4e ange sonna de la trompette et la 3e partie du soleil fut frappée, et la 3e partie de la lune, et la 3e partie des étoiles ; en sorte qu’ils furent obscurcis dans leur 3e partie, et que le jour perdit la troisième partie de sa lumière, et la nuit de même.”

» “Alors je regardais et j’entendis la voix de l’aigle qui volait au milieu de l’air et disait à haute voix « Malheur, malheur, malheur. aux habitants de la Terre, à cause des autres voix des trois anges qui doivent donner de la trompette.”

» Je suppose qu’il est question non seulement du danger qui plane mais aussi du secret en lui-même. Le risque qui semble menacer est cette destruction définitive de ce bien. Bien au sens matériel ou spirituel.

J’observe Zora et Ben. Tous deux semblent dubitatifs.

— Pour le reste :

“L’insigne offert, sur la peau reste gravée
La Cité de Celui qui a caché
Au sommet du feu de la mère charitable
Et du père miraculeux.”

» Je dois avouer que je ne sais pas.

— Il n’est pas question de Robert ? C’est ce que tu me disais à Rosslyn.

— Possible. C'est difficile à dire. Je ne vois pas en quoi son insigne a été offert... Et enfin le début du dernier paragraphe, ne me demandez pas.

"L'astre nocturne brille en plein jour
Éclairant le mystère du labyrinthe protecteur
Et la clé, en son sein, a transporté,
Pour son ultime voyage, le Roi Caché,
Qui scelle à jamais le tombeau du secret"

» Il n'y a que la fin du paragraphe pour laquelle je pense avoir bel et bien trouvé de quoi il retourne.

— Le coffret de Robert the Bruce.

— En tout cas, l'une de ses copies. J'espère que ce coffret voudra bien me parler.

Nous restons tous les trois à fixer les documents éparpillés, les scrutant dans l'espoir qu'ils se mettent à répondre d'eux-mêmes aux questions que nous nous posons. Ben me regarde.

— Tu n'as pas une petite idée ? De quoi il est question ? Où ? Qui ?

Je réfléchis un instant. Je me suis bien mise à rêver de choses totalement folles et extravagantes : le Saint Graal, la pierre philosophale... Mais soyons réalistes, nous n'avons pas cela ici ! Il n'y a aucun écrit qui puisse ajouter une quelconque crédibilité à ce genre de thèse.

— Non, je pense que les personnes qui ont souhaité protéger ce fameux secret, y sont très bien parvenues... Je suppose même que le secret a été oublié et qu'il ne reste que ces quelques indices permettant aux plus téméraires de se replonger là-dedans. Maintenant, tentant d'être cohérente, j'ai parcouru l'histoire d'Angers afin de voir si je trouvais un lien quelconque avec Robert the Bruce, l'Écosse, avec... les Templiers.

Zora me sourit.

— Et pourquoi pas leur trésor ?

Son ton est ironique.

— Mon amie, j'ai les pieds sur terre, je sais pertinemment qu'il n'est pas question de cela. Mais, il n'y a pas que l'or et l'argent qui méritent d'être protégés. Je vous présente mes recherches ou pas ?... Alors, sans vouloir remonter trop loin, après la conquête romaine, ce pays s'est appelé "Julio Magus", le marché de Jules. La ville se résumait à l'ancienne cité, c'est-à-dire du château aux anciennes halles, en dessous de la cathédrale. On peut encore apercevoir le reste des murailles et des tours, qui entouraient la cité romaine au IIIe siècle, rue Toussaint entre autres. Un amphithéâtre était construit au niveau de la rue des Arènes. Un truc énorme ! Il y avait également des nécropoles qui ont été retrouvées au niveau de la Gare Saint Laud et de la place Leclerc.

— Et donc ?

— Eh bien pour dire que la ville était déjà bien implantée et depuis longtemps ! Un château en bois est édifié au IIIe ou IVe siècle. La ville s'appelle désormais Civitas Andegavorum. En 924, elle se dote de nouveaux remparts au nord. Les abbayes sortent de terre. Henri Plantagenêt, surnommé ainsi du fait du genêt qu'il portait toujours, devient Comte d'Anjou et Roi d'Angleterre. Le comté est donc aux mains anglaises. Mais en 1214, Jean sans Terre, l'un de ses fils, perd les territoires qui redeviennent français. Blanche de Castille, régente, décide de renforcer les défenses de la ville. Elle fait construire le château. Il possède alors dix-sept tours en poivrières, rendant le site imprenable. De même, une enceinte entourant la ville, qui déborde au-delà de la Maine, est créée, elle mesure plus de trois kilomètres.

J'interromps mon récit et leur montre le plan de la ville.

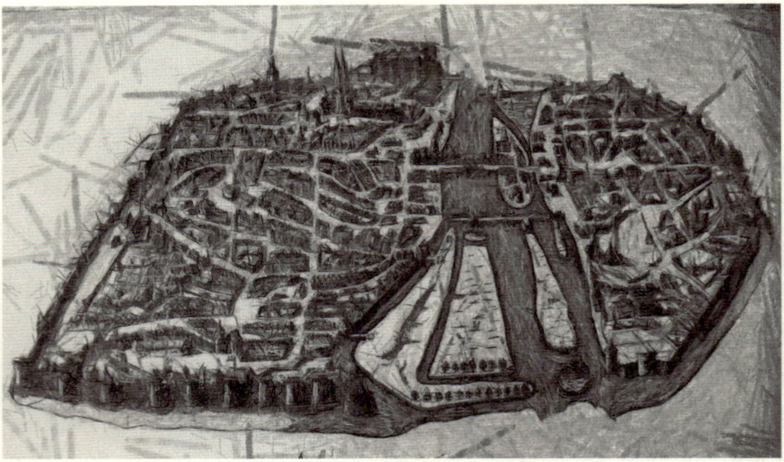

— Oh c'est fou ! C'est tout petit !

— Eh oui, Zora. Et la ville ne changera presque pas entre le XIIIe et le XVIIe siècle. Nous pouvons reconnaître les boulevards : celui du Roi René et le boulevard Foch qui se dessinent en dehors de l'enceinte.

— Et autour ?

— Eh bien, ce sont des champs ou des hameaux. Tout paraît plus loin, lorsque les seuls moyens pour se déplacer sont les pieds !

— Tu peux abréger… Où veux-tu en venir là ?

Ben me surprend. Je dois reconnaître être un peu partie dans des explications qui ne semblent pas être en lien direct.

— Je vous résume mes recherches.

— Heureusement que c'est un résumé !

— Il faut bien ratisser large ! Dans le flot d'informations, il y en aura peut-être une qui fera tilt ! Je termine donc : l'Anjou est à nouveau confié en apanage en 1246 puis érigé en Duché en 1360. Le premier Duc d'Anjou est Louis Ier. C'est un grand guerrier, qui participe à de nombreux conflits et aime les tournois. Mais c'est aussi un homme raffiné, éduqué qui va contribuer à l'embellissement de la ville.

— Oui, c'est lui qui a commandé les tapisseries !

— Oui, et c'est aussi lui qui ouvrira la première Université à Angers. Sa belle-fille sera Yolande d'Aragon, la mère de notre bon Roi René. Il n'a jamais été Roi de France mais Roi de Sicile, entre autres. Eh bien, c'est Yolande d'Aragon qui fit bâtir le logis Royal et la chapelle que l'on connaît au château. Elle n'est pas aussi célèbre qu'elle le mérite car c'est elle qui établit la virginité de la pucelle la plus illustre de France.

— Jeanne d'Arc ?

— Eh oui, car le roi que Jeanne cherchait à faire couronner, Charles VII, n'était autre que son gendre, le mari de sa fille Marie.

— Oh là là, ça y est, je suis paumé ! Tous ces liens de consanguinité !

— Inutile en effet d'aller si loin. Pour conclure, c'est en 1480 qu'à nouveau l'Anjou s'est retrouvé sous la propriété du Roi de France. Le château s'est vu restructuré pour en diminuer son côté château de guerre. C'est pour cela qu'il a perdu ses poivrières.

— Et l'Écosse dans tout ça ?

— Rien. Pas de lien direct. Le seul plausible reste l'Auld Alliance. Impossible de savoir à quand elle remonte. Des documents datant de 1295 l'évoquent déjà. Elle fut renforcée par de nombreux traités signés entre les deux pays, comme celui de Corbeil. Cette alliance est la plus longue jamais connue. C'est ainsi que les Écossais sont venus en aide aux Français vers 1420 lors du conflit contre les Anglais. Mais cela ne s'arrêtait pas à la guerre, des étudiants écossais sont venus travailler dans les universités et réciproquement... Mais concernant un lien entre Angers et Robert the Bruce, je n'ai rien trouvé...

*

* *

Le soleil cogne encore. Nous sommes déjà mi-mai et les températures ne diminuent pas. Sur le quai de la gare, quelques personnes cherchent un coin d'ombre. Les jupes d'été sont sorties depuis longtemps ! Sur le quai A, quelques travailleurs et un couple de retraités attendent le train. Je regarde ma montre : 9 h 47. Encore trois minutes et nous devrions entendre la voix charmante préenregistrée, annonçant l'arrivée de notre TGV. Destination : Paris Montparnasse. Ma tenue de professionnelle stricte me gêne : une jupe droite noire m'arrivant au-dessus des genoux et un chemisier beige. À côté de moi, mon voisin renvoie une toute autre image. Ben appuie sa tête contre la vitre, fermant les yeux. Son pantacourt et son tee-shirt pourraient laisser croire qu'il part en vacances. Notre drôle de duo ne passe pas inaperçu et les voyageurs nous regardent interrogateurs. Ben m'a proposé de continuer notre voyage ensemble, il est parvenu à me persuader qu'il serait plus prudent d'avoir quelqu'un pour m'accompagner. Je n'ai pas eu le courage de refuser. Pour ce qui est de ma tenue, je n'avais pas le choix : un rendez-vous au Louvre, avec le conservateur, ne tolérait pas d'excentricité. Il me faut vérifier qu'il s'agit bel et bien du bon coffret et que j'orchestre son "rapatriement" sur Angers.

Je stresse quelque peu. Pourvu qu'il n'y ait aucun souci et que le conservateur ne mette pas son veto pour le transfert de cette pièce ; je ne lui demande pas la Joconde non plus. Mais, il est de son droit de refuser. La voix mécanique me fait sortir de mes rêveries. Ben se lève rapidement.

— Alors, tu viens ? Je veux bien me présenter moi, auprès de ton bonhomme, mais pas sûr qu'il accepte de me remettre la boîte !

— C'est un coffret.

— Oui, c'est pareil.

Je me redresse et nous montons dans le wagon presque vide.

— On aurait mieux fait d'y aller en moto, comme je t'ai proposé ! On serait tranquilles et pas de contrainte d'horaires !

— Cela vous dérange de rester une journée sur Paris ?

— Deux ! On repart que demain.

— Eh bien, ce sera l'occasion pour vous de visiter le Louvre !

— La chance !

Je me cale dans mon fauteuil et sors mon livre.

— Quand même, quand je pense à ma bécane, ça lui aurait fait du bien de sortir.

— Pour ma part, mes courtes expériences avec ces engins m'ont suffi.

— Ah ? T'es déjà montée sur une moto, à part avec moi.

— Oui... Mon ex petit ami aimait ces machines et m'a incitée à en faire.

— Tu sais conduire ?

— Je me débrouille. Mais, j'ai failli avoir un très sérieux accident... Alors depuis, je ne souhaite pas vraiment recommencer.

Je coupe court à la conversation, montrant à mon interlocuteur mon désir de ne pas poursuivre sur ce sujet. Je me plonge dans mon roman pendant que Ben soupire et s'installe finalement pour dormir.

Le trajet se passe vite et sans encombre. Nous quittons la gare et pénétrons dans le vaste réseau du métro de Paris. Il n'y a pas foule dans les couloirs et nous trouvons très vite notre ligne. Nous montons dans la première rame. Il nous faudra changer une fois de ligne mais nous devrions arriver rapidement. Le rendez-vous est à 11 h 30.

— Et s'il ne veut pas te le laisser ?

— Le conservateur ?

— Oui.

— Je ne vois pas pourquoi. S'il se montrait hésitant, je saurais lui démontrer la nécessité pour moi d'avoir ce coffret pour mes recherches.

Nous sortons du métro et arrivons bientôt en vue de la célèbre pyramide vitrée. Je propose à Ben de s'offrir une petite visite durant mon rendez-vous. Je l'appellerai dès que je sortirai.

— Ouais, je ne sais pas si ça me dit, tous ces tableaux… Moi Léo, je le connais pas.

— Léo ?

— Léonard da Vinci.

— Ah ! Mais il n'y a pas que lui. Je vous conseille quand même de jeter un œil. Il est dommage de venir à Paris et de ne pas aller voir le plus célèbre musée de notre capitale.

Je le laisse et me dirige vers l'accueil expliquant le but de ma venue. Une hôtesse m'indique l'endroit et je me dirige vers le couloir d'un pas décidé. Une secrétaire m'arrête et me demande de patienter quelques instants.

Je jette un coup d'œil à ma montre, 11 h 25. Zora n'en reviendrait pas. Je suis en avance. Comme quoi, nous pouvons tous changer ! Quoique, ne dit-on pas que c'est l'exception qui confirme la règle… Un homme arrive vers moi, dynamique. Son costume sur mesure le rend très élégant. Quand il s'approche de moi, je suis étonnée de son jeune âge. Il ne doit pas avoir plus de 35 ans, de grands yeux bleus et un large sourire. Il me tend la main.

— Mademoiselle Brigot ! Bienvenue dans notre musée ! Je suis Monsieur Grebois.

— Merci à vous de me recevoir.

— Au contraire, c'est un plaisir de pouvoir aider des passionnés d'Histoire. Si vous voulez bien me suivre.

Nous avançons rapidement dans les méandres des couloirs du musée.

— Je vous emmène dans les laboratoires, c'est là que nous avons apporté le coffret.

— Très bien.

— Serait-il indiscret de savoir pourquoi cette pièce vous intéresse à ce point ?

— Je fais des recherches sur les trésors d'Angers et sur nos liens potentiels avec l'Écosse. Ce coffret est la copie de celui qui transporta le cœur de Robert the Bruce pour sa dernière croisade si j'ose dire.

— En effet.

Nous entrons dans une pièce après avoir passé un certain nombre de sas de sécurité. Une personne en blouse nous accueille et j'aperçois derrière elle, déposé sur une table, le coffret.

— Le voici.

Monsieur Grebois me laisse le passage et je peux m'approcher de l'objet. Il paraît si petit, si... insignifiant. Il est difficile d'imaginer à quoi il pouvait bien servir. Impossible d'y glisser quelque chose, à peine une paire de boucle d'oreilles.

— Je peux ?

— Oui, mais d'abord, je vais vous demander de mettre ceci.

Le conservateur me tend une paire de gants jetables. Je les enfile et prends, avec beaucoup de précautions, la pièce.

— Nous l'avions étudié à son arrivée. Rien d'extraordinaire. Pas de cachette particulière. Il a été passé aux rayons. Rien. Vous vous attendiez à trouver quelque chose ?

— Peut-être...

J'ouvre le coffret, scrute les bords, vérifie qu'aucune feuille, aussi fine soit-elle, n'ait pu s'y glisser. Il semble en effet n'avoir rien de remarquable. Je repense à l'intuition que j'avais eue à Rosslyn Chapel. Ce n'était pas avec les yeux que j'avais pu découvrir la serrure, mais avec les mains. Je ferme alors les yeux et reprends mon investigation. J'essaie de faire abstraction de l'intermédiaire que créent les gants. Je tâtonne, touche les contours et l'intérieur. Le fond m'interpelle, il est irrégulier.

— Vous avez vu cela ?

— Quoi ?

— Le fond, c'est curieux. On dirait qu'il a comme des à-coups. C'est comme des crochets...

Mon doigt se heurte à une très fine pointe. J'appuie dessus et elle semble s'évanouir sous la pression. Le fond se découpe et de nouvelles formes apparaissent sous mon index. Je sursaute. L'homme prend le coffret et fouille l'objet.

— Ça a bougé !

Je ne peux pas cacher ma surprise.

— En effet. Cela ressemble à un ensemble de cubes et de trous... On dirait...

— Une clé ?

Il repose la copie et m'interroge du regard.

— Comment je l'ai su ? C'est bien ce que vous vous demandez ?

— Exact.

— Un pressentiment.

Je retire les gants.

— Je vous confirme ma demande. Je souhaite pouvoir étudier de plus près le coffret et le présenter pour mes recherches auprès de la faculté.

— Très bien. Allons dans mon bureau pour remplir ensemble tous les documents.

Je souffle intérieurement. Il n'a émis aucune réticence. Cela s'est fait plus facilement que je ne l'aurais cru. En chemin, il se tourne vers moi.

— Vous venez de me bluffer. Vous avez trouvé ce que nous n'avons pas vu, malgré tout notre matériel sophistiqué.

— L'objet ne paraît pas très intéressant en soi. Il est aisé de supposer qu'il n'est que décoratif.

— Qu'est-ce qui vous fait dire qu'il est bien plus que cela ? Parce que c'est bien ce que cela sous-entend...

— Ce serait une bien longue histoire... celle de toute une recherche. Mais je peux vous promettre que dès que je publie mon papier, je vous en fais parvenir un exemplaire !

— J'y compte bien.

Nous entrons dans son bureau. L'espace est décoré avec finesse, de nombreux ouvrages remplissent la bibliothèque. Je ne peux m'empêcher d'y jeter un œil.

— Je suis assez fier de ma collection. Ces ouvrages, pour la plupart, ont déjà quelques années.

— Je me doute.

Je m'installe face à lui alors qu'il complète les documents nécessaires. Il me demande de signer plusieurs feuillets.

— Eh bien voilà, Mademoiselle Brigot. Le coffret arrivera dans une semaine au sein de votre faculté. Il sera réceptionné par votre directeur.

— Tout à fait.

Je me lève et lui tends la main.

— Je vous remercie pour votre aide.

— Je vous souhaite de pouvoir clore vos recherches comme vous le souhaitez.

Gardant ma main, il m'empêche de repartir.

— Mademoiselle Brigot, restez-vous longtemps sur Paris ?

— Je repars demain.

— Cela vous dirait-il de dîner ensemble, nous pourrions évoquer vos travaux plus en détail...

Je ne m'attendais pas à cela. Devant ma gêne, il tente de se reprendre.

— Je manque de tact mais devant le peu de temps que vous avez dans notre chère ville...

— Votre proposition est très... sympathique, mais je ne suis pas venue seule.

— Ah, dommage !

— Une prochaine fois, peut-être.

Il lâche ma main et je sors en le saluant à nouveau. Je n'en reviens pas. Cette jupe a de drôles d'effets. Je souris intérieurement. Je sors du musée et observe les alentours. Pas de Ben. Il est 12 h 45. Il est peut-être parti déjeuner. Je prends mon téléphone et commence à entrer son numéro.

— Pas mal finalement ce musée !

Je bondis.

— Ben ! Ce serait bien que vous arrêtiez de surgir de cette manière. Je vais finir par avoir une attaque.

— J’y penserai.

— Vous êtes allé le visiter ?

— Ouais. Y a quelques babioles qui sont pas mal. Mais bon, on s’y perd là-dedans.

— En une heure, vous n’avez pas dû voir grand-chose.

— Suffisamment. Et je commence à avoir sacrément faim.

— Je vous invite.

— Pas question. Je suis un mec, moi ! C’est à moi de t’inviter. Et d’ailleurs, ça a donné quoi avec le vieux ?

— Quel vieux ?

— Le conservateur ?

J’éclate de rire.

— Vous en avez de ces préjugés ! Il est loin d’être vieux… Il est même fort agréable, à différents égards.

— Quoi ? Ça veut dire quoi ça ?

— Rien, rien. En tout cas, c’est bon, j’ai le coffret… Enfin, il va être envoyé à Angers la semaine prochaine. Et ce n’est pas tout…

Je lui raconte la découverte de son fond irrégulier.

— Cela prouve bien qu’il a sans doute encore beaucoup de choses à dire…

— Ou du moins qu’il est bien question d’une clé. Il va me falloir l’étudier plus précisément. J’ai hâte …

— Bon, c’est pas tout ça mais qu’est-ce qu’on fait maintenant ?

— Je pense qu’à Paris, on devrait trouver de quoi s’occuper…

Ben me jette un coup d’œil malicieux :

— Tu trouves le programme de l’après-midi, j’ai quelques idées pour la soirée…

Chapitre 11

Je ne suis pas une fan de la tour Eiffel, mais je dois avouer que la vue d'en haut est remarquable et que cela vaut le détour.

Ben a joué le jeu et se montre intéressé par les différentes expositions. L'après-midi passe très vite et nous terminons à la terrasse d'un café afin de nous rafraîchir.

— On a suivi ton programme, je te propose donc ce soir, de suivre le mien !

— Vous exagérez, nous avons choisi ensemble !

— Oui, mais j'ai été sympa aussi. C'est des trucs qui te plaisent. C'était surtout pour te faire plaisir.

— Je suis très touchée !

Je souris en reprenant une gorgée.

— C'est ça, moque-toi ! N'empêche que ce soir, je t'emmène dans mon univers !

— Vous savez, je ne suis pas très à l'aise dans tout ce qui est boîte de nuit…

— Taratata ! Je veux rien entendre. Et je te rappelle que je t'ai vue danser l'autre soir…

— J'aimerais bien pouvoir oublier ce passage !

— Non, tu dansais bien. On va essayer sans alcool maintenant !

— J'aimerai revoir quelques points ce soir sur le texte, j'ai pensé à…

— Non, stop ! On fait une pause. T'auras tout le temps dès demain pour t'y remettre. Ce soir, c'est break et on s'amuse.

Il me semble si déterminé que je ne me vois pas lui répondre autre chose.

— D'accord. Mais nous ne rentrerons pas trop tard à l'hôtel. Demain notre train est à 9 h 30.

— T'aurais dû prendre encore plus tôt ! Mais ça devrait le faire.

Nous terminons notre boisson et nous promenons dans les rues de Paris. Ben jette un œil dans certaines boutiques. Nous dînons tranquillement en terrasse et discutons de nos parcours respectifs. Je dois reconnaître qu'il me paraît très cultivé et me donne l'impression de se donner un rôle. Sa personnalité semble duelle. Il m'interroge, il pique ma curiosité car, malgré son vocabulaire plus que familier, ses propos sont souvent très justes et réfléchis. Il est passionné de sport et de moto. Il ne manque pas d'humour et finalement, je passe une bonne soirée.

— Allez, on file, je t'emmène dans un endroit top !

Je me laisse guider. Quelque chose me surprend toujours autant à Paris : quelle que soit l'heure, il y a toujours du monde dans le métro.

— Tu vas voir la musique est géniale, et il y a toujours de l'ambiance ici.

— Attendez.

Je le retiens avant d'entrer dans le bar.

— Avant que nous ne puissions plus nous parler à cause du son… Vous y venez souvent ?

— Ça m'arrive… En tout cas, chaque fois que je viens à Paris !

Il m'ouvre la porte et me laisse le passage. De nombreux clients sont déjà installés. Le bar est entouré par des groupes et au fond de la salle, des danseurs s'agitent au son démesuré des amplis. Ben trouve deux sièges et nous commandons. Je reste sur les boissons sans alcool cette fois. Nos verres sont à peine déposés que Ben m'invite sur la piste. Ma tenue n'est pas vraiment adaptée mais il ne me laisse pas vraiment négocier. Je peine à me mettre dans l'ambiance, au contraire de mon partenaire qui se trouve très vite à l'aise. Sans être un très bon danseur, il prend plaisir à se déhancher et surtout à chanter, ce qu'il fait relativement bien d'ailleurs. Je finis par m'amuser grâce à lui, prenant soin de ne pas me tordre les chevilles avec mes mini-talons, suffisants pour me blesser. Les musiques s'enchaînent et nous ne nous rendons plus compte du temps qui passe. C'est l'heure des slows. Je me dirige alors vers notre table, mais je suis retenue dans mon élan. Ben a pris mon bras et m'attire près de lui.

— Pourquoi tu t'en vas ?

— Ce n'est plus vraiment le style de musique que...

— Que quoi ? Qu'on peut danser ?

— Oui.

— On est deux non ? Ça se danse à deux. À moins que ce soit trop insupportable pour toi.

— Non, pas du tout.

— Alors, t'attends quoi ?

Il prend mon bras et le pose autour de son cou. Je sens sa main sur ma taille. J'ai l'impression d'être gauche. Danser n'est pas un souci en soi, et j'ai déjà dansé des slows, alors pourquoi cela me semble-t-il si compliqué ? Je suis mon cavalier qui me sourit :

— C'est pas si dur que ça

— C'est vrai.

— Il y a un truc par contre qu'il faut que je te dise.

— Quoi ?

— Tu peux arrêter de me vouvoyer ! Je prends quinze piges à chaque fois.

— Je vais essayer. Je reconnais que j'ai souvent beaucoup de mal à tutoyer…

— Est-ce que ça, ça t'aiderait ?

Il dépose ses lèvres contre les miennes. Le geste est si imprévisible et inattendu que je reste sans réaction. Le rythme de nos pas ralentit pour s'arrêter complètement. Il m'embrasse à nouveau avec plus d'insistance et je me surprends à lui rendre son baiser. Il me regarde alors et j'ai l'impression que quelque chose cloche.

— Je suis trop con. J'aurais pas dû

Il se dirige vers notre table, me laissant un instant figée au milieu de la piste. Je le rejoins tandis qu'il sort de quoi payer de son portefeuille.

— Non, laissez… enfin, je veux dire laisse.

— Je te l'offre. Faut s'en aller.

Nous sortons du bar. J'ai du mal à suivre l'allure de Ben qui s'est enfermé dans le mutisme. Mon sac est léger, ne contenant que le strict nécessaire pour la nuit, mais il me gêne dans ma progression. Arrivés à la station de métro, je me décide à rompre le silence.

— Qu'est-ce qu'il se passe Ben ? J'embrasse mal ?

Je lui souris timidement alors qu'il se tourne vers moi.

— Ouais, c'est ça !

— Sérieusement, qu'est-ce qu'il se passe ?

— Rien, j'ai merdé, c'est tout.

— On ne mélange pas…

— Oui… et non.

— Vous… Tu es clair quand tu veux.

— Je n'aurais pas dû, c'est tout.

L'arrivée du métro interrompt notre échange et semble tirer Ben d'une situation désagréable. Les quelques personnes présentes dans le wagon m'incitent à ne pas poursuivre notre dialogue. Et la distance entre l'hôtel et le métro se fait à la même allure que la sortie du café. Ben me laisse entrer la première. Je me présente à l'accueil.

— Bonsoir, j'ai réservé deux chambres individuelles au nom de Brigot.

L'hôte consulte ses registres.

— Ah, je suis désolé Mademoiselle, mais une seule chambre double a été notée ici.

— Il y a une erreur, ce n'est pas possible.

— Quand avez-vous réservé ?

— J'ai appelé il y a deux jours.

— Nous devions être presque complets. Nous n'avons aucune autre chambre ce soir. Nous avons dû vous le dire au téléphone.

Je me remémore mon coup de fil, j'étais plongée dans mes papiers et ai appelé à la va-vite, sans vraiment prêter attention à ce qui m'était dit.

— Ma collègue a dû vous proposer notre dernière chambre qui possède un lit double.

— Certainement.

— Cela ira quand même ?

— De toute manière, nous n'avons pas le choix…

Je le remercie et prends la clé. Je reviens auprès de Ben.

— Il y a eu une erreur de réservation, nous n'avons qu'une seule chambre. C'est de ma faute. Je suis navrée. Est-ce que cela ira ?

— C'est toi qui vois. Moi, c'est bon. De toute manière, il doit bien y avoir un fauteuil dans ces hôtels !

Il fallait que ce genre de situation arrive maintenant ! Je ne sais plus sur quel pied danser avec lui. Nous nous entendions très bien au dîner. Pourquoi a-t-il fallu que ça se passe ainsi ? Nous montons les étages et j'entre dans la chambre. Elle est relativement grande pour ce type d'hôtel. Le lit de deux places prend la majeure partie de l'espace, un siège est en effet installé devant une petite table. Pas de quoi dormir dessus. Une petite salle d'eau complète l'ensemble.

— Bon, eh bien, il va falloir faire avec. Nous sommes des adultes, nous dormirons chacun de notre côté, un point c'est tout. Vous... Tu dors... habillé ?

— Non, j'adore me promener à poil dans ma chambre !

— Parfait. Donc, à moi la salle de bain ; je te laisse la place rapidement.

Je prends soin de bien verrouiller ma porte et me douche. Je me glisse dans mon tee-shirt qui me paraît subitement trop court, laissant apparaître le short qui accompagne ma tenue de nuit. Je tire bêtement dessus, ce qui ne sert à rien, mon vêtement remontant immédiatement. Je soupire devant la glace. Retourner de l'autre côté ne m'enchante pas. Mais je ne me vois pas dormir sur la cuvette des toilettes. J'espère juste parvenir à déglacer l'atmosphère. Je sors et retrouve Ben contemplant la rue par la fenêtre.

— Ben ?

Je viens le rejoindre.

— Ça ne va pas ? J'ai fait quelque chose qui t'aurait blessé ?

— Non, au contraire.

— Mais alors quoi ?

Ses yeux renvoient toute la tristesse qui l'envahit. Un combat intérieur semble le tenailler à cet instant précis. Il me fait face et prend mon visage entre ses mains. À nouveau, il se penche vers moi et m'embrasse. Ses baisers se font doux puis plus pressants. Inexorablement, nous nous dirigeons vers le lit. Ses caresses sont tendres.

— Attends.

— Quoi ?

— J'ai, je n'ai jamais montré...

— Ah ?

— Il y a des choses dont on a honte.

Je pose ma main à l'endroit de mon tatouage.

— Moi, je le connais. Plus de problème.

Il soulève mon tee-shirt et met à jour la marque familiale.

— Il n'y a vraiment pas de quoi en faire tout un plat. C'est plutôt sympa. Et l'endroit n'est pas désagréable non plus.

Nous nous enlaçons. Je trouve enfin la réponse à mes questions le concernant : ce n'est pas de la crainte, de la haine mais bien de réels sentiments que je commence à ressentir à son égard. Bien que ce soit étonnant, à mon sens, tant nous sommes différents sur de nombreux aspects. Nous nous endormons, dans le même lit, mais pas tout à fait chacun de notre côté.

*
* *

Le réveil se fait tout aussi tendrement que le coucher. De nouvelles sensations ne font qu'appeler à y retourner. Ben ne paraît plus aussi sombre, il a retrouvé son humour habituel. Je jette un regard à ma montre : il est 8 h. Nous avons une heure et demie avant de prendre notre train. Je file sous la douche et croise Ben qui y entre à son tour.

— T'es rapide !

— Je ne suis pas en retard tout le temps.

— Je vois.

Je finis de m'habiller quand mon téléphone se met à vibrer. Un message. Je prends le mobile distraitement et lis rapidement le texte. Il me faut le relire à deux fois pour comprendre.

"Salut mon bichon, tu me manques trop, je t'attends dès que possible pour une tite soirée à deux. Bisous Sophie."

Ce n'est pas mon téléphone. C'est celui de Ben. Nous avons le même et je n'ai pas prêté attention en le prenant. Je laisse tomber l'appareil sur le lit. Je comprends tout, son hésitation d'hier, son comportement bizarre. Je suis furieuse, blessée. Je me suis fait berner comme une adolescente. Il s'est bien moqué de moi. Peut-être même était-ce feint ? Un bon moyen de faire tomber une fille dans son lit. J'hésite entre faire un scandale immédiatement et le laisser en plan. Je me demande même s'il n'a pas une famille. Pourquoi pas ? Je serais la méchante maîtresse, faisant tourner la tête du père de famille pour une nuit. Je saisis son sac avec tous ses vêtements et cherche son portefeuille. Je trouve mon collier dans une petite poche et le remets autour de mon cou. Je poursuis mon investigation et tombe sur un objet auquel je n'avais pas pensé. Ben transporte avec lui une arme à feu.

J'entends la douche s'arrêter. Il ne va pas tarder à sortir. Je glisse rapidement mes affaires dans mon sac et prends ses vêtements. Je sors aussi discrètement que possible de la chambre. Je cours dans le couloir et jette le paquet de vêtements appartenant à Ben dans les escaliers. Le tee-shirt, le pantacourt, les chaussures… Tout ceci vole et retombe sur les marches. Voilà qui devrait le retarder pour un bon moment. Je me presse de descendre, explique que c'est le monsieur qui réglera la chambre et me glisse dans la rue. Il est 8 h 30. J'ai encore du temps avant de prendre mon train. J'ai gardé les deux tickets. Après tout, c'est moi qui les ai payés. Je presse le pas et récupère le métro.

J'arrive rapidement à la gare et repère le numéro du quai. Je décide de m'installer à l'abri des regards afin d'attendre mon train. Nous sommes vendredi et la gare se remplit rapidement. Il faut avouer que le beau temps facilite la visite de touristes et il n'en manque pas à ce moment précis. Des policiers circulent, ce qui m'étonne tout de même. Ils semblent chercher quelque chose et je me sens encore plus mal à l'aise quand l'un d'entre eux commence à me fixer. Je fais mine de chercher un objet dans mon sac, m'arc-boutant et cachant ainsi mon visage. Le temps me paraît long lorsque je vois une paire de pieds apparaître dans mon champ de vision très restreint. Je me redresse et me retrouve nez à nez avec les deux agents repérés un instant plus tôt.

— Bonjour.

— Mademoiselle. Contrôle d'identité. Peut-on voir vos papiers ?

— Oui, bien sûr.

J'ai beau considérer ne rien avoir à me reprocher, je ne peux pas empêcher ma main de trembler alors que je récupère mon portefeuille. L'un d'eux prend ma carte d'identité et fronce les sourcils faisant un aller-retour entre ma photo et mon visage. Je dois reconnaître que j'arrive sans doute à la limite de sa validité mais je n'ai pas changé à ce point. Je tends la main pour récupérer ma carte mais il ne me la rend pas.

— Mademoiselle, nous allons vous demander de bien vouloir nous suivre.

— Pardon ? Vous suivre ? Mais pour quelle raison ?

— Nous vous dirons cela dans un endroit plus discret.

Je sais pertinemment que je n'ai pas le choix mais je commence sérieusement à en avoir assez. Je me lève de mon siège.

— Écoutez, il doit s'agir d'un malentendu. Je ne sais pas qui vous cherchez mais ce ne peut pas être moi.

— Si, et vous portez la preuve autour du cou.

Je touche mon collier que je viens tout juste de récupérer.

— Ce bijou ? Mais il m'appartient.

— Ce n'est pas ce que nous dit la plainte déposée ce matin même.

— Qui a déposé une plainte ?

— Un homme.

— Ben ? C'est une plaisanterie. Mais c'est lui qui... enfin, je lui avais laissé en... prêt mais c'est mon collier. Vous n'allez pas croire cet homme. Il est connu pour ne pas être très recommandable.

— Et vous lui prêtez un collier ?

Je sens que je m'enfonce et désespère de me sortir de cette situation. Il ne me reste plus qu'à les suivre. Nous verrons bien où cela pourra me mener. Ce que je ne veux surtout pas, c'est que l'on me retire ce bijou. Je vais sans doute encore en avoir besoin et je ne souhaite pas qu'il se retrouve au commissariat comme pièce à conviction. Ben le sait et il doit en jouer certainement. J'aurais dû jeter son portable avec ses vêtements. Nous traversons la gare et je rejoins le poste de sécurité. On me demande de patienter quelques instants dans une petite pièce. Je regarde ma montre. 8 h 55. Je risque fort de louper mon train avec cette histoire. Un policier vient prendre en note mon identité. La porte s'ouvre à nouveau et je vois Ben entrer. L'agent se lève et le salue.

— Lieutenant.

Comment ça “Lieutenant” ? Qu'est-ce que cela signifie ? C'est une plaisanterie ? Je tombe des nues. Lui, un policier ? Ce n'est pas vrai. Mon cœur bat à tout rompre, mes mains deviennent moites. J'ai l'impression que mon sang est en train d'affluer en direction de mes membres inférieurs car la seule idée qui me traverse l'esprit est la fuite. Il tient dans sa main ma carte d'identité. Il attend que la porte se referme et vient près de la table.

— Bonjour Margot.

Je détourne la tête et ne réponds rien.

— Tu as filé à l'anglaise ce matin... et je crois savoir pourquoi. Malin, le coup des vêtements. J'ai bien cru que la petite vieille, qui avait loué la chambre en face, allait faire un malaise en me voyant sortir juste avec ma serviette...

Il s'appuie contre la table.

— Écoute, je ne peux pas tout t'expliquer pour le moment, mais je te demande de me faire confiance. Tu as compris que je n'étais pas tout à fait ce que je prétendais être et je ne peux pas encore t'en donner toutes les raisons. J'ai été obligé de dévoiler ceci ce matin pour ne pas te laisser partir. Je suis en effet lieutenant de police et je suis chargé de te ramener sur Angers. Tu es témoin dans une affaire très importante et tu dois être mise sous protection.

Je reste toujours muette. Ces mots sont bien plus douloureux que j'aurais pu le croire. Trompée, bernée, on a joué avec moi, avec mes sentiments. Jusqu'où s'est-il servi de moi ? Que croyait-il pouvoir obtenir comme informations de ma part sur l'oreiller ?

— Il va falloir y aller. J'aurai le temps de t'expliquer tout cela en route.

Il se relève et se dirige vers la porte.

— Et si je ne veux pas ?

Ben soupire.

— Margot, j'imagine combien tu te sens trahie, mais je t'assure que tout a une explication. Ce n'est ni le lieu, ni l'endroit pour en parler. J'étais sincère hier. Tu n'es pas obligée de me croire mais c'est la vérité.

— Tu t'es entraîné combien de temps pour ton accent ? Tu l'as vite perdu. C'est moche quand un masque tombe.

— OK, sors ta rancœur mais suis-moi. Il faut y aller. Je peux te faire ramener dans une navette de police si tu préfères. C'est moins discret.

Je me lève et prends mon sac à main et ma petite valise. Il me la prend et me tend ma carte.

— Mais avant, rends-moi ton collier

Je porte la main à mon cou.

— Non !

Il me force à me tourner et retire le bijou. J'ai envie de le gifler mais il ne serait pas favorable d'agir de cette manière. Nous nous dirigeons vers le quai après qu'il a salué ses collègues et signé quelques papiers. Il est 9 h 05.

— Je dois remettre ma chaussure correctement.

— Tarde pas.

Nous sommes devant le panneau d'affichage. Ben semble concentré à chercher notre train. Une vague de touristes japonais vient de pénétrer dans la gare et arrive dans notre direction. C'est le moment. Je mise sur la panique qu'un espace ouvert, blindé de monde peut engendrer. Lorsque l'on se promène avec son enfant par exemple et que celui-ci échappe une seconde à notre vigilance, il peut se trouver à un mètre de nous, il y a de fortes probabilités pour que nous ne le voyions pas. Je me glisse donc en arrière de Ben, le gardant à l'œil. Ma valise est à ses pieds, il me faut la laisser, tant pis ! J'abandonne aussi le collier, je trouverai un moyen de le récupérer. La priorité à cet instant, c'est de fuir.

Il continue à me tourner le dos. Je me précipite en direction des escaliers du métro. Je cours aussi vite que je peux, guettant un quelconque poursuivant. J'arrive à l'entrée. En me retournant, j'aperçois Ben se dirigeant à toute vitesse dans ma direction. Je me faufile sur un des quais au hasard. Je le vois arriver. De l'autre entrée, deux hommes se précipitent dans ma direction. Mon dernier salut reste la voie !

— Margot ! Stop

Je ne prête pas attention à l'ordre. Je regarde de chaque côté. Rien. Je fonce, sans vraiment réfléchir que je risque ma vie, tout simplement. Des gens, me voyant traverser, se sont précipités à ma rencontre sur l'autre voie et m'aident à remonter alors que j'entends avec horreur le bruit du métro qui approche. Mon pied glisse mais un homme à forte carrure me soulève. Je suis hissée de justesse alors que la rame frôle mon pied. Les autres n'ont pas essayé de me suivre et je me remets à courir. Je remonte dans les couloirs, c'est un jeu de hasard. Je peux tomber sur l'un d'entre eux. Il me faut sortir d'ici, je suis facilement repérable du fait de toutes ces caméras dissimulées un peu partout. Je suis les panneaux de sortie en quête d'une issue de secours, soudain, je sens que l'on me tire brutalement.

— Oh, on court où comme ça ?

Je ne réfléchis même plus. Un homme plutôt grand et très jeune me fait face. Il est en civil et je ne veux pas attendre de savoir si c'est un policier ou un raquetteur. Je lui assène un violent coup de genou bien placé auquel il ne s'attendait apparemment pas. Plié en deux de douleur, il lâche son emprise me permettant de me remettre à courir. Je passe les portes à battants, sors du métro et rejoins l'extérieur. Je dois prendre ce train. Je fonce et entre dans le premier magasin que je croise tout en m'assurant être parvenue à me défaire de mes poursuivants. 9 h 12. Il ne me reste que peu de temps avant de devoir retourner à la gare. Mais comment faire pour y revenir sans être repérée. Face à moi, un portique de chapeaux. Je prends le premier venu. Mais oui, voilà la solution ! J'attrape une robe qui passera très bien, une gavroche et une paire de lunettes. J'enfile le tout dans une cabine et demande un sac plus large pour y mettre ma jupe, mon chemisier et mon sac à main.

Je quitte la boutique et retourne vers l'entrée principale de la gare, parvenant tant bien que mal à garder une allure naturelle et désinvolte. Je ne suis pas très loin mais l'envie est forte de courir. J'entre dans la gare à 9 h 27. J'entends qu'on annonce mon train. Je décide de ne pas courir pour ne pas attirer les regards des agents de sécurité. Je ressemble à une future vacancière bien équipée. Mon chewing-gum me donne un air d'étudiante décontractée. J'avance vers le quai et oblitère mon billet. Je regarde une dernière fois les alentours. Tout est calme. Je monte dans le train. Derrière moi, les portes se referment. J'entends siffler le contrôleur et le train se met en marche.

Le quai s'éloigne, laissant place aux immeubles. Je peux enfin souffler. Ce que je ne vois pas, ce sont les trois agents qui arrivent en courant, alors que le train disparaît.

Chapitre 12

Le train est loin d'être rempli et je peux facilement m'installer sans gêner quiconque. Je suis consciente que d'avoir échappé à Ben ne résout pas tout pour autant. Si, comme il l'a dit, je suis mêlée à une affaire si importante, ils ne vont pas me lâcher de sitôt. Il est aussi possible que ce ne soit qu'un motif bidon pour me garder à l'œil. Je suis de plus en plus convaincue que les deux affaires sont liées : le mystère du poème a sans doute coûté la vie à mes parents. Et je ne sais pourquoi, la police tente de dissimuler la réelle raison de leur mort.

Nous approchons du Mans. Je me demande s'il ne vaut pas mieux descendre dès maintenant. Ben a certainement prévenu ses collègues d'Angers et je risque d'avoir un comité d'accueil des plus serrés. Je remets ma robe et retire la dernière étiquette que j'ai oubliée et qui flotte sur mon épaule. Grâce à mon sac, elle ne pouvait pas être vue, cachée sous les lanières. Le train repart et je sens le stress monter en moi. Comment vais-je faire ? Je sais que notre train va s'arrêter sur le quai C. J'ai assez souvent pris le train pour connaître ces petits détails. Je n'aurai pas de nombreuses options de sortie. Je préfère tenter de rentrer directement à Angers. Au pire, je pourrais toujours rester dans le train si je m'apercevais d'un déploiement trop important des forces de l'ordre.

Une fillette est installée près de moi dans le wagon. Elle ne doit guère avoir plus de trois ou quatre ans. Elle joue avec sa poupée et parle discrètement avec sa maman. La petite se rend compte que je l'observe et me sourit timidement. Sa maman la prend dans ses bras et sort de son sac un doudou. Je ne peux m'empêcher de le trouver original. L'enfant se blottit contre la poitrine maternelle et ferme les yeux. Cette peluche, ces couleurs extravagantes, cette posture... J'ai l'impression d'avoir déjà vu cela quelque part... ou de l'avoir vécu. Des images me reviennent. J'ai l'impression que c'est moi, toute petite, qui cours dans un jardin. Une violente douleur se fait sentir dans mon genou. J'ai dû tomber et une femme vient vers moi. Je la reconnais : il s'agit de la femme qui me portait, dans mon rêve, à l'église. Elle me tend une peluche semblable à celle qui se trouve maintenant devant moi. Je suis troublée. Jamais je n'avais vu ces images, jamais elles n'étaient remontées aussi nettes que maintenant. Qu'est-ce que cela veut dire ? Quelle porte de mon esprit ai-je ainsi ouverte pour laisser autant de souvenirs revenir ? Je crois me rappeler des odeurs, et cette marque... La marque sur le haut de la poitrine de cette femme. La même que celle que je porte. J'ai le souffle court et préfère sortir dans le couloir pour reprendre ma respiration. Des émotions m'envahissent. Je suis tiraillée entre l'angoisse, la joie, le désespoir. Jusqu'où cela va-t-il m'emmener ? Est-ce que je ne devrais pas rester dans ce train et n'en descendre qu'au terminus ? Tout oublier, tout laisser tomber ? Me protéger, me mettre à l'abri de toute cette folie, de tout ce que je ne comprends pas ? Fuir ?... Mais à quoi cela servirait-il ? Il est impossible de partir en pensant qu'un jour, à mon retour, les choses se seront réglées d'elles-mêmes. Et mes adversaires sont tenaces, ils n'abandonneront sans doute pas, quelle que soit la distance mise entre nous. Il faut me ressaisir. Je n'ai pas le choix. Je pose ma main sur mon tatouage. Après l'avoir vu comme un signe honteux, je me rends compte qu'il est sans doute ma force, parce qu'il représente ce que je suis et d'où je viens. Il ne tient qu'à moi de découvrir ce qu'il signifie. Je saurai, alors.

*

* *

Le train approche d'Angers. Je reconnais les commerces bordant la ville, puis les maisons et l'agent annonce notre entrée en gare. Je récupère mon sac et me poste devant la porte. Une pression se fait sentir sur mes poumons. Mes mains se crispent sur la barre. J'aperçois des policiers sur le quai, attendant l'arrêt du train. Déjà, de nombreux passagers me poussent avant même que les portes ne s'ouvrent. Je ne peux plus faire marche arrière. Je remets mon chapeau et mes lunettes, et prends une grande inspiration avant de descendre les trois marches qui me mettront à découvert. Ma démarche se veut la plus naturelle possible. Les agents scrutent les personnes qui avancent vers la sortie. Il me faut passer ce barrage. Je compte quatre agents et sans doute plus en civil. Il reste encore beaucoup trop de monde sur ce quai alors que le train a déjà vidé son contenu de passagers. Je fais comme si de rien n'était et essaie de garder la tête droite en passant devant les policiers postés en haut des marches. La description qui a dû leur être transmise est nettement différente de la mienne. Ben ne sait pas que j'ai changé de vêtements.

J'ai donc toutes les chances de passer incognito. Je mâche plus fortement mon chewing-gum et coupe ma respiration. Je suis passée. J'avance dans le couloir et rejoins le hall de la gare. J'ose espérer avoir fait le plus dur. Je fixe mon regard sur mon objectif : les escaliers qui mènent vers le parking de l'esplanade. Une voix assez forte semble interpeller quelqu'un. Ne pas s'arrêter, ne pas supposer que je suis censée être appelée. Ce n'est pas moi. Ils n'ont pas pu me reconnaître habillée ainsi. Je continue donc mais la voix appelle encore et des bruits de pas qui courent dans ma direction résonnent dans la gare.

— Mademoiselle !

Je me retourne. Grâce à mes lunettes, l'homme ne peut pas voir la terreur qui se lit dans mes yeux. Un homme en uniforme me tient par le bras.

— Je vous ai appelée, vous n'avez pas entendu ?

— *Perdon ?*

Je décide de jouer à la touriste naïve. J'improvise et croise les doigts pour ne pas tomber sur un expert en linguistique.

— Vous êtes étrangère ?

En tout cas, c'est un perspicace.

— *No entiendo. No hablo francese.*

— Ah... Vous avez fait tomber ceci.

Il me montre mon paquet de chewing-gum, qui a dû s'échapper de mon sac lorsque je l'ai réinstallé sur mon épaule.

— Attention, la gare n'est pas une poubelle !

— *Gracias, muchas gracias.*

Je lui sauterais bien au cou mais il trouverait certainement cela disproportionné. Je repars sous le regard désapprobateur de l'agent. Il doit penser que je suis une de ces touristes ou de ces étudiantes étrangères "j'menfoutiste". Je continue mon trajet et me laisse porter par l'escalator. La porte est une délivrance. Je jette un œil en bas et reconnais brusquement un homme qui me suit du regard : le commissaire Véret ! Je ne l'avais pas vu mais lui, oui. Arrivée en haut des escaliers, je me rends compte qu'il prend le même chemin que moi. Je tourne rapidement à gauche et reprends les escaliers extérieurs. Je descends rapidement et cours en direction du bus qui approche de l'arrêt. L'un des rares qui passent encore dans le coin durant les travaux du tramway. Je ne pense pas avoir été vue et monte de justesse. Je regarde une dernière fois vers la gare, rien ne bouge. Je peux me détendre. Je suis passée. Reste à savoir maintenant où je dois aller.

*

* *

J'ai bien pensé à me rendre chez Zora. Mais Ben la connaît. Tout doit être surveillé, son téléphone, ses mails. Il est très facile aujourd'hui d'espionner n'importe qui avec les nouvelles technologies. Je trouve cela réellement effrayant. Une idée me vient à l'esprit. Je verrai cela en temps et en heure. Pour le moment, je dois trouver un endroit que Ben ne connaît pas et qui me laisserait toute latitude pour poursuivre mes recherches. Le hic est que je n'ai plus accès au coffret. Je l'ai tenu entre les mains et ai pu l'observer avec attention. Je me rappelle des gravures, de sa taille, de son originalité. Je le note dans mon carnet. Qui puis-je solliciter ? En qui pourrais-je avoir suffisamment confiance ? Marie, ma collègue. Je ne la connais pas beaucoup mais nous entendons très bien. Personne ne se douterait que je puisse faire appel à elle. J'ai son adresse dans mon agenda. Je change de bus et me dirige vers Saint Gemmes sur Loire. Je me fais indiquer l'arrêt le plus proche de ma destination par le chauffeur et descends à l'arrêt mentionné. Je trouve finalement, assez rapidement. Je sonne une première fois. Pas un bruit. J'attends quelques secondes et à mon grand soulagement, j'entends des pas et la porte s'ouvre timidement. Un petit garçon se tient dans l'encadrement.

— Oui ?

— Bonjour. Je suis une collègue de ta maman. Est-ce qu'elle est ici ?

— Thomas ? C'est qui ?

La voix de Marie me rassure tout de suite. Elle apparaît devant moi, tenant sa plus jeune dans les bras.

— Bonjour Marie.

— Margot ! Qu'est-ce que tu fais là ?

— C'est une longue histoire.

— Entre.

Je passe près d'elle. Marie me montre le chemin pour rejoindre son salon.

— Thomas, tu emmènes ta sœur dans vos chambres. Je dois discuter avec Margot.

Les deux enfants montent ensemble les escaliers en riant.

— Ils sont adorables.

— Je trouve aussi ! Mais assieds-toi.

Je me pose sur le canapé alors qu'elle prend place dans un fauteuil en face. C'est une jeune femme à l'allure dynamique, au sens de l'observation développé. Ses cheveux maintenus en arrière et ses yeux clairs cachés par de petites lunettes lui donnent un air de chercheur. Sa voix claire et rieuse me plaisent bien.

— Alors ? Tu viens d'où comme ça ?

— J'étais sur Paris et...

Le regard de Marie semble interrogatif.

— Qu'est-ce qu'il y a Marie ?

— Je suis inquiète.

— Pourquoi ?

— Je vais être directe : la police est venue à la fac poser des questions sur toi pendant ton absence. Ils ont été reçus par Claude. Je ne sais pas ce qui a été dit mais ça ne rigolait pas. Margot, on s'entend bien, mais je ne veux pas me montrer indiscrète. Si tu viens chez moi, ce n'est pas pour te faire offrir le thé, donc j'aimerais comprendre ce qui se passe.

— J'ai des ennuis.

Marie se cale dans son fauteuil et croise les bras.

— De gros ennuis ?

— Assez.

— Qu'est-ce que tu as fait ?

— Rien, je n'ai rien fait. Mais mes recherches dérangent. Je crois que j'ai mis le doigt sur des choses qui n'intéressent pas que les rats de bibliothèque. Je ne peux pas t'en dire davantage pour ne pas te mêler à tout cela. Mais je ne savais pas où aller. Il me faut un endroit où souffler. J'ai besoin de temps pour continuer mes recherches.

Marie se lève. Elle semble réfléchir.

— Je t'offre à boire.

— J'accepterais volontiers un verre d'eau.

Elle se rend à la cuisine et revient aussi vite.

— Marie, je ne veux pas te mettre en danger, ni toi ni les tiens. Mais je suis perdue.

Je me rends compte que mes mains tremblent.

— J'ai peut-être une idée. Il faut que je passe un coup de fil.

Elle me tend le verre d'eau et sort de la pièce. Je l'entends parler. L'échange ne dure que quelques minutes, puis elle revient.

— C'est OK. J'ai une solution.

Elle se rassoit en face de moi et me regarde attentivement. Je sens qu'elle hésite encore.

— Je te dis, je ne veux pas te créer d'ennuis. Je t'assure n'avoir commis aucun délit... enfin... peut-être pas un gros.

Je repense au coup de genou donné à mon agresseur dans le métro. S'il s'agissait d'un représentant des forces de l'ordre, je ne peux plus dire ne rien avoir à me reprocher.

— Je ne sais pas si j'agis bien mais je te fais confiance. Tu as toujours bien fait ton travail et tu as été droite... Ce qui n'est pas le cas de tout le monde !

J'ai envie de t'aider. Bois ton verre d'eau et je t'emmène quelque part... Tu as peut-être faim ?

Je me rends compte que je n'ai pas pris de petit déjeuner et qu'il est presque midi. Le bruit de mon estomac me trahit.

— On ira après. Viens, nous allons mettre la table.

Je suis ma collègue mécaniquement.

— Merci Marie.

Elle me regarde.

— De rien... Ou plutôt si... je veux la primeur de la lecture de ton papier !

— Promis !

Je ne sais plus trop à combien de personnes j'ai fait cette promesse, mais une de plus, une de moins...

*

* *

J'ai eu le nez fin : me rendre chez Marie était la meilleure solution. Je suppose le nombre de questions qui lui sont passées par la tête. Pour autant, elle ne m'en a pas demandé davantage et m'a mise à l'abri dans la maison de son grand-oncle, parti en maison de retraite. La bâtisse se situe dans un vieux quartier d'Angers : Saint Léonard. L'endroit est calme et la maison spacieuse. Je me suis installée au premier étage dans une petite chambre avec une salle d'eau attenante. J'apprécie cet endroit. Je m'y sens bien. J'y suis depuis dix jours maintenant. Il ne me faudra pas rester beaucoup plus longtemps. J'avoue que, lorsque j'ouvre en grand les fenêtres de la chambre, le soleil venant caresser ma peau et l'air frais sentant déjà l'été me transportent loin d'ici. J'ai l'impression d'être dans un autre monde, de ne plus être Margot, de pouvoir tout oublier. Je prends le temps de souffler, de m'évader. Cette maison a vécu et il est facile d'imaginer les voix d'enfants, puis de petits-enfants, résonner dans les couloirs. Je vois les repas familiaux sur la terrasse extérieure, le plaisir de se retrouver tous ensemble autour des anciens. Je resterais bien ici. Marie m'a apporté quelques vieux vêtements à elle en dépannage. Mais je ne peux pas m'imposer. J'ai réussi à joindre Zora à son travail. J'ai senti dans la voix de mon amie l'inquiétude qu'elle pouvait ressentir. Notre conversation a été courte mais fructueuse.

— Margot, où es-tu ?

— Je ne peux pas te le dire. Je ne veux pas te mêler à tout cela.

— Pas me mêler ! Mais c'est trop tard. La police est venue deux fois me voir. Ils me disent que si tu me contactes je dois les prévenir. Sans quoi, je serai inculpée pour complicité.

— Complicité de quoi ?

— Je ne sais pas, moi !

— Ben est venu te voir ?

— Oui, et il est inquiet pour toi.

— Méfie-toi Zora, c'est un flic.

— Quoi ?

— Sois prudente, mais fais comme si tu ne le savais pas et, je t'en supplie, ne dis pas que je t'ai appelée. Je te donnerai de mes nouvelles dès que possible. Sache que je vais bien et que j'ai dû m'éloigner d'Angers pour le moment.

— Fais attention à toi.

— À toi aussi.

J'ai raccroché, le cœur lourd. Devoir mentir à mon amie est insupportable. Mais je ne peux pas prendre le risque de fournir des informations qui auraient permis à Véret de me retrouver. Je suis obligée de me déguiser pour faire les courses. J'ai retiré une forte somme à l'autre bout d'Angers pour ne pas attirer l'attention sur ce quartier. Heureusement, j'ai pu garder mon sac, et avec lui, l'ensemble des notes que j'avais prises. Je n'ai plus le poème mais, grâce à la photo prise dans la chapelle, j'ai pu ressortir une copie du document. J'ai tellement travaillé sur ce texte que la traduction m'est revenue très vite. Je me suis replongée dedans. Or, sans accès à Internet et sans mes ouvrages, je ne peux guère avancer. Le troisième paragraphe reste hermétique :

"L'insigne offert, sur la peau reste gravée
La Cité de Celui qui a caché
Au sommet du feu de la mère charitable
Et du père miraculeux."

Je ne saisis pas le lien entre ces trois personnages. J'ai repris les informations sur les parents de ce roi, je n'ai rien trouvé. J'ai toujours supposé qu'il s'agissait d'Angers car s'il était question d'une ville en dehors de celle-ci, cela viendrait en contradiction avec le premier paragraphe. C'est sans doute que je me trompe de personnage. Mais alors de qui est-il question ? Je ne vois personne d'autre avoir pris l'insigne du Lion. Serait-ce un roi ? Mais lequel ? Angers a été aux mains du pouvoir royal à plusieurs reprises. Qui aurait offert un insigne ? Je finis par laisser ces énigmes et vais me coucher. Le lendemain, je me décide à aller à la bibliothèque. Je n'ai pas le choix. Je ne peux pas rester indéfiniment ici. Il faut que je trouve les réponses.

Je prends ma douche. J'ai l'estomac noué. J'ai envie de vomir, le stress sans doute. J'ai mal à la poitrine et appuie sur mon tatouage. Ce geste déforme l'image. Brusquement, je crois comprendre. Je sors de la douche, m'essuyant en vitesse et regarde dans le miroir. Je tire sur ma peau, reproduisant le même effet. Ce n'est plus le même dessin qui apparaît alors. Dans la glace, je trouve le symbole caché derrière le lion : la croix de Lorraine ! Ce ne sont pas des routes dessinées derrière. La courbe donnait l'impression de chemins mais ce n'est pas cela du tout. La croix de Lorraine est en effet un insigne offert à la Lorraine par... le Roi René ! En épousant Isabelle, la fille du Duc de Lorraine, il apporte avec lui cette croix. Elle restera dans les mémoires comme la croix de Lorraine mais elle vient d'Anjou !

"L'insigne offert, sur la peau reste gravée
La Cité de Celui qui a caché"

Il est donc tout à fait possible qu'il soit question ici du Roi René ! Et donc d'Angers, entre autres. Car il ne fut pas que Duc d'Anjou, il se battit pour conserver ses droits sur le Duché de Lorraine et eut pendant un temps le titre de Roi de Naples, de Jérusalem et de Sicile. Cela risque d'être compliqué s'il me faut visiter toutes ces villes. À tout problème, de nombreuses hypothèses ... Il faut choisir et avancer. Je prends donc le parti de confirmer ma première idée. Ce que je cherche se trouve ici, à Angers.

*

* *

C'est à la bibliothèque Toussaint que je décide de me rendre. Je suis tendue et ai beaucoup de mal à me concentrer sur les ouvrages étalés devant moi. Ce lieu est l'un de ceux que je préfère. Et pourtant je m'y sens mal. J'ai l'impression d'être observée. La bibliothèque est très grande, je me suis rapprochée des étagères régionales. Bloquée près de la fenêtre, cachée par les rangées de livres, j'espère être suffisamment à l'abri des regards. Je tente de garder un œil sur l'entrée tout en continuant de lire les livres. Je ne sais pas ce que je cherche. Les deux derniers paragraphes sont encore du chinois pour moi. Les directions à prendre sont multiples.

"Au sommet du feu de la mère charitable
Et du père miraculeux."

La mère, le père... Yollande d'Aragon ? Mais je ne vois pas la raison de ce qualificatif. Et pourquoi le père miraculeux... Je continue et tombe sur un livre reprenant les différents monuments d'Angers. Je ne peux ni l'emprunter, ni le lire entièrement. Je le prends donc en photo avec mon appareil. Ce n'est pas correct mais je n'ai pas le choix. Plusieurs pages me semblent intéressantes. Je fais de même avec le Roi René. Je prendrai le temps de relire cela plus tard. Je remets certains livres à leur place et continue mes recherches. Je me heurte à une jeune femme. L'une de mes étudiantes. Malheureusement pour moi, elle semble hésiter mais me resitue très vite.

— Mademoiselle Brigot, bonjour.

— Bonjour. Comment allez-vous ?

— Bien.

— Les partiels se sont bien passés ?

— Je l'espère. Je travaille toujours sur mon mémoire. À ce propos, je cherchais à vous voir mais on m'a dit que vous deviez vous absenter assez longuement.

— Oui, pour... mes recherches. Vous aviez des questions ?

Pourquoi est-ce que je lui demande cela ? Je risque de démarrer une conversation sans fin.

— Oui. Je voulais avoir quelques précisions concernant la dernière partie de mon dossier...

Je préfère couper court.

— Je vous encourage à aller voir Marie Perit, la responsable de Master 2.

— D'accord...

Mon étudiante paraît surprise. Je tente de me rattraper et de corriger mon attitude qui doit lui paraître étrange, voire impolie. J'aperçois alors, autour de son cou, une pierre identique à la mienne.

— Il est vraiment très beau ce collier.

— Merci.

— Vous aimez les pierres ?

— Un peu, celle-ci est une pierre de lune, elle assure un bonheur conjugal et l'assurance d'avoir des enfants.

La jeune femme rougit légèrement.

— C'est mon petit ami qui me l'a offerte.

La pierre de lune. L'astre nocturne ! Mais oui, c'est cela. Mon dernier paragraphe !

— Je vous félicite Mademoiselle, je suis vraiment désolée de vous laisser ainsi mais il me faut partir urgemment. N'hésitez pas à aller voir Marie de ma part, elle vous aidera, j'en suis sûre.

Je reprends mes affaires. Jetant à nouveau un regard vers l'entrée, j'aperçois deux hommes qui paraissent ne pas être venus là pour lire. Je termine de ranger mon sac à toute vitesse, courbée en deux pour ne pas être trop repérable. Je me faufile derrière les étagères et les contourne alors que les hommes se dirigent vers les documents régionaux. Bien renseignés ces messieurs ! Je visse mon chapeau sur ma tête et sors rapidement. J'évite les voies principales et emprunte les rues piétonnes. Je suis nerveuse et cela doit se voir ; il me faut retrouver mon calme. J'essaie d'afficher un air naturel et décontracté. J'épie aux carrefours la présence de policiers. Je monte dans un bus et parviens à rentrer sans encombre.. Lorsque je verrouille la porte, j'ai la sensation que le poids sur ma poitrine s'évanouit. J'ai gagné ! Aujourd'hui, je suis parvenue à avancer, bien plus que durant les dix derniers jours.

"L'astre nocturne brille en plein jour
Éclairant le mystère du labyrinthe protecteur"

Mon collier. J'essaie de me rappeler, lorsque j'ai retiré la pierre de son écrin, si quelque chose était écrit. Je ne le crois pas. Nous l'aurions vu. Il me faut récupérer ce collier, car, j'en suis certaine, c'est lui qui me donnera les dernières indications dont j'ai besoin. Peut-être même l'endroit où je dois me rendre.

Chapitre 13

Je décide de fixer mon expédition “suicidaire” au lendemain matin. Je l’ai surnommée ainsi parce que je ne vois pas comment qualifier l’idée de se rendre au domicile d’un flic alors que je suis clairement recherchée. Je sais que Ben a gardé le collier avec lui tout ce temps. Il y a une chance pour qu’il l’ait encore. J’ai beaucoup de mal à dormir et je ne suis pas parvenue à relire à tête reposée les documents photographiés. J’ai mal au cœur, l’estomac serré. Il est 7 h 30. Je ne sais pas à quelle heure il part de chez lui. Je vais faire le guet, nous verrons bien. Une tenue plus confortable, des petites baskets et je monte dans le bus. Je descends un arrêt avant. Je préfère pouvoir repérer de loin. Le quartier est sympa, près du collège Saint-Charles. Les immeubles correspondant à son adresse sont petits, entourés de verdure. Je m’approche de la porte et trouve son nom : Chalewad. C’est bien ici ! Si je sonne, je risque de lui mettre la puce à l’oreille. Je recule donc et repère un endroit d’où il me sera possible de guetter l’entrée, sans être vue. Je m’y installe et patiente. Il est 8 h 15. J’espère ne pas l’avoir loupé. Je risque d’attendre longtemps pour finalement le voir rentrer chez lui.

Les minutes défilent sans que j’aperçoive la silhouette de l’homme. Des collégiens, des mères de famille sortent de l'immeuble, et prennent la direction de l'école. Il est bientôt 9 h. Il est sans doute parti et je poireaute pour rien. Au moment où je me lève pour vérifier, je le vois. Je me cache rapidement. Il avance vers le parking et sort la moto, coincée entre deux voitures. Je ne l'avais pas vue ! Encore une chance que je ne me sois pas avancée une minute plus tôt ! Il fait démarrer son engin et s'éloigne. Je regarde ma montre et m'oblige à attendre cinq minutes afin de m'assurer qu'il est suffisamment loin et ne va pas faire demi-tour. J'ai beaucoup de mal à attendre et me précipite alors que l'aiguille franchit à peine le chiffre fixé.

Je sonne au hasard et explique avoir oublié les clés de la porte principale. On m'ouvre sans trop chercher à en savoir davantage. Je regarde sur la boîte aux lettres et trouve l'étage. Je monte au second et me retrouve face à la porte de Ben. Sans y croire vraiment, je soulève le paillasson. Rien. Il eût été surprenant qu'un agent de police cache sa clé dans un endroit aussi prévisible. Cela dit, ça ne coûtait rien d'essayer. J'essaie de forcer la porte avec ma carte de crédit mais le système ne fonctionne pas. Pourquoi n'ai-je pas regardé plus de séries policières ! Le coup de l'épingle dans la serrure ne marche qu'à la télé ! Je reste donc dépitée, devant cette porte inexorablement fermée. Mon collier est certainement juste là, à quelques mètres et je ne peux pas l'atteindre. Le verrou des voisins se tourne et un vieil homme sort dans le couloir.

— Mademoiselle.

— Bonjour.

Il se dirige vers les escaliers, un sac poubelle à la main, puis se tourne à nouveau vers moi.

— Vous cherchez quelqu'un ?

— Oui… et non. J'ai oublié mon collier chez… mon ex petit ami et je voulais vraiment le récupérer.

— Vous devriez repasser. Ben a dû partir travailler.

— C'est que… je ne souhaite pas le voir. Notre liaison s'est mal terminée. Je ne sais vraiment pas comment faire.

Je joue la carte du couple séparé. Je dois lui faire pitié car le vieux monsieur revient, après quelques secondes de réflexion, vers la porte de sa maison, prend un objet et se met à ma hauteur.

— Je veux bien vous aider, mais ça reste entre nous.

Il agite alors une clé devant mon nez.

— Je ne sais pas si je fais bien… Vous ne prendrez que votre collier ?

— Oui. Je ne veux que cela. Vous pourrez me surveiller.

L'homme hésite un instant et finalement ouvre la porte.

— Ben nous a laissé un double au cas où. C'est un jeune homme bien, vous savez.

— Je n'en doute pas.

J'entre rapidement dans l'appartement que je ne connais pas.

— Alors, où l'avez-vous laissé ce collier ? Dans la chambre sans doute ?

— Oui, ça doit être ça.

Je m'avance dans le couloir sur la gauche de l'entrée. J'ouvre une première porte et tombe sur la salle d'eau.

— Non, la chambre, c'est l'autre porte ! Ça fait longtemps que vous n'êtes pas venue ?

— Non, mais je voulais aussi voir dans la salle de bain, au cas où.

La présence du vieux monsieur commence à me stresser. Je sens qu'il se pose des questions. J'essaie d'accélérer le mouvement. Où aurait-il pu laisser le collier ? Dans quelle pièce ?

— Je me demande si je ne l'ai pas laissé dans le bureau.

Bonne idée de dire n'importe quoi sans même savoir s'il y a un bureau.

— Ben a son bureau dans le salon.

Et voilà, encore une boulette !

— C'est ce que je voulais dire...

Je me dirige dans l'autre sens, vers la double porte donnant sur la pièce principale. Je commence à chercher sur le bureau. J'entends alors la porte se fermer et la clé tourner. Je me précipite vers l'entrée.

— Eh ! Qu'est-ce que vous faites ?

— Vous n'avez pas l'air de connaître les lieux. Je me demande qui vous êtes. Je vais prévenir Ben.

— Ouvrez-moi, je veux partir.

Pas de réponse. Je tambourine encore sur la porte.

— Eh, ouvrez !

Rien. Pas le choix. Je fais le tour des pièces, quitte à être enfermée, autant utiliser correctement ce temps ! Je ne trouve pas de collier. Je fouille dans les tiroirs, sous le lit, dans l'armoire. Je commence à sentir l'angoisse grimper. Et l'homme qui ne revient pas ! Qu'est-il parti faire ? Appeler la police ? Génial, je suis prise comme un rat ! Je n'ai plus qu'à passer par la fenêtre ! Deux étages, cela fait un peu haut ! Mais je ne suis peut-être pas forcée de sauter... juste d'escalader un peu. Je vais dans le salon et ouvre la double fenêtre. Sous moi, la sortie de l'immeuble. Aucun moyen d'atterrir en douceur. À la droite du balcon de Ben, il est possible d'accéder chez le voisin.

Un bruit de moto me fait tressaillir. Ben est de retour, il se gare en bas de l'immeuble et entre en courant dans le bâtiment. Je n'ai plus le choix. Je ferme la fenêtre et franchis la barrière. Ma main posée sur la porte, j'hésite. J'ai une chance infime qu'elle soit ouverte mais le beau temps incite les gens à aérer leur intérieur. Je pousse la vitre qui glisse. J'entre doucement dans le salon. Il n'y a pas un bruit. J'avance et perçois la conversation dans le couloir. Ici tout est calme. Je traverse la pièce et pénètre dans l'entrée. Silence total. La porte d'à côté s'ouvre. J'essaie d'abaisser discrètement la poignée de l'entrée mais c'est verrouillé. Me voici bloquée ici. La cage me paraît plus sécurisée mais pour combien de temps ? Ben va bien comprendre par où je suis passée. Deux solutions : soit je ferme la fenêtre, le laissant encore hésiter sur ma fuite. Soit je le laisse entrer... Je n'ai guère de temps pour cogiter, j'entends la baie s'ouvrir à côté. Je me faufile derrière le canapé. De cette manière, je peux voir la fenêtre sans être vue pour autant.

J'ai l'impression de retomber en enfance, lorsque je me cachais pour faire peur à mes parents. J'imaginais toujours des tas d'histoires incroyables, me mettant en scène dans des situations périlleuses. Je m'en sortais toujours, évidemment. J'espère que cette aventure se terminera comme durant mon enfance.

Je sursaute. Quelqu'un est en train d'entrer. Je ne peux voir que les pieds. Les pas sont discrets et avancent lentement. J'ai peur. Je l'imagine surgir brutalement par l'interstice entre le fauteuil et le mur. Je ne dois plus respirer, je pense. J'attends. J'entends la porte du salon grincer légèrement. Il doit pénétrer dans le couloir. Je commence à sortir doucement du canapé. Je m'assure qu'il n'est plus en vue et fonce sur la fenêtre. Bien sûr, cette dernière est refermée. Je sais qu'au moment même où je l'ouvrirai, je n'aurai que quelques secondes pour franchir à nouveau le balcon. Je prends une inspiration et fais coulisser la baie vitrée. Les pas de Ben se font entendre.

— Margot !

Je franchis les barrières, je passe la fenêtre et referme rapidement. Il vient de me rejoindre et se trouve prisonnier sur son balcon. Il tape contre la vitre. Je peux entendre sa voix atténuée par le double vitrage.

— Margot, ouvre, déconne pas ! Tu fais une grosse erreur.

Je me recule, essoufflée et terrifiée. Je me cogne contre sa table basse. Le regard de Ben se porte alors sur sa sacoche déposée sur le meuble. Je me souviens qu'il avait constamment le collier avec lui durant nos expéditions. Je saisis le sac et renverse les objets. Parmi les clés, le portefeuille et le portable, je trouve ma pierre de lune. Je prends les clés et regarde une dernière fois Ben. Il me fait non de la tête. Dans ses yeux, je ne lis pas de la colère mais de la rage. Je ne m'attarde pas. Je vois le vieux monsieur, devant son appartement, surpris de me voir sortir. Je ferme la porte à clé. Je descends rapidement les marches et quitte l'immeuble. Relevant la tête, je l'aperçois entrer dans son salon. Le vieil homme a dû lui ouvrir. Je ne réfléchis plus et monte sur la moto. Je démarre en trombe et prends la route de la ville pour rejoindre la quatre-voies.

Alors que le feu repasse au vert, un véhicule de police arrive derrière moi. Je repars à toute allure, persuadée que ce n'est pas pour les beaux yeux de la jeune femme à la décapotable arrêtée près de moi. Je rejoins l'avenue Yolande d'Aragon et aperçois un motard sur ma gauche, m'empêchant de rejoindre le pont du château. Me voilà contrainte de pénétrer sur les chemins du lac de Maine. Le motard me suit toujours et je suis obligée de slalomer entre les passants. Je parviens à le semer, tandis qu'il évite de justesse un cycliste. Près de la "plage", je bifurque rapidement dans un chemin sur la gauche. Le terrain est instable et je perds l'équilibre. C'est la chute ! Je me redresse, coupe le moteur et ne constate aucune blessure. Quelle chance ! Je pousse l'engin et continue ma course. Je me cache dans les fourrés, épuisée, me recroqueville autant que possible. Je sais que je n'ai sans doute que peu de temps. Je décide de faire vite. Je prends le collier que j'avais attaché autour de mon cou, sors de ma sacoche mon petit couteau. Comme nous avions procédé la première fois, je retire la pierre.

Je scrute alors le bijou sous toutes les coutures. Rien. Je ne vois rien. Ce n'est pas possible, c'est forcément là. Je ne peux pas avoir pris tant de risques pour rien. Je commence à paniquer, à m'énerver. Je dois me calmer. Sans cela, je vais passer à côté. Réfléchir, se concentrer. Je me redis alors la phrase du poème :

“L’astre nocturne brille en plein jour
Éclairant le mystère du labyrinthe protecteur”

Bon sang ! En plein jour ! Je tends alors la pierre vers le soleil. Par transparence, des mots apparaissent comme gravés au cœur de la roche. Je lis alors :

“Sum modo sancti Jean oppositum in Aquila”

Qu’est-ce que cela peut signifier ? Je me répète les mots pour les graver dans mon esprit. Je revérifie les termes et replace la pierre correctement. J’attache à nouveau le bijou. À cet instant, je me rends compte que je suis observée par un petit garçon.

— Salut !

— Bonjour Madame.

— J’ai perdu ma canne à pêche, dis donc ! Tant pis.

Le petit garçon ouvre de grands yeux. Me voyant partir, il doit penser qu’il a une chance de la trouver. Je reprends ma course et me dirige vers Bouchemaine. Le long de la Maine, j’ai peut-être une chance de leur échapper. Arrivée au niveau du bâtiment où sont entreposés les kayaks, j’entends à nouveau le bruit d’un moteur. Je comprends que l’agent a dû retrouver ma piste. Je n’en peux plus mais j’essaie pourtant de courir. Un vélo est posé sur l’herbe. Ce n’est pas mon habitude de voler, mais c’est un cas de force majeure. Je me saisis du cycle et pars à toute vitesse. Je ne vois toujours pas le motard sur mes talons, mais je préfère ne pas l’attendre. J’arrive sur le chemin en bordure de rivière. Passant le pont, je pénètre à l’ombre des arbres sur la voie, pousse sur mes jambes ; mes cuisses me brûlent. J'approche du pont de Pruniers quand je vois avec horreur le motard derrière moi. En voulant prendre rapidement les barrières en bout de chemin, je tombe et coince mon vélo. Je m'en dépêtre aussi vite que possible et gravis les escaliers remontant vers la route. Je m'engage sur le pont quand j'aperçois, de l'autre côté, des véhicules de police. Je suis tombée dans un piège. J'ai été poussée à cet endroit. Je me retourne et reconnais Ben qui descend de voiture.

*

* *

De chaque côté du pont, des policiers s'approchent. Je reconnais le commissaire Véret. Je suis perdue. Et comme souvent dans ce cas, lorsque les gens se sentent acculés, les idées les plus folles naissent. Je m'approche de la rambarde du pont. Des hommes arrivent de chaque côté. Je ne les regarde plus, je fixe mon attention sur la rivière. Je franchis les barrières.

— Stop ! Arrêtez !

Je ne prête pas attention à l'interjection et me place au-dessus du vide, mes mains s'accrochant aux barres métalliques. Dix mètres me séparent de l'eau. Le niveau de la Maine a beaucoup baissé mais il reste encore une certaine profondeur à cet endroit. Les deux hommes arrivent à mes côtés.

— Margot, arrête, fais pas ça. C'est débile.

— Alors laisse-moi. Fiche le camp !

— Tu vas te tuer si tu sautes.

— Mieux vaut la mort que tomber entre vos mains. Ne t'approche pas !

Je regarde l'eau couler sous mes pieds.

— Mais vous n'irez pas en prison, vous êtes témoin.

— Je ne vous crois pas. Vous ne faites que mentir. Qu'est-ce que vous me voulez à la fin ?

Je soutiens le regard de Véret.

— Votre témoignage ! Nous avons besoin que vous nous expliquiez ce qui s'est réellement passé l'autre nuit sur les quais.

— Margot, regarde-moi !

Je tourne légèrement mon visage vers Ben, tout en surveillant le commissaire.

— Je sais que je t'ai blessée mais je ne cherchais pas à te faire du mal, j'ai été sincère sur bien des points. Tu es en danger. Oui, nous avons besoin de toi, pour coincer un mec très dangereux. Tu as mis le doigt sur une affaire qui peut nous aider à le faire mettre sous les verrous.

— Je ne suis pas là pour servir vos intérêts. Tu n'as fait que me tromper, que jouer avec moi. J'ai une mission qui m'a été confiée et que je veux honorer.

— Quelle mission ? Venger tes parents ?

Je garde le silence, n'écoute plus leurs arguments : mon attention est fixée sur l'eau. Je ferme les yeux, prends une grande inspiration. Je n'ai aucun plan, la seule chose dont je suis sûre est que mon salut n'est que par ici, sous ce pont. Mes jambes tremblent.

— Vous avez le choix. Soit vous sautez au risque de vous tuer, soit vous nous suivez pour nous permettre de vous mettre à l'abri.

Je regarde l'homme. Le temps semble s'arrêter. Les secondes qui s'écoulent paraissent des heures. Il essaie de lire en moi, de jauger ma capacité à franchir le pas. Je mets fin à ces interrogations.

— Je choisis la première option.

J'avance mon pied dans le vide et lâche mes mains. Le sol se dérobe sous moi, une sensation incroyable d'apesanteur me saisit. Ma respiration se coupe. Je tombe sans vraiment en avoir conscience. Les paysages défilent au ralenti sous mes yeux. En admirant cette rivière, je la prie de me laisser la vie sauve. Le temps me paraît une éternité. Et c'est le choc. Je ressens alors comme une grande claque sous mes pieds. L'eau vient heurter la moindre parcelle de mon corps. Je glisse au fond de l'eau. Je voudrais crier mais l'eau pénètre dans ma bouche. Une seule idée me rassure : je n'ai heurté aucun pilier. Le mal est si intense que je ne peux que conclure que je vis encore. Je pense que je m'enfonce car tout est noir autour de moi. Je suis comme anesthésiée, incapable de bouger, incapable de réagir.

Les yeux fermés, j'ai la sensation d'avoir déjà vécu cela. Des images se bousculent dans ma tête. Il fait jour, le ciel est gris et il fait très froid. Je cours. J'ai peur. Les images sont floues mais je m'approche de la rivière. Soudain, le sol se dérobe sous mes pas et je tombe. L'eau est si froide que je pense mourir dans la seconde. En tout cas, je l'espère. Je ne veux plus souffrir ainsi. Le courant est fort et m'emporte loin, très loin. Mes vêtements sont lourds, je porte une robe comme la femme de mes songes qui m'entraîne vers le fond. Et puis je remonte. Quelque chose me tire vers le haut. Je ne distingue rien mais ma tête émerge des flots. Le ciel argenté brille au-dessus de moi. Je crache cette eau qui s'infiltrait en moi. Je me sens tirée en arrière. Je prends conscience de ce qui m'entoure et comprends que quelqu'un me ramène sur le bord. C'est comme une décharge électrique. Dans un sursaut, je tente de me libérer de cette emprise. Je me retourne et reconnais Ben.

— Lâche-moi ! Laisse-moi tranquille !

Je crie mais étouffe en même temps.

— Arrête, nom d'un chien, Margot !

Je replonge, trop épuisée pour parvenir à me battre et à nager en même temps. Ben me saisit à nouveau et me fait émerger. Je n'en peux plus, je tousse, crie, me débats encore pour à nouveau replonger. Je suis alors fermement tirée hors de l'eau et déposée sur la rive. Je sens qu'on me fait pivoter et je vomis ce liquide qui a tenté de rentrer en moi, me transformant en sirène des contes éternels. Je tousse tandis que des exclamations de satisfaction résonnent autour de moi.

— Vous avez beaucoup de chance !

Je ferme les yeux. Le choc a été rude et je suis prise de vertiges.

— Il ne faut pas vous endormir !

Ben me parle.

— Margot, tu m'entends, reste avec moi.

Je ne veux plus rien voir. Je murmure la phrase lue sous la pierre. Je dois m'en souvenir. Il ne faut pas que je l'oublie. Je sais pertinemment qu'à mon réveil, si je me réveille, elle ne sera plus autour de mon cou. Je redis et redis encore cette phrase. Je sens alors mon collier glisser de mon cou. Ben a dû me le reprendre. Je pose ma main à l'endroit où il se trouvait quelques secondes plus tôt. “Augustine”. C'est ce nom qui me revient alors que je me sens partir. L'un des secouristes me passe une minerve, me replaçant sur le dos. Les mots se mêlent dans mon esprit et à nouveau la jeune femme de mes rêves se tient près de moi. Elle porte dans ses bras une toute petite fille, et me sourit. « Mon bébé… ».

J'entends encore la voix de Ben, puis plus rien. J'ai sombré, trop fatiguée, rendant les armes. Qui voudra prendre ma place, je la lui donne. J'en ai assez.

Chapitre 14

Deux pompiers me poussent dans l'ambulance. Je reviens à moi alors que le véhicule démarre.

— Vous restez avec nous maintenant !

Un autre homme entre dans le camion et s'assoit près de moi.

— Vous devriez prendre une couverture, vous aussi.

— Ça va aller, merci. Elle se réveille ?

— Oui.

Je ne peux que refermer les yeux pour ne pas le voir. La minerve m'empêche de faire le moindre mouvement. Mon corps entier est aussi courbaturé qu'après un marathon. Je suis ballottée dans le camion. La sirène prend le dessus sur l'ensemble des voix. Le trajet me paraît extrêmement court, naviguant entre conscience et inconscience. Les portes s'ouvrent et le brancard glisse dans l'entrée des urgences. Des infirmiers prennent le relais et je suis emmenée dans une salle d'examen.

— La tension est basse, mais apparemment, il n'y a pas eu de choc lors de la chute. Le pouls est régulier.

Les deux hommes s'en vont tandis qu'un médecin se penche sur moi.

— Mademoiselle, comment vous sentez-vous ?

— Je ne sais pas.

Ma voix est à peine audible. Ben m'a suivie jusque dans cette salle. Le docteur comprend ce qui me dérange et le prie de sortir.

— Nous vous tiendrons au courant de l'état de la patiente. Vous devriez aller vous changer.

— C'est bon. Je vais attendre dehors. Cette personne est sous la responsabilité de la police. Donc vous me prévenez immédiatement.

Il sort.

— Alors, vous pouvez me répondre maintenant.

— Je n'ai que des espèces de courbatures. Mais ça va. Je n'ai rien heurté. Ce n'est que le choc de la chute.

— Votre tension est très basse.

— Je me sens fatiguée depuis plusieurs jours... Je n'ai rien fait, je dois sortir d'ici très vite.

— Je ne peux rien pour vous de ce côté. Nous allons déjà vérifier que tout va bien. Chaque chose en son temps.

Il dépose gentiment sa main sur mon bras et me sourit. Je tente de me redresser mais je suis prise à nouveau de vertiges et je me laisse retomber sur la table.

— On va vous donner un petit quelque chose pour vous détendre et soulager vos courbatures.

Je me sens brusquement mieux, presque anesthésiée, puis je retombe dans le sommeil.

*

* *

Lorsque j'ouvre les yeux, tout est blanc autour de moi. Ma vue est brouillée, je ne comprends pas tout de suite où je me trouve. Mes lentilles ont dû m'être retirées et il m'est difficile de repérer des éléments reconnaissables. Je cherche à me redresser mais tout mon corps me supplie de ne pas bouger. J'ai mal partout. Je me sens engourdie. Je veux dégager une mèche mais mon bras est arrêté. Quelque chose retient ma main près de mon lit. C'est froid et métallique. Des menottes ! Qu'est-ce que cela veut dire ?

— Ne t'acharne pas, tu risquerais de te faire plus de mal qu'avec ton saut dans le vide.

Je regarde en direction de la voix et je devine Ben, assis dans l'angle de la chambre, près de la fenêtre. Il se lève, lentement et s'assied sur le bord de mon lit. J'ai peur et en même temps, je ne vois plus trop ce que je peux risquer. Par réflexe, je tâte mon cou : je n'ai plus mon collier.

— Ah non, celui-là, il est revenu auprès de nos services, histoire de comprendre pourquoi il t'intéressait tant... À moins que tu veuilles bien me le dire toi-même.

Je me tais.

— Je m'en doutais un peu. Alors, puisque tu es là, moi aussi et que techniquement tu ne peux que m'écouter, je te propose donc un petit récit qui te fera peut-être changer d'avis sur mes intentions.

Il prend une grande inspiration :

— Les mecs qui t'ont poursuivie à deux reprises ne sont pas des petits joueurs. Ils ne rigolent pas et sont plutôt bien connus de nos services. Ça fait un bout de temps maintenant qu'ils exercent leurs talents à Angers. On n'a jamais pu coincer le cerveau. Trop malin. Mais il a fait un faux pas, il a paniqué et a cherché à te faire disparaître ou à te faire parler. Toujours est-il que, avec tes recherches sur les Nédra, tu as attiré son attention et la nôtre avec. C'est pas clair ce qui leur est arrivé. Maintenant, est-ce que cette affaire serait liée à ce que l'on a trouvé en Écosse... À toi de me le dire, tu as peut-être avancé ?

Je reste silencieuse, le regard vers la fenêtre. J'enrage de me retrouver obligée d'écouter ces mièvreries. Je voudrais arracher ces maudites menottes.

— Toujours pas ? Bon faisons sans. Du coup, pour en finir avec cette histoire, il est fort possible que tout ceci ait un trait d'union : toi. Si les Nédra sont tes parents, ils devaient chercher à cacher ce qu'ils t'ont légué si secrètement. Vanderia doit aussi être à la recherche de ce fameux trésor. Tu es sa clé, si je puis dire. C'est ça que nous voulions t'expliquer lorsque tu t'es jetée bêtement dans le vide.

Pauvre idiot ! Si tu savais ce que cela m'a permis de découvrir, tu serais bien étonné. Sans cette course poursuite, je n'aurais jamais pu voir ce qui se cachait derrière la pierre. Me voici encore une fois, avec une longueur d'avance, et pas question de t'en faire profiter !

— Ça et le fait que tu t'es trompée, je n'ai pas de petite amie du nom de Sophie. Il s'agissait d'un code que nous avions avec mon binôme pour que nous puissions nous voir sans éveiller les soupçons alors que j'étais sur le terrain.

Mais bien sûr, il a bon dos le collègue !

— Tu ne me crois pas ? T'es dure en affaires. Ce que nous avons fait à Paris, ce n'était pas calculé, j'en avais envie... et toi aussi.

Il se relève et semble vouloir partir.

— Détache-moi

Ma voix est éraillée mais reconnaissable. Je suis surprise moi-même de l'effet que ce saut a provoqué.

— Ah ! Tu parles quand même. Malheureusement, ta demande n'est pas recevable. J'en ai marre de te courir après. Je suis sûr de te retrouver là demain. Tu sais que tu as vraiment de la chance, un saut pareil, peu de personnes s'en tirent aussi bien !... Tu es une miraculée, mais il n'y a pas que toi.

Il me dépose un document sur le rebord du lit. Tapotant sur les feuillets, il ajoute :

— De ça aussi, il faudra qu'on parle, mais ce n'est pas le moment. Tu n'as pas arrêté de l'appeler lorsque tu perdais connaissance, alors j'ai prévenu les toubibs. Tu pourras jeter un coup d'œil.

J'ai parlé pendant mon évanouissement ? Mais qu'est-ce que j'ai pu dire ? Pourvu que ce ne soit pas le texte de la pierre ! Je prends le dossier alors que Ben sort. Les mots ne sont pas lisibles, je ne vois absolument rien. Je sonne une infirmière qui se présente rapidement.

— Bonjour, je suis désolée mais je n'ai plus mes lentilles et je ne vois rien. Est-ce qu'il serait possible de les récupérer ?

— Bien sûr.

La femme quitte la chambre et revient quelques instants plus tard. Elle m'aide à remettre mes “yeux” et je la sens navrée à la vue des menottes. Je jette un œil rapidement aux feuillets mais ne comprends rien.

— Si je peux abuser, j'ai eu ces résultats d'examen et je ne sais pas ce que c'est. Vous voulez bien me dire ce qu'il en est ?

— Vous faites une petite anémie, c'est courant dans votre état.

— Comment ça ?

— Oui, je vois "taux de βHCG égal à 587mμ".

— Vous pouvez traduire ?

— Mais, vous êtes enceinte ! C'est tout récent, mais c'est bien là. Il y a eu deux prises de sang et le taux monte. Félicitations !

Je retombe sur mon lit, effarée. Ce n'est pas possible, je croyais pourtant que nous avions pris toutes nos précautions. Comment ça a pu arriver ? Il est vrai que ces trucs-là, ce n'est pas fiable. Je ne vois même pas l'infirmière quitter la pièce. Un bébé. Mais qu'est-ce que je vais faire avec un bébé ? Et de Ben ! Le cauchemar est total. Je ne voyais vraiment pas mon avenir de cette façon. J'ai, comme toutes les petites filles, imaginé rencontrer un beau et charmant jeune homme, me marier et ensuite seulement avoir des enfants. Bon, le mariage n'est pas une obligation non plus. Mais là, c'est trop fou ! La vie est très loin des rêves d'enfant. Comme c'est bon de pouvoir croire que tout sera possible, de pouvoir inventer son existence, la rêver encore et encore ! Refaire le scénario jusqu'à ce que cela soit parfait. Mais rien n'est jamais parfait. Il faut s'accorder avec ce que le destin nous offre. Et ce ne sont pas toujours des cadeaux. Je ne peux pas le garder ce bébé. Ce n'est pas envisageable. C'est un lien de trop avec Ben et je ne veux plus rien avoir à faire avec lui. Je dois parler très vite au médecin. Je rappelle donc l'infirmière et demande à voir un docteur.

— Que vous arrive-t-il ?

— Je ne peux pas garder ce bébé. Je veux avorter, tout de suite.

La femme s'approche de moi et tapote mon épaule.

— Écoutez, vous êtes déboussolée, et n'importe qui le serait à votre place. Il faut vous reposer. Vous y verrez plus clair demain.

— Je ne peux pas me reposer, ligotée de cette façon. Et si je veux aller aux toilettes ?

— Ne bougez pas.

— Où voulez-vous que j'aille ?

Je secoue mon poignet, faisant tinter le métal contre la barre du lit. L'infirmière ouvre la porte et parle un instant à un homme qui semble posté dehors. Il entre et se tourne vers moi.

— Les ordres sont clairs, aucune raison, si ce n'est vitale, ne m'autorise à vous détacher.

— Mais... et les besoins naturels ?

— Il y a le bassin.

— Quoi ?

— Ce n'est pas discutable.

— Et... et ma douche ? Je souhaite me laver, je sens mauvais et le bain dans la Maine n'a pas arrangé mes cheveux.

Il secoue négativement la tête et ressort. L'infirmière hausse les épaules d'impuissance.

— Vous voulez le bassin ?

— C'est un cauchemar !

Elle m'apporte cette espèce de vasque que je suis censée me caler sous les fesses. Il n'y a rien à faire, je n'y arrive pas et la présence de cette femme ne m'aide pas du tout.

— C'est bon ?

— Non ! Avez-vous déjà essayé d'uriner couchée ? C'est quasiment impossible ! C'est normal. Je ne réussis pas à me détendre.

Elle me laisse seule dans la chambre quelques instants puis revient.

— Savez-vous où se trouvent mes affaires ?

— Vos vêtements ? À la laverie.

— Et mon sac ?

— Je crois que c'est la police qui l'a récupéré.

Je n'ai plus rien, dépouillée. Ils ont volé le peu de biens qui me restaient et mes calepins. Ils vont tout lire, y compris les rêves que j'ai notés. Je suis si fatiguée, je me suis battue contre des ennemis que je ne pouvais pas définir. J'ai cherché à découvrir mon héritage, malgré toutes les difficultés rencontrées. Et me voici bloquée ici, j'ai l'impression d'être enchaînée pendant que les vautours se jettent sur mon travail, me volant un peu plus mon secret.

*
* *

La nuit tombe et je tente de trouver le sommeil. Mon bras attaché me fait mal. Il n'est pas le seul, j'ai l'estomac retourné et le repas pris ce soir ne semble pas passer. J'ai retiré mes lentilles et peine à distinguer la sonnette. Je n'ose pas trop bouger, me sentant très mal. Tâtonnant sur l'oreiller, je me cogne contre l'alarme et la fait tomber. J'essaie d'appeler mais j'ai si mal au cœur que je n'émets qu'une plainte peu perceptible. Je suis prise de spasmes. J'ai des haut-le-cœur. Je veux descendre de mon lit mais mon bras reste inexorablement coincé. Je tape et secoue de toutes mes forces. Rien ne bouge. Je sens le métal pénétrer ma chair alors que je tente de tirer ma main. Et puis, brusquement, je me vide, comme une délivrance, comme une enfant n'ayant pas eu le temps de courir jusqu'aux toilettes. Très vite, mon estomac se fait moins douloureux. Je tremble et ne sais pas comment me mettre pour ne pas me salir davantage. Je recommence à appeler à l'aide et cogne sur le lit. L'agent entre vivement dans la chambre. Comprenant tout de suite ce qui se passe, il appelle une infirmière. Une autre jeune femme arrive et découvrant ma situation, se tourne vers le policier.

— Et là, c'est possible de la détacher ?

L'agent me retire les menottes et l'infirmière me conduit à la salle d'eau. Elle me laisse me dévêtir et me laver pendant qu'elle change les draps. C'est un vrai bonheur cette douche ! Le parfum du savon me redonne vie. Je me sens propre. Mon estomac me gêne encore un peu mais ça passe. Je reste de longues minutes sous l'eau chaude qui calme mes tremblements. En sortant, je reste tout de même très agitée. L'infirmière s'assure que je n'ai pas de fièvre.

— 37°4. Pas de problème. C'est certainement le contrecoup.

Je me réinstalle sur le lit.

— Vous n'allez pas la rattacher ?

— Pas le choix.

— Tant pis, je commence à m'y faire.

Je me place en position de fœtus, ce qui diminue l'impression de mal-être. L'agent me menotte à nouveau et quitte la pièce avec l'infirmière. J'essaie de fermer les yeux, toutes les images de la journée me reviennent en tête. Je revois l'apparition portant cette enfant dans les bras. Est-ce que ce bébé serait mon bébé ? Était-ce un message par rapport à mon enfant ? Je me remets à trembler sans parvenir à me réchauffer. Le sommeil ne vient pas. Je veille et ne réussis à m'endormir qu'aux alentours de trois ou quatre heures du matin. Mes rêves sont composés de délires, de mélanges entre la réalité et l'imagination. Tout se confond. Il me semble ne pas vraiment dormir. L'infirmière entre à nouveau dans ma chambre et vient s'assurer de mon état.

— Vous avez bien dormi ?

— Non, j'ai froid.

— Vous auriez dû m'appeler, je vais vous mettre une autre couverture. Le petit déjeuner va bientôt être servi.

— Quelle heure est-il ?

— 7 h 45. Je termine mon service. Je venais aussi vous saluer. Je vous souhaite bon courage.

— Merci, je crois que je vais en avoir besoin.

Je n'avale que du bout des lèvres mon petit déjeuner. Je reste allongée, silencieuse, les yeux dans le vague. J'ai calé un oreiller dans mes bras, me procurant une sensation de chaleur. J'entends la porte s'ouvrir mais n'y fais pas attention. Un « bonjour » énergique me fait sursauter.

— Je ne voulais pas vous faire peur.

Un homme en blouse blanche vient de faire son apparition. C'est le médecin qui s'est occupé de moi la veille. Loin de ressembler à Clooney, son apparence n'en est pas moins sympathique et joviale.

— Mademoiselle Brigot, vous avez eu beaucoup de chance !

On le saura.

— Vous en avez réchappé qu'avec quelques égratignures. Je vous autorise donc à sortir mais préconise le repos complet. Il faut vous ménager, pour vous et votre bébé.

— Et ça ?

Je secoue mon poignet, faisant claquer les menottes.

— Pour ça, je ne peux rien. Des hommes attendent dehors pour vous voir. Je peux les laisser entrer ?

Je ne réponds rien et pivote à nouveau vers la fenêtre. Du coin de l'œil, j'aperçois trois silhouettes pénétrer dans la chambre, tandis que le docteur s'en va. Je ne veux pas regarder les deux hommes qui se sont approchés de mon lit et que je reconnais. Le dernier personnage reste un mystère. Je serre davantage mon oreiller. Je voudrais m'enfoncer dans le sol, disparaître. Ne plus être ici... Rien ne se passe. Il me faut attendre que la sentence tombe. C'est Véret qui s'en charge.

— Nous avons hésité sur votre sort. Vous ne nous avez pas facilité la tâche. Nous pourrions vous inculper mais, en admettant que vous aviez de quoi vous méfier de notre agent sur le terrain, le lieutenant Chalewad, nous vous proposons de vous racheter une conduite. Vous nous aidez à coincer l'organisation et nous effaçons votre ardoise.

On est en plein polar à la version “RIS” ou “les Experts”. Que croient-ils ? Que je suis suffisamment bête pour avaler ceci et penser qu’ils cherchent seulement à se montrer bons flics, arrêtant les méchants ? Je n’ai même pas envie de répondre.

— Nous pouvons considérer que c’est un oui. Dans ce cas, vous serez dans les jours qui viennent, sous la responsabilité du lieutenant et resterez sous surveillance. En attendant que le juge statue sur les éléments qui nous lui avons apportés. Nous souhaiterions ajouter à cela votre témoignage concernant les deux courses poursuites, mais la bonne version cette fois.

J’ai eu beau tout faire, les larmes qui coulent sur mes joues se sont échappées bien malgré moi. Et puis, c’est un sanglot, et un autre qui vient rompre le silence. Je ne peux plus m’arrêter. Je pleure. Je pleure de désespoir, de colère, de fatigue. Je pleure sans pouvoir m’arrêter ni pouvoir me taire. Ce sont des pleurs bruyants, des larmes qui frappent le sol et remplissent la pièce de leur écho. Je vide mes craintes, mes doutes, ma rage, sans plus me soucier de ce qui m’entoure. Je ne veux pas suivre cet homme, je ne veux pas être sous la responsabilité de Ben, je suis si seule, et je ne veux pas de lui. Je n’ai personne pour me tirer de là. Je vais encore devoir essuyer mes larmes et continuer à avancer. Je n’ai pas le choix, personne ne le fera à ma place. En attendant, je laisse sortir mes émotions. Elles ne sont que lourdeur. Mes larmes emportent avec elles tout ce qui m’empêche d’avancer. Il y avait beaucoup de choses. Sans vraiment m’en rendre compte, je tombe dans le sommeil. Je refais le même rêve, celui où je me retrouve sur le pont de la Doutre au Moyen Âge. Tout s'accélère : je vois la jeune femme près de moi, elle me montre le château et le drapeau qui s'abaisse. Et puis du feu, des flammes partout qui viennent me brûler. Je ne vois pas où elle veut en venir. Je retiens ma respiration et ouvre brusquement les yeux. Je suis toujours dans la chambre d'hôpital. Je me rends compte que mes mains sont libres. Les menottes sont retirées. Je me redresse. Ben est assis sur le fauteuil et me regarde.

— C'est bon, le chagrin et le dodo sont passés ?

Si je pouvais, je le giflerais. Ce serait quoi ? Coups et blessures sur agent dans l'exercice de sa bêtise ? Il se relève et me tend des vêtements.

— On a retrouvé ton petit chez toi. Pas bon pour ta collègue ça. Alors si tu veux éviter de faire sombrer le peu d'amis que tu as avec toi, tu nous donnes ton témoignage et on n'en parle plus.

Je récupère ma robe et sors de mon lit. Je ne peux que m'incliner. Il est hors de question de nuire à Marie. J'acquiesce du chef et me dirige vers la salle d'eau pour m'habiller. L'image que me renvoie le miroir est effrayante. Je me coiffe comme je peux, me passe un peu d'eau sur le visage et enfile ma tenue. Ce moment de faiblesse n'a été que passager. Je dois me reprendre et saisir l'occasion pour leur fausser compagnie. Ou tout au moins, poursuivre mes recherches sans leur dévoiler ma progression. Je sors de la salle d'eau.

— Je suis prête.

Ben se retourne et semble hésiter un instant. J'ai l'impression qu'il voudrait me dire quelque chose. Je ne lui en laisse pas le temps.

— Je dois écrire quoi ?

Il me regarde, un sourire triste aux lèvres.

— On y va. Je prendrai ta déposition chez moi... Tu éviteras d'aller chez les voisins, ils ont apprécié moyennement !

— C'était qui le troisième homme ce midi ?

Il sourit.

— Sophie.

*

* *

Sur le trajet, nous n'avons pas échangé un mot. Amenée chez Ben dans un véhicule civil, par “Sophie”, je reste discrète sur le siège arrière. Les deux hommes discutent entre eux. Je sens Ben plus renfermé mais n'y prête pas attention. Après tout, il jouait un rôle lorsqu'il était avec moi. Nous entrons dans son immeuble. Deux hommes resteront en faction dans le coin afin d'assurer notre sécurité. Je trouve tout cela totalement exagéré. J'ai l'impression que c'est une mise en scène ridicule. Ben remercie son collègue et ferme la porte à clé.

— Tu peux entrer.

Il semble presque gêné et perd toute la belle assurance qu'il laissait apparaître à l'hôpital.

— Assieds-toi. Je vais prendre mon ordinateur et nous allons faire cela tout de suite. Je dois envoyer ton témoignage pour 17 h.

Je me place face à lui dans le salon.

— Je t'écoute.

Je raconte alors ma première rencontre avec mon mystérieux agresseur, après l'entrevue avec Ben. Il paraît troublé à l'évocation de ce souvenir. J'explique notre lutte puis ma chute accidentelle. Et la seconde rencontre alors que je me trouvais dans le café avec Ben. Il me pose quelques questions, m'obligeant à préciser mes craintes, le portrait de l'homme. Il me présente des photos. Je reconnais l'un d'entre eux. Ben prend note puis conclut mon témoignage et l'envoie par mail au commissaire. Il se lève pour ranger ses documents.

— Tu as faim ?

J'ai envie de décliner la proposition, je n'ai pas d'appétit et voudrais bien pouvoir m'en aller maintenant. Je me retiens et accepte. Je ne peux pas m'empêcher de lui poser la question qui me brûle les lèvres.

— Je pourrai partir quand ?

Ben s'arrête et soupire.

— Je n'en sais rien. Je sais que ma présence te donne envie de vomir mais il faudra faire avec. Et je te rappelle un petit détail.

Il revient vers moi.

— Tu portes notre bébé, alors que tu le veuilles ou non, il faudra que tu fasses avec moi.

— Il n'est pas question que je le garde.

— On en reparlera.

— Ce n'est pas ton corps, ce n'est pas toi. Tu n'as pas d'ordre à me donner concernant ma vie.

Je lui fais face avec toute ma colère. Il laisse tomber.

— C’est pas le moment de parler de ça de toute façon. On verra plus tard.

— Y a pas de “On verra plus tard”. Tu n’as pas ton mot à dire !

— Ça suffit !

Le ton de Ben ne laisse aucune possibilité de rétorquer. Cette fois-ci, j’ai vraiment la nausée. J’esquive la discussion et cherche un refuge.

— Je dors où ?

Il se radoucit.

— Dans la chambre. Tu y trouveras des affaires que nous avons ramenées de ton fief et ton sac.

Je n’en demandais pas plus. Je cours dans la pièce et renverse ma sacoche sur le lit. Je respire, tout y est : carnet, téléphone, portefeuille... Je m’étends sur le lit, serrant contre mon cœur mes ouvrages. Dorénavant, je ne pourrais plus écrire dessus. Il me faudra me rappeler de tout.

Chapitre 15

J'ai préféré attendre que Ben quitte l'appartement quelques minutes pour sortir de la chambre et me restaurer très rapidement. Je remarque l'ordinateur portable et j'ai une très forte envie de m'en saisir. Je n'ai pas l'intention d'abandonner mes recherches. Je suis persuadée de ne plus être loin du but. Ce que nous recherchons se trouve à Angers, je n'ai plus de doute. Je sais aussi que la clé est ce coffret qu'il me faudra récupérer d'une manière ou d'une autre. Le collier me donne un indice sur la localisation de la porte, à l'intérieur même du lieu où serait enterré cet héritage. Ce qui me manque c'est : où ? Et ce paragraphe qui ne veut pas me livrer son secret !...

"L'insigne offert, sur la peau reste gravée
La Cité de Celui qui a caché
Au sommet du feu de la mère charitable
Et du père miraculeux."

Je me rappelle les documents photographiés à la bibliothèque. Je sors mon téléphone alors que j'entends la porte s'ouvrir. Ben vient de rentrer. Mon portable est éteint. Je tente de le rallumer. Il ne fonctionne plus. Mon petit bain dans la Maine ne l'a pas arrangé. Je vérifie la carte, elle y est toujours. Nous avons le même mobile avec Ben. Il est possible qu'il ait ce qu'il faut pour lire mes documents mais je ne veux pas lui demander. Trop en colère. Je sens que les jours à venir vont être tendus. La porte de ma chambre s'ouvre brusquement et me fait sursauter.

— Tu as mangé ?

— Ça ne va pas d'entrer de cette manière !

— Pardon, votre seigneurie !

Ben fait mine de ressortir, frappe quelques coups et entre à nouveau.

— Tu préfères comme ça ?

— Non, cela ne me va pas ! C'est uniquement du bon sens, du respect et de la politesse ! Ça ne va pas le faire ! On ne peut pas continuer comme ça.

— T'as raison, on ne peut pas. Pourtant, ni toi, ni moi n'avons le choix.

Je me suis levée et lui fais face, les poings serrés.

— Tu n'as qu'à demander à ton commissaire de te changer d'affaire, ou de me mettre sous la protection d'un autre de tes collègues. Ton binôme par exemple.

— C'est Véret qui a insisté pour que je te surveille. Et, ce n'est pas parce que Mademoiselle Brigot débarque dans cette affaire que je vais lâcher un truc sur lequel je bosse depuis des mois.

— Fais au moins la demande. Nous risquons de nous étriper, avant la fin de la semaine.

— J'aurais dit la fin de la journée...

Je me rassois sur le lit et croise les bras.

— T'as décidé de bouder. Fais ce que tu veux, tu m'énerves. J'ai pas le choix et toi non plus, c'est un ordre et j'applique, un point c'est tout. Si tu veux rendre les choses plus compliquées, continue comme ça. Moi je fais mon taf.

Il m'insupporte. Je le vois bien, sa satisfaction, sa suffisance ! Je n'en peux plus !

— Je veux partir. Vous avez eu ce que vous souhaitiez, mon témoignage. Vous n'avez donc plus aucune raison de me retenir ici. Je ne suis pas inculpée mais témoin, et je connais un minimum mes droits !

— T'es complètement abrutie, c'est ça ? Tu les connais ces types ? Non, toi tu sors du pays des bisounours ! Si t'étais pas enceinte, je te laisserais te démerder ! Si t'as envie de finir comme tes parents !

Toute ma colère est au bord de mes lèvres. Je la sens si forte, si pleine d'envie de se déverser. C'est lui qui va prendre, c'est lui qui la provoque, c'est donc à lui de la recevoir. Je ne sais plus si je crie, si je pleure, si je murmure. Je me suis rapprochée de lui et me tiens à quelques centimètres de son visage. Je lui hurle ma rage, mes blessures.

— Tu sais ce que ça fait de penser que tes parents étaient des gens timbrés, tellement timbrés qu'ils ont gravé ça sur ta peau ?

Je laisse apparaître mon tatouage.

— Je me les suis mille fois imaginés. J'ai cru que c'était des paumés qui s'étaient foutus de ma gueule. Que j'étais pas assez bien pour qu'ils me gardent, que j'étais une enfant détestable. J'ai grandi en pensant que je n'étais pas intéressante. Alors j'ai tout fait pour me faire oublier mais aussi pour avoir des choses à dire. Je suis devenue prof parce que là, au moins, on m'écoute. Mais c'était pas suffisant, alors j'ai voulu disparaître, j'ai tellement voulu disparaître, n'être plus rien, ne plus avoir mal. Mais la vie c'est pas ça, on ne nous l'offre pas pour la foutre en l'air. Je lui ai donné un sens et, malgré toutes les questions qui restaient sans réponse, j'ai pris le parti de sourire, de sourire pour tout. Mais surtout de ne plus laisser quiconque me faire du mal.

» Et voilà qu'une personne me laisse entendre que je me suis toujours trompée, que mes parents n'étaient pas ceux que je croyais, qu'ils étaient des gens bien qui ne voulaient pas m'abandonner. Qu'ils ont été assassinés. Par qui et pourquoi ? Et je dois reconstruire mon histoire en recherchant le message qu'ils ont voulu me transmettre. Non, je ne suis pas une abrutie, et je ne te laisserai pas me traiter de cette manière ! Alors qu'est-ce que tu sais du pays des bisounours ? Je peux te le dire, il est pourri le pays des bisounours !

Je suis à bout de souffle. Je tremble de rage mais pas une larme ne sort. Je le regarde fixement. Il s'avance davantage encore. Son regard ne porte plus de trace de colère.

— Tu as raison. On porte tous nos secrets, plus ou moins lourds. On fait avec nos blessures.

Il se recule et reste dans l'encadrement de la porte.

— Je ne peux rien te promettre. Je demanderai à Véret de te transférer avec un autre collègue puisque ça ne colle pas entre nous.

Je le laisse refermer la chambre et m'effondre sur le lit. J'en ai marre des sentiments paradoxaux que je ressens. Je ne veux pas de lui mais en même temps, il a été celui qui m'a le plus aidée. Nous avons appris à nous connaître et à nous apprécier. Il n'est pas si différent du Ben "hors-la-loi". J'en ai assez d'être seule, j'ai besoin de lui, besoin de ne plus me battre en solitaire. Il est sans doute le seul allié que je puisse avoir. Je sors de la pièce et le rejoins dans le salon. Il s'apprête à téléphoner.

— Attends.

Il suspend son geste.

— Tu as raison, on peut... je peux faire des efforts. Tu n'as pas plus que moi choisi de te trouver dans cette situation. On peut essayer de mettre de côté nos différends pour quelques jours.

Il laisse tomber son téléphone sur le canapé et sourit.

— OK, on fait comme ça.

Bizarrement, je me sens mieux. Ce n'est pas agréable de se fâcher, mais c'est en disant les choses qu'on avance.

Nous terminons la journée plus calmement. Je lis un roman trouvé dans un vieux carton de Ben et lui reprend certains documents pour son travail. On ne se parle pas davantage mais l'atmosphère est respirable. Le soir arrive rapidement. Dehors, il commence à pleuvoir. Le temps semblerait vouloir changer. De toute manière, un peu d'eau ne peut pas faire de mal. Il en manquait depuis quelques mois. Ben propose de préparer une paella.

— C'est du tout fait mais c'est pas mauvais.

J'accepte. Il pénètre dans la cuisine, j'entends les plats et poêles se cogner. Je me lève pour sortir les couverts. Il s'apprête à verser l'accompagnement dans une casserole. Il réfléchit et veut regarder sa montre. Mais la boîte de légumes se trouve dans la même main que sa montre. Patatras, le contenu se renverse sur ses pieds !

— Et merde !

Je me mords les lèvres pour ne pas rire. Il jette un œil vers moi et je détourne le regard, faisant comme si je n'avais rien vu. Mais le sourire moqueur gravé sur mon visage ne lui laisse aucun doute sur le fond de ma pensée.

— Ah, ah, très drôle. Aide-moi donc au lieu de te foutre de moi !

Je prends un essuie-tout et éponge la sauce étalée sur le sol. Nous mettons le tout à la poubelle.

— Une pizza, ça te dit ?

Je regarde le frigo laissé ouvert. Il est aussi vide qu'une rivière en pleine sécheresse.

— Je crois que c'est une bonne option.

Ben commande deux repas. Nous nous installons devant la télévision en attendant l'arrivée du livreur. Aux informations régionales, on parle du futur tramway d'Angers.

— C'est dans une dizaine de jours qu'il est mis en fonctionnement ?

— Le 25 juin exactement.

Le trajet est mentionné. Des images de la ville apparaissent. Un gros plan montre la cathédrale Saint Maurice.

— C'est bizarre, les deux tours ne sont pas pareilles.

Je ne relève pas les propos de Ben, absorbée par le reportage. Nous terminons la soirée calmement, en visionnant un vieux film. Je ne tarde pas à me coucher. Pourtant quelque chose me dérange. Je ne parviens pas à me souvenir, mais je suis sûre que je dois me rappeler un élément très important. Je finis par m'endormir, épuisée.

*
* *

Je me réveille, le lendemain matin, en sueur. Je n'ai fait que des rêves sur Angers, en repassant en boucle le reportage sur le tram. Je sors du lit, vasouillarde. Quelque chose me gêne. Je me lève avec la même sensation qu'en me couchant la veille. Je ne parviens pas à me souvenir mais il s'est passé quelque chose hier et cela me semble important. Ce devait être dans le reportage... Aucune idée ne me revient. Ben est déjà dans la cuisine et fait chauffer le café.

— Bien dormi ?

Le ton est cordial et détendu.

— À peu près...

Je m'assois en face de lui contre la petite table accolée au mur. L'espace est restreint.

— Rien ne t'a paru étrange hier dans le reportage ?

— Quel reportage ?

— Celui sur le tramway d'Angers ?

Il réfléchit un instant en me servant une grande tasse.

— Non... non, je ne me rappelle pas bien, mais tout semblait... banal.

Mon esprit encore embrumé par la nuit ne réussit pas à faire la lumière sur ma question. Je préfère tenter de ne plus y penser et termine mon petit déjeuner. Sentant Ben serein, j'ose lui poser une question.

— Me sera-t-il possible de t'emprunter ton ordinateur portable aujourd'hui ?

— C'est... pour tes recherches ?

Je ne réponds rien.

— Ah, la méfiance est toujours là ! Pas de problème. Je te laisse l'ordi. J'ai deux ou trois trucs à voir avant pour le boulot et la place sera libre.

Je finis mon petit déjeuner et file sous la douche. En me rhabillant, j'ai la sensation que ma main droite est engourdie. Je regarde plus attentivement mes doigts : ils sont gonflés. Je dois commencer à faire de la rétention d'eau. Les températures sont encore élevées pour l'époque. J'observe l'autre main, elle ne semble pas subir les mêmes effets ! Mes deux mains sont différentes... Comme... Comme les deux tours de la cathédrale ! C'est cela ! C'est ce que m'a dit Ben hier, les tours étaient différentes. Voilà ce que je cherchais en vain ! Je sors rapidement de la salle de bain et écarte Ben de son ordinateur.

— Toutes mes excuses, j'en ai besoin.

Je fouine à la recherche d'informations sur la Cathédrale Saint Maurice. Je crois me souvenir la cause de cette particularité mais je dois vérifier. Brusquement, je sursaute, ma mémoire ne me fait pas défaut. Je relis à voix haute :

— C'est un cadeau du petit vin d'Anjou d'après le Père Louis de la Bouillerie. En effet, les clochards censés faire sonner afin d'avertir les fidèles des cérémonies s'étaient endormis du fait d'un abus de boisson. Ils somnolaient alors dans un local à l'intérieur du clocher. Des chandelles oubliées avaient causé l'incendie entraînant la flèche nord et écrasant la première travée. L'architecte, Jean de L'Espine, réalisa en 1535 ce nouveau clocher en respectant le gothique flamboyant…

— Merci pour l'info, mais je posais la question juste comme ça hier. C'était pas urgent à ce point !

Je me tourne vers Ben sans vraiment le voir. Je file alors dans ma chambre et sors mon poème. Je suis bien persuadée que la police a récupéré une copie de mon document. Nous verrons bien qui de nous deux s'en sortira en premier. Je prends le paragraphe récalcitrant :

"Au sommet du feu de la mère charitable
Et du père miraculeux"

Je n'ai eu de cesse de me concentrer sur ces fameux "parents" sans y voir clair. Mais si j'avais pris cela à l'envers ? Si je devais d'abord chercher à comprendre ce que le feu vient faire là-dedans ? Évoque-t-il le feu, comme celui qui ravagea le clocher de la cathédrale ? Est-ce autre chose ? Je reviens dans le salon. Ben a libéré les lieux mais reste tout de même dans un rayon raisonnable.

— Je crois que je dois céder ma place ?

Je ne réponds pas et m'installe. Sans le regarder, je lui tends ma carte pour les photos de mon téléphone.

— Nous avons le même portable. Peux-tu me donner ce qu'il faut pour mettre les photos sur l'ordinateur ?

— Oui, chef.

Le ton est ironique et ne manque pas d'humour. Je charge donc les clichés. Je consulte sur Internet les significations du feu. C'est bien sûr l'un des éléments terrestres... Cela dit, je ne vois pas trop à quoi cela ferait référence. Il est l'un des composants du trio : air, eau, feu. Il se cache derrière de nombreux symboles comme le triskèle. J'atterris alors sur un site très intéressant. Ce qui en ressort me fait tomber des nues :

"Dans la symbolique de la franc-maçonnerie, qui donne une place importante à cette figure et où elle sera qualifiée par exemple de Delta lumineux ou de Triangle sublime, le triangle pourra même, selon son espèce, correspondre à un élément : l'eau est associée au triangle rectangle ; la terre, au triangle équilatéral ; le feu, au triangle isocèle ; et l'air au triangle scalène..."

Ce que me donne ce paragraphe est la description d'un plan ! Je recherche une photographie d'Angers, puis me corrige. Une carte de l'Anjou aujourd'hui ne me servirait à rien. Je recherche dans mes photos un plan plus ancien. Je retombe sur le document présenté à Zora il y a quelques semaines.

Au cours du Moyen Âge et plus précisément au XIVe siècle, si je reste sur l'hypothèse qu'il pourrait bel et bien y avoir un rapport avec les Templiers, l'Église occupait une place prédominante. Le père et la mère de mon poème pourraient donc correspondre davantage à un aspect spirituel et non réel. Au XIe siècle, on voit apparaître de nombreuses abbayes dans la cité même mais aussi autour d'Angers. Ce qui constitue les paroisses telles que la Trinité. Je ressors à nouveau les photos prises en rapport avec les monuments de la ville. J'épluche les informations sur les églises, sur la cathédrale...

Je vois Ben tourner autour de moi comme un lion en cage. Il ne dit pas un mot mais se retient très nettement de venir voir ce que je suis en train de lire. Pas question que je le mêle à tout cela. Je me demande s'il ne filme pas mon travail à mon insu. Je deviens paranoïaque, bien que je sois consciente qu'il ne lui sera pas difficile de retrouver la trace des sites sur lesquels je suis allée. Curieusement, je capte son regard alors qu'il ne s'y attend pas. Je m'aperçois que ses yeux fixent mes jambes découvertes. La jupe estivale que je porte ne cache pas grand-chose de mes mollets et, m'étant assise rapidement, je n'ai pas prêté attention à ma mise. Ben se retourne et je réajuste mon vêtement. Je continue ma lecture en prenant des notes.

Toutes ces informations finissent par se mélanger dans mon esprit. Je retrouve une abbaye du nom de "Notre-Dame-de-la-Charité". Cela ne me dit rien. Il s'agit en fait de l'abbaye du Ronceray, qui autrefois était appelée ainsi. Ce lieu accueillait les femmes qui souhaitaient consacrer leur vie à Dieu et souvent aussi éviter le joug de mari ou de père dominateurs. Son nom a changé du fait d'une ronce qui s'obstinait à pousser aux pieds d'une Vierge située dans la crypte sous l'abbatiale. Cela pourrait correspondre avec la "mère charitable". Je repère sur mon plan et coche la position. Je continue ma lecture, je trouve l'abbaye Saint Nicolas, Toussaint, Saint Aubin. Je me rappelle de ce que m'avait raconté un collègue concernant la légende de ce saint : le miracle d'Eulogie. En résumé, pour punir Mars d'avoir caché l'hostie lors de la messe du Carême, cette dernière se transforma en serpent. Honteux, il se présenta devant Saint Aubin, Victor et saint Mélaine qui l'absout de ses péchés. Ce miracle se serait déroulé très précisément d'ailleurs en place de l'abbatiale du Ronceray. Serait-ce mon "père miraculeux" ? Je coche à nouveau son emplacement sur la carte. Voici donc l'un des côtés de mon triangle isocèle. Je n'ai jamais été très bonne en mathématiques et préfère vérifier la définition de cette figure. Il s'agit bien d'un triangle ayant deux côtés de même longueur. Je trace donc, grossièrement, de chaque côté de ma ligne, à l'aide d'un compas improvisé un espace pouvant contenir le lieu que je cherche : le "sommet". Mon doigt se fige. Je l'ai trouvé !

*

* *

Je tente de ne rien montrer mais mon attitude n'a pas échappé à Ben qui se rapproche de la table.

« — Tout va bien ?

— Oui, oui...

Mon trouble est nettement visible. Je range rapidement mes documents et ferme l'ordinateur.

— Qu'est-ce qui se passe ? Tu as trouvé quelque chose ?

— Possible mais ce n'est pas sûr du tout. Je voudrais sortir une petite heure.

— Pas envisageable.

— Je peux me grimer, c'est comme ça que j'ai pu m'en sortir à... Paris.

Ben me jette un regard sombre. Il soupire.

— Tu parais pas comme ça, mais t'as de sacrées ressources ! Pour ce qui est de maintenant, hors de question de sortir !

— Mais quand ?

— Le dossier a été déposé. Si tout se passe bien, demain, notre homme devrait se trouver mis en examen. On pourra faire un tour.

— On ? J'aimerais y aller seule.

— T'as pas capté, j'm'en fous de ton trésor, c'est toi qui m'intéresse.

La véhémence avec laquelle Ben vient de me sortir cette tirade et le sens même de ses propos me laissent bouche bée. Nous nous regardons un instant sans oser dire un mot. Je ne sais plus trop quoi penser. L'amour et la haine sont deux sentiments extrêmement proches. Il est aisé de basculer de l'un à l'autre. Nos comportements respectifs sont ambigus, j'en suis bien consciente. Et cet instant nous le prouve. Incapable de poursuivre notre conversation, Ben se réfugie dans la salle d'eau.

Je reste seule dans le salon, ne sachant pas trop quoi penser. Je contemple le plan où ressort, entouré à plusieurs reprises, le lieu où se trouvent sans doute les réponses à toutes mes questions. Si les Nédra sont mes parents et ont bel et bien été assassinés, il est possible que la raison soit ce secret que je porte sur ma poitrine. En découvrant ce qu'il recèle, je comprendrai ce qui a poussé à ce crime et peut-être trouverai-je les assassins de ce couple. Je ne ressens pas de peine mais la colère grandit en moi. Sans tout ceci, j'aurais pu connaître mes parents, nous aurions pu vivre comme n'importe quelle autre famille. Je ne pouvais pas, petite, m'empêcher d'envier tous ces enfants qui avaient la chance d'avoir leurs vrais parents.

Ma famille adoptive s'est toujours montrée attentionnée et gentille mais ils travaillaient beaucoup et j'ai appris à me débrouiller seule, j'ai appris à ne pas faire de bruit, à ne pas poser de problème, je ne voulais pas qu'eux aussi m'abandonnent. Aujourd'hui, c'est plus de vingt ans de certitude balayés en un instant. Et tout ceci n'est qu'à quelques kilomètres de moi. Attendre demain, c'est comme attendre une éternité. Je ne peux pas. Et si mes ennemis... ou la police trouvaient la réponse également... Eux ne sont pas bloqués dans cet appartement. Je sais que si je sors, je prends un risque, mais ne pas sortir, alors que la réponse est si proche, c'est impensable ! Je me lève et me poste devant la salle d'eau. J'entends Ben siffloter. Je retourne à ma chambre, sors mon chapeau et mes lunettes, je prends ma veste, mon sac et y glisse mes documents. Je jette le plan. Tout doit rester dans ma tête. Je me dirige vers le bureau de Ben et en sors le collier. Je l'ai vu l'y glisser la veille. J'étais étonnée que ce soit lui qui l'ait en sa possession mais peu importe. Il est fort probable qu'il me soit encore utile. Je devrais également me rendre à la faculté. La clé y est toujours... le coffret de Robert the Bruce. Je n'ai aucune idée de la manière de m'y prendre pour le récupérer mais il me le faut. Je repasse dans le couloir, l'eau coule toujours. Je suis sûre que l'agent posté dehors est absent ce matin. Ben lui a demandé d'aller déposer des documents au poste. Le créneau est court mais je dois le tenter. Je ne vais pas attendre vingt-quatre heures et risquer de me faire doubler. J'abaisse doucement la poignée. Bien sûr, c'est fermé à clé. Je regarde autour de moi, rien. Je fouille dans la veste de Ben et tombe sur un trousseau. J'en essaie une, puis une seconde. Mes mains tremblent. Dans la salle d'eau, je n'entends plus un bruit. J'active le mouvement. Enfin, une clé parvient à se glisser dans la serrure. Je la tourne discrètement et entrouvre la porte. Personne dans le couloir. Je saisis mon sac et m'apprête à me faufiler à l'extérieur lorsque je suis brutalement tirée en arrière. La porte claque et je me retrouve plaquée contre cette dernière. Ben, en serviette se tient devant moi, m'encadrant avec ses bras appuyés de chaque côté de mon visage.

— Comment est-ce qu'il faut te le dire ? Tu ne bouges pas d'ici !

J'ai le souffle court, j'ai eu si peur. Ben ne me quitte pas du regard, je sens toute la colère et l'énervement qu'il ressent. Nos visages sont si proches que je me demande s'il va me frapper ou m'embrasser. Je porte ma main à mes lèvres, comme pour cacher ma stupeur. Il paraît hésiter sur le sort qu'il me réserve. Il m'arrache mon sac des mains et me force à retirer ma veste et mon chapeau. Il envoie le tout valdinguer dans son placard.

— Ça, ça ne sort pas d'ici. Et toi, tu vas dans la chambre, si tu ne veux pas aller faire un tour en prison.

La punition est enfantine, mais je respire presque de m'en tirer à si bon compte. Pourtant, je ne peux pas bouger.

— T'attends quoi ?

— Je n'irai pas.

— Quoi ?

— Je ne suis ni une gamine, ni une criminelle. Je ne veux pas me faire doubler.

— Tu n'auras plus ce genre de préoccupation avec une balle en plein cœur.

— Ils ne me tueraient pas.

— Ah ! Et qu'est-ce qui te fait dire ça ?

— Ils ont besoin de moi.

Ben se tait. Sa voix devient un murmure.

— Peut-être... Mais je ne prends pas le risque.

Il saisit les clés et se rend à nouveau dans la salle de bain. Je me laisse tomber le long de la porte. Mes jambes m'abandonnent, l'adrénaline est en train de quitter mon corps, emportant tout mon courage. De longues minutes s'écoulent avant que je n'entende Ben sortir. Je me relève et attends. Il passe devant moi sans prêter attention. Il entre dans la cuisine et fait chauffer le repas du midi. Je me décide à le rejoindre et l'aide à installer la table. Pas un mot n'est échangé.

L'après-midi se passe de la même manière que le déjeuner : silencieusement. Je tourne en rond et n'arrête pas de regarder l'heure. J'attends avec impatience des nouvelles du commissariat, mais rien n'arrive. La soirée s'écoule. Je préfère aller au lit de bonne heure.

Le temps passe plus vite dans ce cas. Je sors du salon au moment où Ben revient de la cuisine.

— Qu'est-ce que tu fais ?

— Je vais me coucher.

Ben se pousse. Au moment où je passe à son niveau, il pose sa main sur mon bras. Je m'arrête, ne comprenant pas le sens de son geste.

— La première fois que je t'ai vue, j'ai pensé que tu étais une extraterrestre. Tu étais un savant mélange de sensualité dans ta robe noire et de curiosité avec ton air effaré au milieu de la boîte. Mais lorsque tu nous as remis en place parce qu'on te laissait croire qu'on se payait ta tête, j'ai su que tu n'étais pas comme je le croyais. J'ai vraiment eu envie de te connaître et j'ai aimé ce que j'ai découvert.

Il relâche son étreinte.

— Tu es plus têtue que moi, mais j'envie ta passion et ta détermination. Je déconne pas quand je te dis que je ne veux pas qu'il t'arrive quelque chose. Je sais que j'enfreins les règles, mais je n'y peux rien.

Il baisse son visage à mon niveau et m'embrasse. Je suis à la fois étonnée, comme la première fois, et rassurée. Je me blottis contre lui. J'ai tellement besoin de sa présence. Je n'avais pas envie de le reconnaître, pas envie de m'attacher, pas envie d'être blessée. Il est plus simple de repousser les autres que de prendre le risque de les aimer. J'ai fait ça toute ma vie, j'en ai assez. Il pose sa main sur mon ventre.

— À lui non plus, je ne veux pas qu'il arrive quelque chose. C'est à moi de vous protéger.

Il m'embrasse à nouveau. Ses baisers se poursuivent sur ma joue, dans mon cou et mon épaule. Sa main remonte le long de mes reins. Nos soufflent s'accélèrent. Il s'arrête pourtant en soupirant puis s'écarte de moi.

— J'ai dépassé les limites une fois. Je ne referai pas cette erreur tant que je serai chargé de ta protection.

L'émotion qui vient de m'envahir a bien du mal à retomber. Je finis par m'éloigner et entre dans la chambre, jetant un dernier regard sur Ben, qui s'appuie contre l'encadrement de la porte, et me sourit.

À cet instant précis, je dois bien admettre que je le trouve terriblement séduisant.

Chapitre 16

Je me suis endormie bien plus vite que je ne l'aurais pensé. D'un sommeil de plomb en rêvant d'Église, d'abbaye et de moines. Des coups frappés à la lourde porte de l'abbatiale me paraissent étranges. Ils sont si discrets que je ne saisis pas comment je parviens à les entendre. Ils se répètent et finissent par me sortir du sommeil. Ce n'est pas dans mon rêve mais bien à la porte de ma chambre. Je tente d'apercevoir l'heure. Il doit être dans les 5 h du matin. Je me lève et ouvre la porte en grand.

— Que se passe...

Je n'ai pas le temps de finir ma phrase. Je ne reconnais pas la silhouette de Ben et l'ombre postée devant la porte fond sur moi. En un rien de temps, je me retrouve maintenue et bâillonnée. Mes cris sont étouffés. Je cherche à me débattre mais la pression se fait plus forte et me blesse. Un coup de feu part. Je dois être morte. J'attends de sentir la douleur mais rien ne vient. Ben ! Où est-il ? J'entends alors une voix que je ne connais pas, interpeller mon protecteur.

— Lieutenant, inutile de continuer, lâchez votre arme, nous tenons la demoiselle. Si vous ne souhaitez pas qu'il lui arrive quoi que ce soit, je vous conseille de suivre mes ordres.

Il fait noir dans le couloir. Comment ont-ils pu s'introduire ainsi ? Comment Ben a-t-il pu ne pas les entendre ? Je suis tirée vers la sortie et poussée contre l'homme qui vient de parler. Je leur sers tout bonnement de bouclier vivant.

— Relâchez-là, Vanderia, vous savez que vous êtes en très mauvaise posture ; une erreur de trop et ce serait perpèt'.

— C'est moi qui donne les instructions, et vous ne me faites pas peur, tout flic que vous êtes. Bien joué, votre rôle de petit délinquant ! Mais pas crédible. Vous seriez resté encore une semaine en place et vous auriez eu quelques surprises ! On n'aime pas les infiltrés !

Je sens le métal posé sur ma tempe. Je n'ose pas croire que c'est ce que je pense. Je dois encore dormir, je rêve, ou plus exactement, je cauchemarde. Ça ne peut pas m'arriver à moi ! Une arme est pointée sur mon crâne. J'essaie de me libérer mais sans succès.

— Assez joué, vous sortez ou je tire et refais votre déco intérieure !

Ben s'avance dans l'encadrement de la porte du salon, les bras levés.

— Vous faites glisser votre arme et à genoux.

Ben s'exécute. Les lumières sont allumées brutalement, nous éblouissant. J'entends un choc : l'un des sbires vient de frapper l'homme à terre. Il lui attache les bras en arrière.

— Eh bien, nous voici dans une configuration qui me plaît.

Vanderia s'approche de Ben et lui tire la tête en arrière.

— Je vais t'expliquer ce qui va se passer : moi j'embarque ta copine parce qu'elle a quelques infos qui nous intéressent et histoire aussi de la convaincre de notre bonne foi. Il s'agirait pas qu'elle témoigne contre nous. Et toi, tu vas payer pour ta traîtrise.

Il se relève et menace Ben de son arme.

— Non ! Ne tirez pas.

Je dégage l'un de mes bras et frappe mon agresseur. Je suis maîtrisée à nouveau mais la diversion a produit son effet.

— Si vous le tuez, vous pouvez continuer sur votre lancée, vous n'aurez aucune info.

Je le fixe, même si ma vue reste très approximative sans mes lentilles.

— OK, on ne va pas brusquer une demoiselle. Ça ne sert à rien de tuer comme ça, et puis ça tache.

Il murmure un ordre au troisième type présent qui s'en va dans le couloir. Vanderia reprend son discours :

— Ah, quelle histoire ! Voilà une jeune femme que je ne connais ni d'Ève ni d'Adam, comme le dit l'expression, et qui vient mettre son nez dans des affaires aussi vieilles que moi. Vous êtes bien curieuse, mademoiselle Brigot, et il faudra que vous m'expliquiez les raisons qui vous ont poussée à déterrer certains cadavres, si j'ose dire. Mais en même temps, vous avez avancé bien plus vite en quelques semaines que moi en une vingtaine d'années. Il est vrai que l'on m'a mis des bâtons dans les roues. Je me demande si vous n'avez pas eu vent de ce fameux trésor et vous me confierez vos sources, je l'espère. Toujours est-il qu'il sera bon de pouvoir collaborer. Je suis donc venu vous chercher ce matin afin d'élucider une fois pour toutes ce mystère et me permettre de disparaître pendant un long moment.

Il se tient près de moi et son parfum me donne envie de vomir. Je suis prise de nausées, certainement dues au bébé et à l'odeur pestilentielle qui émane de cet homme. Il doit croire que j'ai peur et poursuit.

— Votre sort doit vous questionner. Ça ne tiendra qu'à vous et à votre attitude. Une jolie et intelligente jeune femme comme vous saura saisir les opportunités.

La flagornerie ne marche pas avec moi. L'autre type revient.

— Nous allons pouvoir y aller. Il vous faut prendre très vite au moins une veste, votre collier surtout et votre sac.

— Mon collier ?

— Mais bien sûr ! Vous savez très bien de quoi je parle.

— Et le lieutenant ?

— Je lui laisse une chance de s'en tirer. Dépêchez-vous avant que je ne change d'avis.

— Je dois mettre mes lentilles. Je ne vois rien et il sera dur d'élucider quoi que ce soit sans pouvoir lire.

— On vous attend. Les femmes mettent toujours un temps fou pour se préparer.

L'un des hommes me suit. J'entre dans la salle d'eau et essaie de positionner très vite mes “yeux”. La pression me donne du fil à retordre. Alors que je m'apprête à ressortir, je m'aperçois que la baignoire est remplie. Je n'avais pas fait attention à l'eau qui s'écoulait dans la salle de bain alors que Vanderia nous parlait. Lorsque que je reviens dans l'entrée, je retrouve Ben fortement ligoté. Je comprends tout de suite ce qui va se passer. Ils vont le laisser se noyer. Je veux me jeter sur lui mais je suis retenue. Je tente d'avertir Ben, ce qui est totalement inutile. Je suis emmenée sans ménagement dans le couloir puis descendue dehors où une voiture attend devant l'entrée de l'immeuble. Je cherche à frapper mon kidnappeur mais reçois une gifle qui m'assomme. Vanderia monte à son tour dans le véhicule, le même qui m'avait poursuivie.

— Alors, soit vous vous montrez raisonnable, soit vous terminez une bonne fois pour toutes dans la Maine.

— Vous m'avez menti.

— Pourquoi ? Pour le flic ? J'ai dit que je lui laissais une chance de s'en tirer. Je n'ai pas dit que je le libérerai sans qu'il ait à faire un petit effort.

— Ligoté comme il l'est, il est impossible qu'il se sorte d'une baignoire remplie à ras bord !

— C'est ça le jeu !

Il fait signe au chauffeur de démarrer et me remet mon manteau et mon sac.

— J'ai vérifié, le collier y est toujours ! On pourrait presque croire que vous vous apprêtiez à y aller sans moi. C'eût été dommage.

Les rues de la ville sont désertes et la voiture progresse rapidement. J'observe Vanderia, c'est un homme trapu, d'une cinquantaine d'années, vêtu de manière classique. Il porte un vieux pull et une veste en cuir. Son jean délavé lui donne un air de vieux beau qui contraste totalement avec son visage ingrat mais où la séduction se fait par la crainte qu'il crée chez autrui. Je m'aperçois que nous ne nous dirigeons pas du tout dans la direction que je pensais.

— Où allons-nous ?

— Chercher la clé. Eh oui, on n'ouvre pas de porte sans clé. Comment je le sais ? C'est mon petit doigt qui me l'a dit !

Je ne cherche pas à en savoir davantage, ce serait inutile. J'ai la certitude maintenant que nous en sommes au même point. Je l'ai sans doute aidé à mon insu. Tant pis, nous y allons. Je vais à la rencontre de mon histoire.

— Je peux bien vous le dire à vous, puisque vous êtes aussi dans le secret ; mais peut-être ne savez-vous pas ce qui m'a amené à entrer dans cette quête ! J'espère découvrir vos confidences en contrepartie.

Il prend un air de circonstance et donne à sa voix le ton d'un politicien en pleine campagne.

— Au XIIIe ou début XIVe siècle, une vaste organisation se met en place. À sa tête une femme : la Reine Rose. Son activité est secrète mais l'on entend bien vite les rumeurs enfler, laissant entrevoir l'existence de richesses inestimables. Toutefois, tout cela reste secret, il ne faut pas que ces biens tombent dans des mains royales. Son fils, Goeffroy Neilin, entre dans l'ordre des Templiers. Malheureusement, Philippe le Bel fait pourchasser ces chevaliers et l'homme est obligé de fuir en Écosse où il emporte avec lui le secret de sa mère. Il y laisse sans doute des traces et son fils, Charles, revient en France pour poursuivre l'œuvre de sa grand-mère. Encore une fois, le malheur frappe et Charles meurt de la peste noire en 1348. Le trésor est toujours là et il va laisser à ses descendants le moyen de le retrouver et de le protéger. Un nouvel ordre va se mettre en place : ce sont les gardiens. Ils veillent sur les descendants qui sont d'ailleurs majoritairement des descendantes et vont mettre en place le code après avoir caché le trésor dans un endroit sûr. Il est fort probable qu'un lien ait été conservé avec l'Écosse d'où les héritiers de Robert the Bruce poursuivent le travail des Templiers. Bref, sur ce point, vous en avez saisi autant que moi. Plusieurs objets vont se transmettre ainsi de mère en fille et de gardien en gardien. Pour ma part, je n'ai pas pu entrer dans le grand ordre des gardiens, je suis plus du genre solitaire. J'ai donc fait mes recherches et je m'en suis approché, il y a de cela vingt-quatre ans. J'avais retrouvé la trace des descendants. Mais la vie est pleine d'injustice, l'époux de cette femme était policier et a commencé à me chercher des poux. De conflit en conflit, je n'ai pas eu d'autre choix que de le faire taire. Malheureusement, sa femme et sa fille se trouvaient dans la voiture. Ils sont morts tous les trois.

Je frémis. Je suis en face de l'homme qui a tué mes parents. Il me dit cela sans aucune trace de remords, comme s'il me racontait une anecdote malheureuse. Je voudrais le frapper, le tuer. Je serre les poings.

— Quelle terrible tragédie ! J'ai bien pensé que je me coupais l'herbe sous le pied mais en même temps, je ne suis pas bête et j'avais bon espoir de trouver par moi-même le secret de cette famille. Vingt-quatre années sans avancer d'un pouce. Il me manquait un élément : le tatouage que portait cette femme.

Discrètement, je referme ma veste.

— J'ai cherché partout, dans l'autopsie, mais tout avait été enlevé ; dans les photos de la grand-mère…

Rien, ce tatouage restait caché. Et vous voilà débarquée tout nouvellement ici et en quelques semaines, vous parvenez à trouver ce que je cherche depuis si longtemps. Comment avez-vous fait ?

Je suis sauvée par l'arrêt de la voiture face aux bâtiments de la faculté.

*

* *

Le soleil commence à poindre mais il n'y a encore personne autour des locaux. Les lieux sont calmes.

— Mademoiselle Brigot, c'est maintenant que nous allons avoir besoin de vos connaissances et de vos clés !

— Je n'ai que celles de mon bureau.

— J'ai aussi d'autres moyens pour ouvrir les portes.

Il me montre du menton son acolyte assis sur le siège passager.

— Marc va s'en charger.

Le colosse me paraît en mesure de remplir cette mission sans difficulté.

— Je ne vous demande qu'une seule chose : lui indiquer les lieux. Pas de bêtise. Nous y perdrions tous les deux : vous la vie et moi le trésor.

Sympathique ! je vois tout de suite qu'il est bien à plaindre ! Et en plus, ce n'est pas lui qui prend beaucoup de risques dans tout cela. S'introduire ainsi dans l'Institut et voler un objet de collection, on ne s'en sort pas sans conséquences.

Nous sortons donc de la voiture, moi toujours en chemise de nuit, recouverte seulement de mon long manteau. Je prends conscience de ma tenue légère car le vent frais de la nuit s'engouffre sous mes vêtements et me fait frissonner. Je pense à Ben, comment peut-il s'en tirer ? Je prie rarement mais cette fois, j'espère que quelqu'un pourra l'aider. Je repense à l'agent qui aurait dû se trouver dans les escaliers, que faisait-il ? Est-il blessé ? Nous nous arrêtons devant la porte. Je laisse le fameux Marc se charger de l'ouverture du sésame. Il sort plusieurs outils et trafique je ne sais quoi. Il se redresse et pousse la porte. J'hésite un instant avant d'entrer.

— Allez, on traîne pas, l'alarme va se mettre en route et nous n'avons que cinq minutes avant que les flics ne débarquent.

C'est peut-être la solution. Mais encore une fois, je me rappelle ce message me mettant en garde contre les forces de l'ordre. Entre deux maux, je n'ai pas tant le choix. Je le suis et nous courons sur mes indications vers les laboratoires. Je glisse mon passe, conservé dans mon portefeuille. La porte s'ouvre et je me mets immédiatement en quête de l'objet. Tous sont classés par période, il ne me sera pas difficile de le retrouver.

— Plus que trois minutes.

— Je n'ai pas l'habitude de travailler sous la pression !

— Il va falloir apprendre !

Je poursuis mes investigations parmi les étagères vitrées. Soudain, je le reconnais. Le coffret ayant porté le cœur du Roi protecteur. Du moins, sa copie. Je ne parviens pas à ouvrir la vitre.

— Je ne dois pas avoir la bonne clé. Je...

Pas le temps de terminer ma phrase. La vitre vole en éclats. Je me protège de justesse pour ne pas recevoir de bouts de verre.

— Prends-le

J'enfile des gants placés à proximité et m'en saisis sans trop vraiment réfléchir. Je le place dans un sac en plastique et le glisse dans ma sacoche. Nous repartons en courant vers la sortie. Je n'en reviens pas : je viens de prendre cet objet très ancien sans respecter le protocole de sécurité. Je fonce. Nous passons la porte alors que j'entends les sirènes. Je saute dans la voiture et nous partons en trombe. Nous parvenons à éviter les voitures de police en contournant l'Institut dans l'autre sens. La voiture reprend un rythme plus lent et plus discret.

— Avez-vous le coffret, Mademoiselle Brigot ?

Je sors précautionneusement l'objet, protégé sommairement par le sachet.

— Très bien, voilà qui est satisfaisant.

Puis, se tournant vers le conducteur :

— File au château.

Je n'en reviens pas : comment sait-il ? Devant mon air effaré, Vanderia se moque ouvertement de moi.

— Comment suis-je au courant ? Les nouvelles technologies ont de bons côtés. Il n'est pas difficile de suivre vos recherches sur Internet lorsque l'on sait où vous êtes. Vous avez trouvé le code, je n'ai fait que déchiffrer. Avoir des amis dans la police, ça peut aider également.

J'imagine très bien un vendu transmettre la copie du texte retrouvé dans mon sac à cet homme et lui donner l'adresse où j'étais censée être à l'abri. Je regarde l'heure : il est 6 h 45.

— Et comment comptez-vous entrer ?

— Mon ami Marc a fait prestement une demande de visite guidée de bonne heure ce matin. Son riche client, que j'incarne, est un passionné mais a des lubies de riche. Il ne veut faire des visites qu'aux aurores, alors que le soleil se lève tout juste. J'ai donc promis une forte somme au guide qui me permettrait de répondre à cette demande.

— Et qu'allez-vous lui dire une fois entré ?

— Nous n'avons rien à dire à un muet !

— Comment...

Je suis coupée dans ma phrase par un coup de frein sec.

— Nous y voilà.

J'aperçois les hautes tours du château depuis le bas de la Maine. Nous sommes arrêtés au feu après le pont, les remparts nous dominent, comme pour mieux écraser les imprudents qui voudraient se mesurer à eux. Pas de doute : les fosses creusées tout autour, aujourd'hui fleuries, étaient un très bon moyen de défense.

Nous remontons le boulevard du Roi René. J'aperçois la porte des champs qui donnait autrefois sur une puissante barbacane, protégeant cet accès. Nous contournons la statue du Roi René et remontons vers le parking permettant d'accéder à l'ancienne porte donnant sur la ville. Notre trio s'engage sur le pont. Je ne peux m'empêcher de regarder sous mes pieds, entre les lattes de bois, le vide est impressionnant. J'aperçois un jeune homme posté derrière la porte vitrée de l'accueil. J'essaie de me recoiffer un minimum. J'ai l'air de sortir du lit. Je referme mon manteau où s'engouffre le vent. J'ai le cœur au bord des lèvres. Curieusement, c'est un mélange de crainte et d'excitation qui me saisit. C'est l'un de ces instants où la raison est dépassée par l'émotion, rien ne peut être plus fort que ce que je m'apprête à vivre. Et pourtant, devant cette porte vitrée, je sais que je suis en danger. Tout autant que l'homme qui s'apprête à nous ouvrir, sans se douter un instant de ce qui va lui arriver. Le jeune garçon nous accueille avec un grand sourire.

— Monsieur Vanderia ?

— Nulle autre personne ne peut faire ainsi lever les honnêtes travailleurs aussi tôt !

— Oh, ne vous inquiétez pas, nous avons eu des demandes plus étranges. Mais je vous en prie.

Il nous laisse le passage. Nous traversons la petite pièce puis, après avoir reçu la somme promise, nous ouvre la porte sur la cour du château. Tout semble endormi. Le bruit étouffé des voitures nous arrive par intermittence. À cette heure, la circulation est encore raisonnable mais bientôt, le flot de véhicules sera continu. L'instant, s'il n'était tragique, pourrait presque être agréable : se retrouver ainsi dans ce château, comme au cours de la Renaissance. Les murs nous parlent, ils nous racontent leur histoire. Il est si bon d'imaginer les hommes et les femmes qui nous ont précédés. Je les vois passer devant moi. Ce sont des vassaux, des artisans, des seigneurs et des dames joliment vêtues. Ce sont des paysans, qui se réfugient là durant les guerres et les attaques des envahisseurs. Puis ce sont les chevaliers et les rois venant s'assurer de la bonne conduite de la région.

— Voici mes amis.

Vanderia me montre du doigt ainsi que Marc qui nous a accompagnés. Le guide paraît étonné de mon accoutrement mais tente de n'en rien laisser voir.

— Nous aimerions voir en premier lieu la chapelle, si c'est possible.

— Aucun problème. Cela tombe bien, c'est en général par cela que l'on commence.

Nous suivons le garçon dans la cour, avançons sur les graviers et parmi les jardins arrangés avec soin. Il ouvre l'une des portes du bâtiment et s'apprête à nous laisser entrer quand Marc lui assène un violent coup sur la tête. Il s'écroule sur le sol. J'étouffe un cri.

— Remettez-vous. On lui offre une petite sieste.

En effet, le guide respire mais reste sans connaissance.

— Il faudra me rappeler de reprendre mon enveloppe, la visite n'est que partielle. En avant.

Je suis Vanderia et nous pénétrons dans la vaste salle vide de la chapelle. Il y fait froid et un frisson me traverse l'échine.

— C'est à vous maintenant. On vous suit.

Je le regarde un instant puis jette un œil sur Marc qui me barre le passage. Il n'est plus possible de faire demi-tour. Et de toute façon, j'ai envie, moi aussi, de savoir ce qui se cache dans ces murs. Je me dirige avec assurance vers la chapelle réservée au seigneur. J'entre dans cet espace confiné. Il y fait sombre. Peu importe, je le sais, je n'ai pas besoin de voir. Tel que cela fut fait à Rosslyn Chapel, c'est avec mes mains que je dois regarder. Je commence donc mon investigation et progresse lentement le long des murs.

— Que faites-vous ?

— Je cherche la serrure. Ici comme en Écosse, il s'agit du même procédé. L'objectif était de rester secret. Ce qui nous intéresse n'est donc pas visible avec nos yeux mais avec notre peau.

Ils m'observent. Un doute m'envahit alors que je termine de faire le tour de la pièce : je ne trouve rien. Je me suis sans doute trompée. Je reviens sur mes pas et reprends mes recherches. Il est probable que ce soit identique à Rosslyn et que les serrures se situent davantage dans les niches. À nouveau, je tâtonne, prenant soin de ne pas laisser échapper la moindre parcelle. Soudain, je le sens. Il est là, juste un léger creux mais bien présent. Je sors mon collier du sac et retire encore la pierre. Je la dépose délicatement et appuie sur le bijou. La pierre s'enfonce et un bruit sourd se fait entendre. L'autel se met à pivoter lentement. Nous restons stupéfaits, attendant de voir ce qui va sortir des entrailles de la terre. Cela ressemble à un film d'épouvante où les héros ne réagiraient pas face à l'inévitable malheur qui les attend. Puis, tout se fige et un lourd silence fait place au bruit terrifiant. Vanderia s'approche.

— Des escaliers. Alors ça !

Pour la première fois, il laisse entrevoir sa stupeur. Je n'ai toujours pas bougé, trop angoissée à l'idée d'apercevoir un trou noir ou je ne sais quoi.

— Allez, on y va ! Marc, tu restes pour surveiller.

Vanderia vient me chercher et me pousse dans les marches. Je m'arrête.

— Il nous faut de quoi nous éclairer.

— J'ai mon téléphone.

— Mais s'il tombe en panne.

Marc m'envoie son briquet.

— Trop aimable !

— Vous y fiez pas, c'est un vrai lance-flamme, un truc à se cramer les cheveux !

Je le glisse dans mon sac et descends prudemment, suivie de près par Vanderia. En bas des escaliers, nous arrivons face à deux tunnels.

— Alors, on prend quoi ?

— Je me rappelle cette phrase : "*Sum modo sancti Jean oppositum in Aquila*"

— Vous traduisez ?

— C'était écrit au dos de la pierre : "*Sum modo sancti Jean oppositum in Aquila*", ce qui signifie globalement : suis le chemin de Saint Jean en opposition à l'aigle.

— C'est censé nous guider.

— Si vous reprenez la tapisserie de l'Apocalypse où est représenté l'aigle annonciateur du malheur, Saint Jean se trouve en face de lui, il est placé à droite de l'œuvre. Le texte évoquait cette réalisation. Il est probable que ce chemin nous conduise à notre perte. Il y est question de la fin du Monde.

Ma dernière phrase jette un froid dans ce lieu sombre. Vanderia se reprend très vite.

— C'est bon, assez de mélodrame. On prend lequel alors ?

— Le droit.

— Vous êtes sûre ?

— Non. Mais vous avez une meilleure idée ?

— Allons-y.

Nous avançons prudemment dans ce long couloir qui ne semble pas avoir été visité depuis des siècles. Le chemin est en pente et il semble que nous descendions de plus en plus. À nouveau, nous retombons sur un choix à faire entre deux voies. Je continue à prendre celle de droite. Nous marchons depuis un long moment, cela me paraît une éternité, quand j'entrevois au loin, grâce au portable de Vanderia, un mur.

— Oh non !

— Quoi ?

— C'est une impasse.

— Quoi ? C'est impossible ! Vous vous êtes trompée, je m'en doutais, ne jamais faire confiance à une femme ! Demi-tour et vite, on va finir par se perdre.

— Stop.

Je m'approche du mur. Il n'y a aucune raison de construire un couloir pour en finir ainsi. À moins de vouloir tromper l'ennemi et le pousser à faire demi-tour.

— Si vous souhaitez vous perdre, allez-y, mais ce sera sans moi. C'est un véritable labyrinthe ici, j'en suis persuadée. Nous sommes au bon endroit. Et j'ai encore ceci.

Je sors avec précaution la boîte volée et l'agite sous son nez.

— C'est la clé. Il est possible qu'elle nous serve maintenant.

Des torches sont accrochées le long du mur. Je me saisis de l'une d'elles et l'allume. Vanderia en fait autant. Je frôle le mur et recommence à chercher un creux, une irrégularité. Je me souviens du fond très particulier de ce coffret. Je ne trouve rien sur la paroi.

— Bon, assez perdu de temps, on rebrousse chemin.

— Non, je vous dis que c'est ici. Cherchez sur le mur en face.

— Chercher quoi ?

— Un trou, une fissure, n'importe quoi qui vous paraîtrait étrange.

— Ça va être simple !

Nous fouillons des mains la pierre qui tente de garder un peu plus longtemps son secret. J'ai l'impression qu'un courant d'air vient de passer dans le couloir, ce qui est impossible. Je suspends mon geste et écoute. À part les commentaires de Vanderia, c'est le silence le plus total. Brusquement, Vanderia sursaute.

— J'ai trouvé quelque chose.

Je viens près de lui et pose la main à l'endroit même où la sienne se trouvait quelques secondes auparavant. En effet, je perçois comme des vagues et une fissure entourant ces formes. Le tout doit constituer un carré de quatre ou cinq centimètres de côté. Je prends le coffret. Je soulève le couvercle et retire les vis le maintenant. Me voici donc avec une boîte dont l'un des côtés est ouvert. Je le pose alors le long des fissures et tente de le faire glisser. Il y entre aussi facilement que s'il venait d'en être retiré. Le coffret semble disparaître et se fondre dans la pierre.

À ce moment, le mur glisse et laisse un large passage s'ouvrir devant nous telle une allée d'honneur faite au roi. Nous avançons de quelques pas. Je réprime un cri.

Le spectacle qui s'offre à nous est tout simplement incroyable.

Chapitre 17

En haut, Marc commence à s'impatienter. Voilà plus de dix minutes que Vanderia est descendu. Il sait qu'on ne rigole pas avec lui et qu'il ne doit surtout pas modifier les plans. Pourtant, le second commence à s'agiter, il retourne voir le gardien toujours dans les vapes puis revient près du large trou laissant apparaître les quelques marches. Cela ressemble aux escaliers menant aux entrailles de la terre. Il cherche à apercevoir le fond mais ne peut que constater que là-dedans, il fait nuit noire. Impossible, sans lumière, de se repérer. Il descend quelques marches.

— Eh, oh ? Vanderia ?

L'écho de sa voix n'obtient aucune réponse.

Il revient vers l'entrée et regarde sa montre : 7 h 25. Il ne faut pas trop tarder. D'ici peu, d'autres guides vont arriver. À cette heure, le flic doit flotter dans sa baignoire. Ficelé comme il l'était, il est fort peu probable qu'il s'en soit tiré. Des crimes, il n'en a jamais commis. Quelques bagarres, du deal, ça c'est la routine. Mais Vanderia les a fait monter un cran au-dessus. Son but : récupérer ce fameux trésor et filer loin d'ici. Il le lui a promis, Marc ferait partie du voyage. Destination : le Brésil ! Le soleil, les filles et un trésor à flamber à gogo ! Vanderia n'a plus rien à perdre, il le sait. Logiquement, il doit être arrêté aujourd'hui. La police n'attend que le feu vert du juge et, là-dessus pas de doute, ce sera oui. Le témoignage de cette fille ne lui laisse aucune chance. D'ailleurs, il se demande bien comment elle a pu avancer à ce point sur ce mystère dont il entend parler depuis si longtemps. Vanderia lui expliquera peut-être. De toute manière, ce n'est pas cela le plus important. L'essentiel est de quitter la ville très vite avec un maximum de trucs. Une deuxième voiture a déjà dû arriver sur la place. Peu importe la taille du trésor, on emportera ce que l'on pourra et on chargera le reste plus tard. La famille prendra le relais. Marc décide d'aller jeter un œil discret près de l'entrée. Il s'assure en passant devant le gardien que ce dernier est toujours évanoui. Il n'y a pas été de main morte ! Il court en traversant les jardins. Tout est calme. Il observe l'extérieur depuis la grille du château. Il y a bien deux ou trois étudiants qui sortent des rues piétonnières pour rejoindre leur bus mais sinon, rien à signaler. 7 h 28. Il repart vers la chapelle en pressant le pas. Il se met à ralentir. Une impression bizarre le saisit : on dirait qu'on l'observe. Il fouille du regard la cour sans rien trouver. Il reprend son allure mais l'impression est toujours là. Décidément, si Vanderia n'est pas sorti, il va aller le chercher lui-même !

*

*   *

Je n'en reviens pas ! Des salles de ce type, il en existe dans de nombreux endroits, mais cela reste de l'ordre du mystère, des légendes. Sous le château, nous sommes face à un grand espace clos et, en son milieu, une sorte de lac. La salle doit bien faire quinze mètres sur quinze ! C'est à la fois terrifiant et excitant. Plusieurs torches sont accrochées et nous les allumons afin d'éclairer l'ensemble. Autour de ce lac artificiel, sans doute créé en vue de siège prolongé, une bibliothèque géante est installée. Des rayons complets de livres de toutes sortes. Des traités de sciences, de littérature remontant au XIIIe, XIVe et XVe siècle ! Peu d'écrits plus récents apparaissent. Tout ceci a dû être enfermé ici alors que le château perdait son rôle de défense, sans doute au XVIe siècle. Je ne sais pas qui a pu réunir tout cela mais c'est dantesque ! Une véritable mine d'or !

— Qu'est-ce que c'est que ça ? Où est l'argent ? Les bijoux et l'or ?

— De quoi parlez-vous ?

— Mais du trésor, nom de Dieu !

— Le voici le trésor : la connaissance !

— Quoi ? Vous vous fichez de moi ?

— Mais non, c'est ça la richesse, c'est notre savoir, c'est inestimable ce qui a été apporté ici ! Toute la réflexion d'hommes et de femmes nous ayant précédés et des traités repris et corrigés par leurs successeurs. Ils avaient déjà de bonnes connaissances en astronomie, en médecine...

Je feuillette un ouvrage.

— Leurs idées étaient novatrices mais sans doute très dangereuses. Avec de telles hypothèses, ils seraient passés pour des hérétiques et c'était le bûcher à coup sûr ! Nous sommes en plein dans la période de persécution de tous ceux qui peuvent se dresser contre les règles de l'Église ! C'est en 1328 qu'une bulle pontificale de Jean XXII ordonne la chasse aux sorcières. C'est aussi sur l'ordre de François Ier et du pape que les Vaudois seront persécutés et tués. Enfin, ce sont les mêmes raisons qui amenèrent les Templiers à être tués sur ordre du Roi Philippe le Bel ! Tout ça pourquoi ? Parce que l'Église avait besoin d'argent ! Parce que les rois cherchaient à s'enrichir et prenaient l'or où il se trouvait. S'ils ne pouvaient le récupérer légalement, ils le volaient en laissant croire qu'ils faisaient cela au nom de Dieu et de l'Église. Des meurtriers, des bourreaux. Voilà ceux qu'étaient les hommes d'Église et du pouvoir royal !

Vanderia soupire.

— Soit, mais ça rapporte quoi ça ?

— Financièrement ?

— Oui !

— Pffff, je n'en sais rien. Peu de choses, c'est surtout riche pour les facultés d'Histoire, les historiens et les musées.

— Vous plaisantez !

— Non... Je ne pense pas que cela rapporte beaucoup. Il y a bien quelques ouvrages qui doivent avoir de la valeur mais pour faire le tri, il faudrait des semaines.

Je remonte le long des étagères.

— Tout ça pour rien... Trente ans à chercher ce putain de trésor et rien !

— Non, c'est une richesse, le savoir était un moyen de ne plus se laisser faire. La connaissance est la possibilité de se libérer, se libérer du joug de tyran, ne pas accepter tout sans réfléchir. C'est pouvoir argumenter, anticiper...

— Je ne partage pas votre enthousiasme, Mademoiselle Brigot. Ça me contrarie beaucoup tout ça.

Il sort quelque chose de sa poche. Je reconnais très vite la forme d'une arme. Je recule d'un pas, la gorge brusquement très sèche.

— Je crains que notre collaboration ne s'arrête là.

Il fait quelques pas en direction de la sortie.

— N'y voyez rien de personnel, mais sans ce trésor, il ne m'est plus possible de m'enfuir comme je l'imaginais. Vous laisser remonter, c'est donner toutes les chances aux flics de me mettre sous les verrous grâce à votre témoignage. J'ai besoin de temps pour me mettre au vert. Bon courage, Mademoiselle Brigot.

Disant cela, il sort et récupère le coffret. Le mur se referme lentement. Je crie en courant vers l'endroit d'où disparaît Vanderia.

— Ne faites pas ça ! Ordure ! Ouvrez-moi !

C'est inutile de crier, l'homme doit déjà être loin. Je tente de faire bouger le mur mais il doit être d'au moins un mètre d'épaisseur. Je n'ai aucune chance. Je sens la panique m'envahir. Sans être claustrophobe, je ne raffole pas de me retrouver enfermée dans un lieu clos, aussi grand soit-il et surtout sans aucune chance d'en sortir. Qui pourrait venir me sauver ? Ben ? Encore faudrait-il qu'il ait survécu. Il est possible que je le rejoigne bientôt. Enfin bientôt... Combien de temps faut-il pour mourir de faim ? Trois ou quatre jours de lente agonie... Pourquoi n'en ai-je parlé à personne ? Peut-être Vanderia sera-t-il arrêté... il parlera en échange de l'assurance de ne pas être poursuivi.

Mais, est-ce que cela compte pour Véret ? C'est peut-être contre lui que le message me mettait en garde…

Je me retourne et fais face à cet espace qui me semble devenir de plus en plus petit. Un tombeau. Je suis dans mon tombeau… à peine plus grand que les tombes des rois égyptiens. Ma respiration s'accélère. Je ne veux pas mourir, pas comme ça… Je tombe à genoux, les larmes me montent aux yeux. Je suis terrifiée. Je ferme les yeux, tentant de retrouver mon calme. À nouveau, une sensation de courant d'air me frôle. J'ouvre les yeux. Le vent souffle dans une certaine direction… Les livres. Il est vrai que si je dois mourir, au moins je ne m'ennuierai pas avant. Mais oui ! Les livres ! Des personnes aussi intelligentes n'auraient pas laissé l'occasion de se retrouver ainsi enfermées ! Une issue de secours, si j'ose dire, doit avoir été prévue. Je me relève, j'ai l'impression de ne pas être seule. Je redresse ma torche et scrute le fond de la salle. Pas âme qui vive… Et pourtant, je suis sûre que quelqu'un se trouve près de moi. Je ferme les yeux à nouveau. J'ai l'impression d'être caressée par un air extrêmement doux, le bruit d'une robe qui se froisse en avançant. La jeune femme, celle de mes rêves, est avec moi, maintenant. Elle me guide. Je la suis, tous mes sens en éveil. Elle me montre le chemin par ce vent qui me pousse en avant. Je longe les livres, une rangée attire mon attention. Sur les ouvrages, je retrouve le symbole du double cœur de Robert the Bruce. J'essaie de la faire bouger en la faisant coulisser mais ce n'est pas la bonne méthode. Je la pousse. La rangée recule, lentement tout d'abord puis plus rapidement. Elle semble happée en arrière et laisse un passage se dévoiler. Je n'ai plus rien à perdre et pénètre à nouveau dans un couloir très étroit. Cette fois, le chemin est bien plus court. J'entre très vite dans une nouvelle pièce. Cette seconde salle est bien plus petite que la première mais m'éblouit davantage encore. Tout est richement décoré, des tapisseries, des tableaux, des sculptures. Au milieu, trône une table, habillée d'or. Je m'approche et éclaire le rond central : une large rose en or, argent et sertie de diamants, brille de mille éclats. J'admire ces trésors artistiques, ces formes incroyables, ces tableaux pleins de sensualité mais aussi, retraçant l'histoire des tortures. Comme l'avait si bien dit Picasso à un officier allemand qui regardait le tableau de Guernica et lui avait demandé si c'était lui qui avait fait ça : « Non, ce n'est pas moi, c'est vous ! »

Le peintre ici laissait un témoignage criant des horreurs des persécutions. Les visages même étaient chargés d'émotions.

Je resterais ainsi, mais il me faut trouver cette sortie. Et si possible, freiner Vanderia dans sa fuite. Il ne peut pas s'en tirer comme ça ! Je fais le tour de la salle et trouve une porte cachée derrière un lourd rideau. La forme de ma pierre est incrustée dans le mur accolé. Je la dépose à nouveau, permettant aux pierres de glisser et de m'ouvrir ce passage. Avant de sortir, je récupère deux épées accrochées au mur. Elles sont lourdes mais étonnamment maniables. Et cela pourra toujours me servir. Je remonte très vite cette fois, rejoins d'autres couloirs puis me retrouve dans les remparts côté boulevard. Je souffle enfin. Je suis dehors, dominant la cité et la cour du château ! Très vite, j'essaie de repérer Vanderia. D'où je suis, je peux observer sans être vue.

Sa voiture est toujours sur le parking. Je dois avouer que j'ai mis peu de temps à remonter. Il est possible, vu le trajet pour atteindre l'entrée qu'il ne soit toujours pas arrivé à la chapelle. Je rejoins la cour et atterris près de la boutique. Je dois faire venir la police ici. Pour une fois, dans cette histoire, que je veux les voir débarquer ! Je tente de forcer la porte mais elle est solide. J'emploie les grands moyens, je soulève l'une des épées et frappe la porte vitrée. Je suis obligée de répéter l'opération à plusieurs reprises mais en viens enfin à bout. Je n'entends aucune alarme, ce qui m'inquiète. Lui faut-il un certain temps avant de se déclencher ?

Je dois maintenant retrouver Vanderia. Je n'ai pas de plan. Et les deux hommes sont armés. Je repars vers la chapelle. Je ne me montre pas et tends l'oreille. Dans le petit sas qui précède l'entrée dans la vaste salle, j''aperçois le guide toujours étendu. Pas de Marc, ni de Vanderia. S'ils sont près de l'entrée du labyrinthe, je ne pourrai pas les voir. Soudain, j'entends des pas. C'est Marc. Il vient s'assurer que sa victime est toujours inconsciente. Il regarde sa montre et soupire. Vanderia n'est pas encore remonté. Il est vrai que le chemin en sens inverse n'est peut-être pas si simple. Certaines fourches multipliaient les choix. Une seule hésitation et on part faire un très long tour dans les galeries souterraines. Je dois agir et c'est maintenant. Je frappe dans une petite pierre qui se trouve à mes pieds. Marc se fige et regarde dans ma direction. Je lève mon arme, incertaine de ce que je suis en train de faire.

J'attends, espérant que les coups dans ma poitrine ne pourront pas s'entendre. Il s'approche.

*

* *

Vanderia commence à se demander s'il va parvenir à retrouver cette maudite sortie. Au premier embranchement, il a tout de suite compris qu'il serait en difficulté. Les trois voies qui s'offrent à lui sont presque en face. La perspective n'est pas la même dans ce sens. Impossible de se rappeler de quel côté il était parti. Il avait suivi tout simplement Margot. Dans cette obscurité, les repères se confondent. Et il ne pense pas avoir tant marché à l'aller. Il doit donc rebrousser chemin, revérifier qu'il prend bien la bonne piste. Il peste contre lui-même. L'heure tourne et le danger se rapproche. Il ne peut pas se permettre d'être encore dans les parages lorsque la police viendra l'interpeller. Il doit fuir et vite. L'un de ses cousins pourra l'héberger sur Marseille. Mais en attendant, encore faut-il pouvoir sortir de ce trou à rat ! Ne cédant pas à la panique, il parvient à revenir sur ses pas et se retrouve devant le mur, fermant la salle secrète. Il hésite un instant : faire sortir Margot lui permettrait de pouvoir retrouver sa route… Et puis laisser mourir ainsi cette jeune femme n'est pas humain. Pourtant, elle pourrait lui servir de moyen de négociation en cas d'arrestation. L'emplacement de Margot contre sa liberté. Mais elle pourrait également être un otage. Il s'approche de la serrure et veut reprendre le coffret, mais ce dernier a disparu. Il a dû tomber de sa poche lors de sa course. Il cherche frénétiquement l'objet sans succès. Cette fois, le destin de la jeune femme est scellé et il n'y peut plus rien. Il repart dans l'autre sens, bien décidé à se montrer attentif sur la voie à prendre.

*

* *

Marc n'est plus qu'à deux mètres de moi, j'entends son souffle angoissé. Cela me redonne du courage. Il a bien plus peur que moi. Il doit me prendre pour un fantôme. Moi, au moins, je connais mon ennemi. Alors que j'entrevois le bout de son pied, je pivote sur moi-même et lui donne un violent coup avec le manche de l'épée dans l'estomac. Il s'écroule, le souffle coupé. Je lui assène un deuxième coup sur le crâne et il tombe, inconscient. Mes mains tremblent, la tension a démultiplié mes forces et j'ai peur de lui avoir fait bien plus de mal que je ne l'aurais souhaité. Je m'abaisse et prends son pouls. Le rythme est normal. Mais il va se réveiller avec un sacré mal de tête. Je m'approche du guide. Son état me paraît inquiétant. Il n'a toujours pas repris conscience et sa respiration est très faible. Il faut agir vite. Je n'entends toujours pas de sirène. Je guette le moindre bruit, craignant la remontée de Vanderia. Tout est silencieux. Je décide d'aller jusqu'à l'accueil pour prévenir les secours. Je ne veux pas sortir du château pour la simple et bonne raison qu'il ne faut pas que Vanderia sorte, de un, et de deux, tous ses acolytes sont postés dehors. Si je sors seule, rien de tel pour les faire rappliquer illico et me retrouver criblée de balles. Je traverse la cour. La même sensation que dans la salle : j'ai l'impression que la jeune femme de mon rêve est près de moi. Elle vit dans ce château, elle vit dans sa mémoire. Elle est là pour m'aider. Cela me donne de la force. Je me hâte et entre dans la petite pièce. Je me glisse derrière le comptoir. Il y a bien des téléphones. Je compose le 18. Ça sonne. Mais au moment où j'entends une réponse, j'aperçois Vanderia qui sort de la chapelle et vient dans ma direction. Je n'ai plus le choix, je dois l'affronter. Je n'ai aucun plan, il me faudra le faire au feeling. Je dois d'abord m'assurer qu'il est désarmé. Je me faufile près de l'entrée et patiente. Vanderia ne tarde pas à entrer, l'arme au poing. J'abaisse mon épée, lui faisant lâcher le pistolet. Il pousse un cri, se tenant la main et recule, surpris, presque effrayé. Je sors alors de l'ombre dans laquelle je me tenais. À la vue de mon visage, il perd toute contenance et panique. Il doit penser que je suis une revenante, sortie des entrailles de la terre pour me venger de ce qu'il a voulu me faire subir.

— Comment ? Comment... ?

— Comment suis-je sortie ? C'est bien cela ? Un fantôme m'a ouvert la porte.

Il avale sa salive puis, se ressaisissant, se précipite sur moi pour s'emparer de mon épée. J'empoigne alors la seconde lame et m'avance... Il recule

— Je ne veux pas vous tuer Vanderia, je vous donne une chance de survivre. Vous avez des comptes à rendre et il ne serait pas juste de ne pas vous laisser vous défendre. Soyez beau joueur et acceptez ma proposition de duel.

Je lui lance la seconde épée tout en le tenant en respect avec la première et le fais reculer en dehors de la pièce.

— Je ne sais pas m'en servir…

— Moi non plus, nous serons donc à égalité. Vous n'avez plus personne pour vous aider et il va falloir que vous répondiez de vos crimes maintenant.

Je lève mon épée et l'abaisse furieusement sur l'homme qui me fait face. Plus par réflexe que par réelle connaissance du maniement des armes. Il fait un pas en arrière mais à son tour redresse l'arme et m'attaque. Nous échangeons plusieurs coups maladroits. Sans trop savoir ce que j'attends de ce duel, je me lance tête baissée dans la bataille. Il se passe alors quelque chose de magique, d'incroyablement magique. Je me sens guidée dans mes coups, c'est comme si l'on me murmurait ce que je devais faire. Ces voix me suivent encore. Vanderia tente de fuir, commençant à sérieusement peiner. La sortie lui étant fermée, il grimpe sur les remparts avec pour but, sans doute, d'alerter ses complices. Je le poursuis et nous nous retrouvons sur les hauteurs. Je lui barre la route.

— Alors Vanderia, vous n'êtes qu'un lâche ? Prêt à assassiner une famille, mais affronter une jeune femme dans un duel à l'épée, c'est trop pour vous !

— Qu'est-ce que vous me voulez à la fin ? Je ne vous ai rien fait à vous… enfin jusqu'à ce matin…

Je regarde cet homme, ce pleutre qui se tient devant moi. Il me donne envie de vomir. C'est cette ordure qui m'a enlevée à ceux que j'aimais, à ceux qui m'aimaient. Je revois Thérèse Nédra, sa peine lorsqu'elle me parlait de son fils, je revois les photos de cette famille, ma famille. Je revois l'image de cette enfant souriante que j'étais avant le drame. Je n'ai pas de telle photo de moi à cet âge chez mes parents adoptifs. Nous nous tenons en joue mutuellement, tentant de reprendre notre souffle.

— Oh que si, Vanderia ! vous m'avez fait du mal et bien plus que vous ne pouvez le penser !

— Vous êtes stupide, Margot. Vous savez que vous ne pouvez pas faire le poids contre moi.

— Et pourtant vous me craignez. Comment cette fille a-t-elle pu savoir autant de choses ? Comment a-t-elle pu deviner ce qui était enfoui depuis tant de siècles ? D'où vient-elle ? Comment a-t-elle pu se sortir de cette situation, enfermée à je ne sais combien de mètres sous terre, derrière une porte de plus d'un mètre de large ?

Je le fixe attentivement. Je vois dans son regard un mélange de crainte et de violence. S'il en était capable, il me frapperait avec cette épée pour me faire taire. Je profite de ce moment de doute et ré-attaque. Guidée par une force extérieure, je parviens à lui faire perdre l'équilibre. Le voilà à nouveau désarmé. Je glisse mon épée sous son menton.

— Vous voulez vraiment savoir Vanderia ? Eh bien je vais vous le dire. Levez-vous.

Il se redresse.

— Mais avant tout, vous allez avancer par là.

Je lui montre la direction de la plus haute tour du château, sur laquelle un petit moulin est installé. Il avance, les mains levées.

— Je vous écoute.

— Ah non, cette fois, c'est moi qui détiens les secrets. Et ce n'est pas là que je souhaite vous en dévoiler tous les mystères. Pour cela, il faut voir.

Nous arrivons à l'entrée de la tour. Je le pousse dans les escaliers. Nous grimpons. Je casse le verrou de la porte menant sur le toit. Nous montons les dernières marches et sortons. Nous voici face à Angers, dominant la Maine sur plusieurs kilomètres. À nos pieds, plus de trente mètres de vide. La vue est incroyable et terrifiante à la fois. Je le tiens toujours en respect.

— Voilà, Vanderia, cette histoire a commencé dans cette ville il y a plus de sept cents ans. Depuis plus de vingt-quatre ans, vous étiez en quête de savoir ce qu'était ce secret. Comme sans doute, beaucoup avant vous, la cupidité vous a fait penser qu'il s'agissait d'un trésor fait de diamants et d'argent. Mais les trésors ne sont pas, pour tous, identiques. Cette cupidité vous a amené à assassiner un couple d'honnêtes gens et leur petite fille.

» Que vous avaient-ils fait ? Vous ne souhaitiez qu'une chose : découvrir ce fameux tatouage dont vous aviez entendu parler et par la même occasion vous débarrasser d'un flic qui vous courait après. Vingt-ans plus tard, l'histoire se répète, Vanderia, mais la fin sera bien différente. Cette petite fille que vous avez assassinée, c'est moi.

Les yeux de l'homme s'écarquillent. Hébété, comme assommé par ce qu'il vient d'entendre, il chancelle et s'appuie contre la muraille.

— C'est pas possible... La petite est morte dans la voiture... C'était écrit dans les journaux.

— Il ne faut pas toujours croire ce que l'on nous dit. C'est bien moi, et vous savez comment je peux vous le prouver ?

J'entrouvre le haut de mon manteau et abaisse légèrement mon col de chemise de nuit. Une parcelle du symbole apparaît alors.

— Le tatouage !

Il tend sa main comme pour le toucher, c'est trop invraisemblable pour le croire. Je referme mon vêtement.

— Vous m'avez privée des miens, Vanderia, il est temps pour vous d'en payer le prix.

Je redresse mon épée, menaçante. Brusquement, j'entends les sirènes de police. Je me retourne et devine qu'elles doivent se trouver sur le parking et peut-être même être en train d'interpeller ses complices. Mais mon inattention va me coûter cher. Mon adversaire en profite pour saisir un petit calibre, glissé à sa cheville. Le coup part sans que je comprenne tout à fait ce qui vient de se passer. Une violente douleur me fait reculer. Mon bras saigne. Je ne sens plus mes jambes et me laisse glisser sur le sol. Vanderia me fait face, pointant son arme sur moi.

— Les rôles sont inversés. Je n'ai plus grand-chose à perdre. De toute manière, je vais être arrêté. Autant finir le travail commencé. Votre père était un fouille-merde, comme le petit con que j'ai noyé ce matin. Finalement, Mademoiselle Brigot, l'histoire se répétera à l'identique. Excepté que cette fois, je vais vraiment tuer tout le monde, y compris le bébé que vous portez.

Je lève un regard stupéfait sur lui.

— Eh oui, les secrets médicaux n'existent pas pour moi.

Soudain, je me rappelle : le policier en faction devant ma chambre à l'hôpital, était le même que celui devant l'appartement de Ben ce matin. Ce serait donc lui le vendu. J'entends le déclic du chargeur.

— Vous saluerez bien mes parents pour vous.

La détonation part. Je ferme les yeux. J'attends la mort, j'attends cette vague qui devrait m'emporter et qui ne vient pas. Les secondes paraissent des heures. Lorsque j'ouvre les yeux, l'arme de Vanderia est à mes genoux. Il est en train de reculer. Du sang s'échappe de son abdomen. Ce sang qui s'insinue partout, qui glace... comme... comme dans cette voiture, il y a si longtemps, ces images que mon esprit a tenté par tous les moyens de chasser définitivement. Toujours présentes, cachées mais prêtes à bondir, les voici qui me reviennent en pleine figure. Une vague de haine me soulève. Je prends le pistolet de ma main valide. Je le lève dans sa direction, je vais l'achever, je vais le tuer. Il va payer pour mes parents, pour ma famille, pour ma vie et pour le bébé qu'il a cherché à faire mourir. On ne touche pas à un enfant. Je lève la sécurité. Il me regarde sans me voir, tentant de se tenir debout. Ses yeux sont vitreux. J'entends des pas dans les escaliers. C'est Véret ; il comprend ce qui se joue.

— Margot, baissez cette arme.

— Il doit payer... Il a tué mes parents... et Ben.

Mon poing peine à rester droit, je presse lentement la détente.

— Stop Margot !

Ben ! Il est vivant ! Il vient près de moi.

— Donne-moi cette arme. Je te le promets, il va payer pour ce qu'il a fait.

Il approche lentement ses mains de mon poignet mais je lâche le pistolet avant même qu'il ne m'ait frôlée…

Vanderia râle. Il semble vouloir parler. J'entends indistinctement un mot : « Clo… Puis, nous prenant tous au dépourvu, son corps bascule brutalement par-dessus le rebord et chute. Cela paraît durer une éternité. Vanderia vient de percuter le sol, trente mètres plus bas.

Je me recroqueville dans les bras de Ben qui ne me lâche pas. Je sens sa main caresser doucement mes cheveux.

— C'est fini Margot, tout est fini.

À ce moment précis, une question idiote me vient à l'esprit :

— Tu es sec ?

Ben ne peut s'empêcher de pouffer.

— Oui, j'ai eu le temps de me sécher. C'est toute une histoire. Je te raconterai, mais tout d'abord, il faut te soigner.

Chapitre 18

Nous dominons la cour centrale où s'agitent des enquêteurs, des pompiers et des ambulanciers. Derrière ces hauts murs, les complices de Vanderia viennent d'être arrêtés. Un médecin a été appelé pour voir ma blessure. Il me rassure très vite, ce n'est que superficiel, la balle n'a fait qu'effleurer mon bras.

— Je préfère que tu te fasses tout de même examiner pour le bébé.

— Ça va, Ben.

— Ça coûte rien d'y aller.

Je me tais, trop épuisée pour vouloir me battre. Je reste à regarder les jardins du château, la chapelle où tout s'est joué ce matin. Je me tourne vers Ben.

— Et toi, comment t'en es-tu sorti ? Ils t'avaient bien attaché !

— C'était sans compter sur mon ange gardien !

Je le regarde, interrogative.

— Mon petit voisin. Le coup de feu avait surtout pour but de nous faire remarquer. Je savais que cela alerterait le voisinage. Sans doute pas assez pour qu'ils appellent la police mais suffisamment pour que mes petits retraités guettent ce qui se passe. Vous n'étiez pas partis depuis une minute que le vieux entrait chez moi et me retrouvait dans la baignoire. Il est vrai aussi que je faisais beaucoup de bruit. Il m'a permis de reprendre ma respiration et m'a aidé à sortir de là. Une chose est sûre : j'arrête les bains !

— Tant que tu continues les douches...

Il me sourit.

— Et comment as-tu su pour le lieu ?

— Eh bien disons que tu n'es pas très discrète et que tu laisses des indices.

Il sort de sa poche une feuille fortement froissée. Le plan d'Angers sur lequel j'avais fait mes recherches !

— Il était dans ta poubelle. Je ne suis pas allé loin pour te retrouver. Qui plus est, ça coïncidait avec une alarme qui se déclenchait dans le magasin du château.

— Efficaces ces épées !

— Et toi, explique par quel miracle tu t'en es tirée ?

Je retrace la découverte du passage, l'entrée dans la salle. Ben m'écoute avec grande attention. Je lui raconte comment Vanderia, fou de rage, a voulu m'enfermer à tout jamais sous ce jardin, comment je m'en suis sortie et enfin notre combat.

— Des livres ? Mais enfin, qu'est-ce que c'est que cette organisation ?

— Vous trouverez un certain nombre de réponses là-dedans.

Véret vient à nouveau de nous rejoindre. Il nous tend un petit ouvrage très ancien.

— C'était dans la poche de Vanderia.

Ben le feuillette rapidement alors que Véret s'assoit à mes côtés.

— OK, et ça raconte quoi ?

Le commissaire prend une grande inspiration.

— En 1281, une jeune femme, du nom de Rose, connaît la pire tragédie qui puisse exister pour une femme : elle perd son enfant à cause d'un médecin. Folle de douleur, elle décide qu'il ne peut plus se passer de telles choses. Nous ne sommes qu'au XIIIe siècle, mais cette femme va avoir des idées révolutionnaires. Douée d'une grande intelligence et d'une grande beauté, issue d'une lignée de nobles, elle va s'entourer de savants, de chercheurs aux idées novatrices. Elle va se faire aider dans le secret par de riches comtes et ducs pour lesquels elle fera travailler ses médecins. Elle permettra de faire avancer les connaissances sur beaucoup de plans. Celles-ci s'inspireront des savoirs égyptiens et du monde arabe, bien plus avancés à cette époque. Mais il lui faut garder tout cela secret car l'Église veille. Il est dangereux de parler trop fort et de laisser sous-entendre que ce que dicte la religion n'est pas l'unique vérité. Les manuscrits constitués vont donc être précieusement conservés auprès de l'abbaye du Ronceray, autrefois appelée “Notre-Dame-de-la-Charité”. Celle qui se fait appeler la Reine Rose, meurt et transmet à son fils templier le devoir de poursuivre son travail. C'est ce qu'il fera jusqu'en 1307 où il est contraint de quitter la France, persécuté par le roi. Il parvient à s'échapper et à rejoindre l'Écosse. Il y retrouve ses frères et cherche un moyen de continuer les recherches de sa mère. Il y crée des liens très forts et épouse une jeune Écossaise. Ensemble, ils auront un fils qui repartira à son tour en France, porteur de toutes ces connaissances. Il réussira à relancer cette organisation et c'est sa fille, Eugénie, qui va réellement créer et continuer le travail de son aïeule.

— Eugénie…

— Ainsi va naître ce secret qui sera porté durant de nombreuses générations. En 1470, l'un des héritiers d'Eugénie se retrouve au service du Roi René et entre dans l'ordre du Croissant. Cela lui permet de déplacer les manuscrits, ne les jugeant plus assez en sécurité. Toujours en lien avec les Templiers d'Écosse, il va mettre en place ce code. L'Anjou retomba aux mains du Roi Louis XI. C'est ainsi que l'on perdit le coffret et que le lieu fut tu à tel point qu'on oublia où le trésor avait été caché. Mais la carte était là. La descendance comporta toujours une fille qui porta sur la peau l'une des clés de ce code ; lui était également transmis un collier. Celle-ci était accompagnée par les gardiens : des hommes au service du peuple et de la justice. Ces hommes se transmirent le coffret et un sceau représentant l'emblème de la Reine Rose. C'est comme cela depuis cinq siècles. Vos parents en étaient un exemple flagrant : la descendante de Rose portant son tatouage et son époux, gardien, policier. Le destin veut que cela continue et vous en êtes la preuve vivante tous les deux.

Nous nous regardons avec Ben.

— Comment savez-vous tout cela ?

— Sébastien Nédra était avec moi au lycée. Nous étions les deux meilleurs amis. Inséparables. Au point de vouloir faire le même métier. Nous sommes rentrés dans la police et quelques mois plus tard, il a rencontré Augustine. Il est tombé fou amoureux. Petit à petit, il s'est éloigné. Il paraissait toujours trop occupé pour me voir. Au départ, je mettais cela sur la passion du début, mais je l'ai trouvé de plus en plus bizarre, jusqu'à ce que je l'oblige à s'expliquer. Il m'a raconté alors ce fameux secret. Il m'a mis en garde : le connaître c'était devenir un gardien. Lui y était entré en choisissant Augustine. Moi, c'est en me montrant curieux. Il me remit un exemplaire de ce sceau que j'ai toujours gardé depuis. Plus personne ne savait où ce fameux trésor avait été caché. Nous avons bien tenté de le retrouver tous les deux, mais Augustine est tombée enceinte. Je crois qu'elle craignait que nous réussissions, elle avait toujours entendu que le jour où le secret serait percé, ce serait la fin de sa famille et bien plus encore… que ce serait la fin du monde. Et puis, Vanderia est entré dans le jeu. Il s'est montré de plus en plus curieux et a commencé à menacer votre famille. Sébastien avait mené une enquête sur lui, il trafiquait à droite et à gauche mais rien de suffisant pour l'arrêter. C'est votre mère qui a voulu que vous portiez ce tatouage. Lorsque Sébastien l'a vu, il est entré dans une colère noire, disant que cela vous mettrait en danger inutilement. Il n'avait pas tout à fait tort car deux jours plus tard… il y eut cet accident. J'étais le premier sur les lieux. Je vous ai vue. Vous étiez blottie entre le dossier du conducteur et votre siège. Quelques égratignures mais rien de plus. Vous étiez vivante et vous pleuriez silencieusement. Je vous ai sortie avant même que les pompiers n'arrivent et vous ai installée dans ma voiture. Je vous ai mise à l'abri grâce à des personnes que je connaissais aux services sociaux. Elles vous ont trouvé des parents adoptifs. Je ne voulais pas savoir où vous étiez. Vanderia n'était pas le plus dangereux mais il pouvait attirer des requins bien plus féroces. Je me suis chargé de votre famille, j'ai camouflé les éléments de l'autopsie.

Je venais de monter en grade et avais accès à de nombreux dossiers. C'est moi qui ai convaincu Thérèse Nédra de ne pas voir son fils, sa belle-fille et encore moins sa petite-fille, moi qui l'ai convaincue de faire incinérer les corps. Il ne fallait pas que l'enquête révèle un assassinat et que l'on vienne interroger ce secret. À l'époque, la consigne restait de ne rien dire ; si ce mystère était découvert, cela pouvait être catastrophique.

— Alors c'était vous…

— Oui, Margot.

— C'est pour cela que vous avez ainsi réagi en voyant mon tatouage au commissariat.

— Je venais de comprendre que je t'avais retrouvée, que tu revenais sur les traces de tes parents, qu'une force mystérieuse ramenait encore une fois les descendants de Rose dans cette ville.

Je digère ce que je viens d'entendre. Tout ce mystère transmis durant des siècles. Si sa nature n'avait pas été oubliée, nous n'aurions pas eu à nous cacher de cette manière.

— Et, il y en a encore beaucoup des descendants et des gardiens ?

— Je crains que Margot ne soit plus que la seule. Par contre, nous sommes encore un certain nombre à nous transmettre le devoir de veiller sur la Reine Rose et ses multiples secrets.

— Ah, parce qu'il y en a d'autres ?

— Il n'est pas impossible que ces documents soient le seul héritage. Toutefois, je dois reconnaître ne pas avoir reçu toutes les confidences d'Augustine. Sébastien savait bien plus de choses que nous autres. À ce propos, bienvenue à vous Ben.

— Comment ça ?

— Eh bien, vous avez été choisi par Margot et vous venez d'assurer la descendance.

— Mais enfin, Commissaire, c'est fini. Nous avons trouvé ce que ma famille cachait.

— Ce n'est pas dit... Ce n'est pas dit.

Il se redresse et semble chercher à voir au loin, au-delà de la rivière qu'empruntaient les envahisseurs vikings et bretons. Puis, il se tourne vers nous.

— Quoi qu'il en soit, vous êtes tous les deux maintenant.

Il se dirige vers les escaliers et disparaît.

*

* *

Nous longeons les remparts. La tempête qui a été provoquée par la mort de Vanderia s'atténue. Les trois jours qui se sont écoulés depuis notre découverte ont été riches en émotions. Des milliers de livres ont été comptabilisés. Il va falloir des mois, voire des années pour tout étudier. Une sensation de vertige me fait m'arrêter.

— Ça va ?

— Oui... Ça va passer.

— Et si on se posait une seconde ?

Nous nous approchons du muret et je m'y appuie.

— Si je comprends bien, il y a de fortes chances que nous ayons une fille...

Ben me jette un regard en coin.

— Et tu serais content ?...

Ben soupire.

— Oh que oui ! Mais j'ai une question.

— Oui ?

— Si c'est en effet une fille, tu voudras qu'elle porte ton tatouage ? Parce que je ne suis pas vraiment favorable...

— Oh oui, elle le portera.

— Quoi ?

Je pose un doigt sur ses lèvres, l'incitant à se taire. Je fouille dans ma poche et sors une enveloppe pour la tendre à Ben. Il l'ouvre et me regarde, médusé.

— Elle le portera, mais elle pourra l'effacer quand elle voudra.

Dans l'enveloppe, une décalcomanie à l'effigie de la reine Rose. Ben éclate de rire et m'embrasse amoureusement.

Épilogue

L'homme est installé dans son bureau. Il relit encore une fois l'article sur les dernières découvertes faites grâce aux documents trouvés sous le château. Il sourit, satisfait. Ce qui devait être fait l'a été. Il découpe l'article de *Ouest-France* relatant la mort de Vanderia et le range dans un carnet qu'il enferme à double tour dans son tiroir.

Il fait nuit noire et avec ce mauvais temps, il sait qu'il ne doit pas tarder. Les routes sont mauvaises. Il éteint la lumière et reste un instant contemplatif sur ce ciel dégagé. Des milliards d'étoiles scintillent. Des milliards de raisons de se poser davantage encore de questions sur les mystères qui nous entourent encore. Chaque chose en son temps. L'heure viendra de soumettre à Margot sa prochaine énigme. Il remet son manteau, prend son cartable et ses clés. Il sort du bureau.

Sur la porte, le directeur réajuste l'écriteau qui mentionne son nom : "Claude Béréta – Directeur de l'Institut d'Histoire".

Il repart, silencieusement.

L'histoire n'est peut-être pas terminée.

Et si ce n'était que le début ?

Par ce logo, nous témoignons d'une volonté de réduire les impacts environnementaux liés aux activités de l'imprimerie. Nous choisissons un imprimeur impliqué dans la réduction des gaz à effet de serre.

Le choix de nos papiers assure que la production a été faite à partir d'un produit à base de bois et a suivi le cahier des charges d'une gestion durable des forêts européennes.

Achevé d'imprimer en Vendée en septembre 2015

Dépôt légal : 2nd semestre 2015